C0-EEA-300

EDUARDO MENDICUTTI

Nació en Sanlúcar de Barrameda (Cádiz) en 1948 y en la actualidad vive en Madrid. Sus obras, merecedoras de premios como el Café Gijón y el Sésamo, han sido traducidas a diversos idiomas y han cosechado un gran éxito de crítica y de público. A las tituladas *Siete contra Georgia* (La Sonrisa Vertical 54), *Una mala noche la tiene cualquiera, Tiempos mejores* y *Última conversación* (Fábula 20, 81 y 187), les siguieron *El palomo cojo* (Andanzas 145 y Fábula 163) y *Los novios búlgaros* (Andanzas 203 y Fábula 292), que inspiraron sendas películas homónimas dirigidas por Jaime de Armiñán y Eloy de la Iglesia, respectivamente. Asimismo, ha publicado el libro de relatos *Fuego de marzo* (Andanzas 254 y Fábula 137) y las novelas *Yo no tengo la culpa de haber nacido tan sexy* (Andanzas 313 y Fábula 206), *El beso del cosaco* (Andanzas 401 y Fábula 243), *El ángel descuidado* (Andanzas 484 –y ahora también en Fábula– , Premio Andalucía de la Crítica 2002), *California* (Andanzas 565) y, la más reciente, *Ganas de hablar* (Andanzas 651).

Biblioteca
Eduardo Mendicutti
en Fábula

20. Una mala noche la tiene cualquiera
81. Tiempos mejores
137. Fuego de marzo
163. El palomo cojo
187. Última conversación
206. Yo no tengo la culpa de haber nacido tan sexy
243. El beso del cosaco
292. Los novios búlgaros
305. El ángel descuidado

Biblioteca
Eduardo Mendicutti

El ángel descuidado

FÁBULA
TUSQUETS
EDITORES

1.ª edición en colección Andanzas: septiembre de 2002
3.ª edición en colección Andanzas: octubre de 2002
1.ª edición en Fábula: junio de 2010

© Eduardo Mendicutti, 2002

Diseño de la colección: adaptación de FERRATERCAMPINSMORALES
de un diseño original de Pierluigi Cerri

Ilustración de la cubierta: ilustración de Idee realizada especialmente para este libro. © Idee, 2002.

Reservados todos los derechos de esta edición para
Tusquets Editores, S.A. - Cesare Cantù, 8 - 08023 Barcelona
www.tusquetseditores.com

ISBN: 978-84-8383-251-6
Impresión y encuadernación: Liberdúplex, S.L.
Impreso en España

Queda rigurosamente prohibida cualquier forma de reproducción, distribución, comunicación pública o transformación total o parcial de esta obra sin el permiso escrito de los titulares de los derechos de explotación.

El ángel descuidado

Bendito sea mi primer, dulce amor...

Vladimir Nabokov, *¡Mira los arlequines!*

Señor, concédeme la castidad, pero no ahora.

Agustín de Hipona, *Confesiones*, VIII, 7, 17

Dios también creó a los chicos guapos.

Eso fue lo que me dijo el hermano Estanislao cuando me eché a llorar con el corazón encogido, con aquella habilidad que yo tenía para emocionarme y deshacerme en lágrimas sinceras en cuanto me veía en apuros. Según mi ficha de novicio, yo era un primario, un libro abierto, un joven muy de verdad, con unos sentimientos y una sensibilidad a flor de piel y a prueba de cálculos e hipocresías. Era transparente y, pese a lo superficial que a veces me empeñara en parecer —que ése era mi punto flaco, según el maestro de novicios y todo el claustro de profesores—, no podía evitar que se me viera siempre un fondo fenomenal y unos valores que, mal entendidos, podían llevarme a la perdición, pero bien dirigidos harían de mí alguien de muchísimo provecho para la Santa Madre Iglesia, para la Congregación y para los niños pobres, incluidos —y eso era en aquel momento la ilusión de mi vida— los niños de tierra de misión. Yo sabía, claro, cuál era mi mejor baza, aquella soltura para abrirme de par en par y poner a flor de piel mis emociones, así que me eché a llorar como si toda mi familia hubiera muerto en un accidente de aviación —y eso que había renunciado a mi familia terrenal con una entereza de quitar el hipo—, como si a Cristo Nuestro Señor lo estuvieran crucificando de nuevo, como si a Kennedy acabaran de asesinarlo otra vez, como si hubiera estallado de repente otro glorioso

Alzamiento Nacional, que fue buenísimo para España, según decía el hermano Estanislao, pero que había servido también para poner a los rojos tan rabiosos que lo dejaron todo lleno de mártires por la fe. Lloraba yo de tal forma, con tanto sentimiento, y con unos gemidos tan aparatosos —estaba seguro de que se oirían en la galería por la que muchos novicios paseaban a aquella hora de la tarde, entregados a la lectura espiritual—, lloraba de una manera tan desgarradora, que el hermano Estanislao, nuestro maestro de novicios, se levantó, bordeó la mesa de su despacho, se puso detrás de la silla en la que yo estaba sentado, se inclinó para abrazarme con un cariño la mar de paternal, y me dijo:

—No llore, hermano Rafael. Dios también creó a los chicos guapos.

Y es que yo le había prometido, con la mano sobre el corazón, afearme todo lo posible para que mis compañeros no tuvieran tentaciones conmigo.

—De verdad —le había dicho, aguantándome las lágrimas a duras penas—. Voy a la peluquería y que me pelen al cero, y volveré a engordar hasta que me salgan unos mofletes como sandías, y le diré al hermano Basilio que me busque una sotana vieja y que me siente fatal, y no me quitaré las gafas ni para dormir. Pero no me empaquete. Ya verá como nadie vuelve a tener tentaciones por mi culpa. Ni siquiera el hermano José Benigno.

El hermano José Benigno, con su aspecto de santurrón medio comido por los granos, con aquellas manos delgadas y frías que no paraban de buscarme mis partes pudendas aunque estuviéramos en mitad del patio, tenía la culpa de que quisieran empaquetarme, de que fueran a ponerme en la santísima calle, a meterme en un tren, camino de mi casa. Lleno de remordimiento, seguramente asustado por si yo me iba antes de la lengua, el hermano José Benigno había ido al despacho del maestro de novicios a contarle lo que había pasado aquel domingo, en el camión en el que volvíamos todos apretujados de un día de excursión a la sierra de Guadarrama, cantando canciones de campamento y tocando las palmas por encima de nuestras cabezas, para evitar las tentaciones. Pero el hermano José Benigno, que se las había arreglado para ponerse a mi lado con una cara de angustia que daba penita vérsela, había dejado que la tentación lo dominase, según le confesó con la mayor contrición al maestro de novicios, había bajado la mano hasta rozarme mi miembro pecaminoso, dijo, pero él ni siquiera tuvo que manipularme para que mi miembro pecaminoso respondiese a la tentación —el *Libro del novicio* advertía con mucha severidad contra las manipulaciones en uno mismo o con otros—, a lo mejor ya estaba así —usted ya sabe, hermano Rafael, me dijo el hermano Estanislao— antes de que él me rozase, así que quizás toda la culpa no era suya, aunque admitía que no se pudo contener, y con una sola mano me subió la sotana hasta la cintura y me bajó la cremallera del pantalón. Claro que cuando yo entré en el despacho del hermano Estanislao, y me senté en la silla que siempre había dispuesta al otro lado de la mesa para los novicios que eran llamados a diálogo —ése era el nombre que les dábamos a aquellas entrevistas repentinas que ponían nerviosísimo al convocado, y a todos los demás en estado de alerta—, el hermano Estanislao no me contó nada de lo que le había confesado el hermano José Benigno. Sólo me dijo:

—Hermano Rafael, le he llamado porque quizás necesite tranquilizar su conciencia.

Inmediatamente comprendí que el hermano José Benigno, con su cara de gazpacho con tolondrones y sus manos como lagartijas escarbadoras, le había contado lo de la manipulación y sus consecuencias. Me sonrojé hasta sentir que la piel de la cara se me empezaba a derretir, y sólo fui capaz de bajar la mirada y asentir con la cabeza.

—¿Hizo usted algo para que ocurriera lo que pasó? Quiero decir: ¿provocó usted al hermano José Benigno? ¿Le ayudó, digamos, en las manipulaciones?

Negué con la cabeza vigorosamente, procurando dejar bien claro que podía dudarse de todo, menos de mi sinceridad.

—Él dice que utilizó una sola mano —dijo, con retintín, el maestro de novicios.

—Es verdad —dije yo, con un hilo de voz—. Utilizó una sola mano.

Pensé: si al hermano José Benigno lo empaquetaran, le sería facilísimo encontrar trabajo en un circo.

—También me ha dicho —añadió el hermano Estanislao— que con frecuencia, durante las últimas semanas, le ha estado tocando. Con ánimo lujurioso, digo.

La cara de susto y de asco que sin duda puse era un atentado en toda regla contra la caridad, pero es que sólo pensar en las partes pudendas del hermano José Benigno me ponía malo y me daban arcadas.

—Que el hermano José Benigno le toca a usted sus partes con frecuencia, quiero decir —aclaró el hermano Estanislao.

O sea que también le había contado eso. Mi capacidad de sonrojo nunca ha tenido límites, así que los altos hornos de Vizcaya eran la llamita de la tumba del soldado desconocido en comparación con mi cara. Volví a bajar los ojos y a asentir con la cabeza.

—Tengo que decirle, además, que han provocado ustedes escándalo entre sus compañeros con esas manipulaciones. Por lo visto, el hermano José Benigno se pone delante de usted en cualquier parte, aunque sea en medio del patio, echa las manos atrás y se dedica a manipularle.

Eso era cierto.

—Y supongo que ahora no me dirá que usted no pone nada de su parte, hermano Rafael.

—De verdad que no, hermano maestro de novicios —dije yo—. El hermano José Benigno ha estado haciendo todo eso en contra de mi voluntad.
 —Claro. Cuando el hermano José Benigno hace todo eso, usted ni siquiera puede moverse. Se queda petrificado, ¿no? ¿Por qué no se va cuando él le busca?
 Miré a los ojos al hermano Estanislao y le dije, con toda sinceridad:
 —Es que me da lástima.
 —¡Por Dios, hermano Rafael! —El hermano Estanislao parecía de veras embargado por una santa indignación—. ¡No irá a decirme que se deja manipular por sus compañeros para hacer una obra de caridad!
 —Pues sí —dije yo, con aquella sinceridad mía, tan conmovedora.
 Y es que era verdad. Me daban mucha pena aquellos compañeros —sobre todo, los más feítos— que de pronto se veían asaltados por la tentación y se ponían a perseguir a los más guapos y más fuertes para que les dejaran hacerles manipulaciones. Iban desencajados detrás de los novicios más apetitosos e inventaban sin parar ingenuas y conmovedoras excusas para ponerles la mano encima. Eran como parias de la Tierra reclamando dolorosamente su parte en el paraíso de los pecados compartidos contra la castidad, mendigos que suplicaban hermosa compañía para atentar contra el sexto mandamiento. Pero los más guapos y los más fuertes no se andaban con contemplaciones, no estaban dispuestos a hacer obras de misericordia a costa de su pureza, sólo ponían en peligro su alma con compañeros tan guapos o tan fuertes como ellos. A mí, en cambio, aquella famélica legión, con sus miradas pedigüeñas y sus toqueteos temblorosos, me ponía complaciente y sentimental, y se me despertaba el instinto de solidaridad con los más desfavorecidos, me sentía como el rico evangélico que abría las puertas de su palacio y va-

ciaba sus despensas para que los pobres menesterosos, llegados de todas partes al reclamo de su generosidad, saciaran su hambre y su sed. Y era como si, entre los más feítos y con tentaciones más insoportables, se hubiese corrido la voz: «El hermano Rafael se deja». De modo que hasta mí iban llegando novicios demasiado enclenques o demasiado fofos, comidos por el acné y la seborrea, de manos mojadas por un sudor tibio y pegajoso o heladas como bisturíes, que me ablandaban el corazón y me endurecían todo lo demás, aunque estuviésemos en el lugar más inadecuado —el campo de fútbol, el coro, el refectorio—, y siempre se las arreglaban para cogerme desprevenido. De todos ellos, el más desagradable, con diferencia, era el hermano José Benigno, pero a mí también él me daba lástima. Hasta que fue al despacho del maestro de novicios a hacerse a mi costa la Magdalena penitente y le cogí una tirria nada caritativa.

—De todas maneras, hermano Rafael —me dijo el maestro de novicios cuando le aseguré, con la voz temblándome de convincente sinceridad, que el hermano José Benigno me manipulaba sin mi consentimiento—, debe saber que él no ha sido el único. Otros compañeros suyos han venido a decirme que usted les provoca tentaciones.

Yo abrí muchísimo los ojos, como si no pudiera creer lo que acababa de oír.

—No haga teatro, hermano Rafael —me dijo el hermano Estanislao, que había sido nombrado maestro de novicios gracias, precisamente, a su doctorado en psicología—. Sabe muy bien que ha venido a este mundo con un físico agraciado, y es natural que eso, a esta edad difícil, perturbe a sus compañeros. Es verdad que usted no es responsable de la cara y el cuerpo que Dios le ha dado, pero precisamente por eso debe extremar la modestia, no confundir el necesario cuidado personal con la coquetería, evitar los gestos y las actitudes que puedan despertar en sus compañeros pensamientos y deseos impuros y, sobre todo, refugiarse en la oración y el recogimiento y pensar en ser grato nada más que a los ojos del Señor.

Ahí fue cuando ya no pude más y me eché a llorar como un huérfano a punto de ser devuelto al hospicio por sus padres adoptivos. Y le prometí al hermano Estanislao hacer todo lo posible para ser más feo y más destartalado que nadie, para que mis compañeros, si es que por casualidad se fijaban en mí, no tuvieran por mi culpa pensamientos y deseos impuros. Le supliqué al hermano Estanislao que no me empaquetara. Y entonces el hermano Estanislao se levantó, se acercó a mí, se inclinó para abrazarme como un padre comprensivo, y me dijo aquello de que también a los chicos guapos los había creado Dios.

—Pero recuerde siempre eso, que su apariencia es un regalo divino —añadió—. No lo desperdicie en placeres y vanidades de este mundo. No se engañe a sí mismo con la falsa caridad. Sea egoísta con su pureza.

Estuvo todavía abrazándome durante un rato, hasta que dejé de llorar del todo. Incluso llegué a pensar que el hermano Estanislao estaba deseando que fuese con él un poco caritativo.

Aquella tarde, después del mal rato que pasé, salí del despacho del maestro de novicios muy reconfortado. Y dispuesto a no dejar que cualquiera, por feíto que fuese, se aprovechara de los dones con los que Dios me había bendecido. A no dejarme engañar por la falsa caridad. A ser egoísta con mi pureza. En la galería, bañada por el sol apacible de principios de marzo, algunos novicios paseaban lentamente, enfrascados en la lectura de severas obras de espiritualidad. Me di cuenta de que me miraban de reojo al pasar junto a ellos. No vi al hermano José Benigno, pero más de uno parecía asustado por lo que yo le hubiera dicho al hermano Estanislao. Seguro que tardaban en tranquilizarse. Dios Nuestro Señor les daba la oportunidad de sufrir un poco, y más que sufrirían cuando se dieran cuenta de que el hermano Rafael ya no se dejaba que le hicieran manipulaciones.

Empecé a bajar la escalera, camino de la capilla, y entonces le vi. Allí, en el descansillo, esperando sin duda acontecimientos, estaba el hermano Nicolás Francisco. Tan guapo. Tan fuerte. Tan dispuesto siempre a conseguir que me sintiera a disgusto. Con aquel aspecto de joven levantador de pesas. Inquieto, aunque él no lo habría reconocido por nada del mundo. Intrigado —eso no lo podía disimular— por el resultado de mi diálogo con el maestro de novicios. Tenía un libro en las manos, pero no intentaba aparentar que lo leía. Cuando me crucé con él, me miró a los ojos con aquellos ojos desafiantes y de color aceituna. Y sonreía. Tenía una sonrisa burlona en aquella boca abultada y antipática que a mí me gustaba tanto.

Han pasado treinta y cinco años y ya no soy el hermano Rafael. En realidad, dejé de serlo a los seis meses escasos de aquella paternal regañina del maestro de novicios por culpa de mi caritativa propensión a permitir que me hicieran manipulaciones. Pero hay momentos en que el tiempo deja de repente de existir. Basta con que alguien, tal vez un desconocido, pronuncie una palabra.

A principios de octubre, un viernes por la noche, después de haber estado solo en el cine, fui con el desanimado propósito de encontrar compañía, como tantos otros viernes por la noche, a un bar que frecuento y que tiene el malicioso nombre de Tarifa. En cuanto entré, busqué a Flavio, uno de los camareros, con la mirada. Estaba concentrado en servir una copa a un cliente. El cliente observaba la tarea del chico con tanta atención que cualquiera pensaría que aquella simple mezcla de ginebra y tónica, sobre unos cubitos de hielo, acababa de ser inventada. También la concentración de Flavio era desmedida, como si estuviese mezclando explosivos o extrañas pócimas, capaces de convocar a los espíritus que conceden el dinero y la felicidad. Era una actitud típica del chico cuando coqueteaba con la clientela. Él y yo habíamos estado muchas veces así, frente a frente, cada uno a un lado de la barra, absortos en el extraordinario proceso por el que un vaso con hielo se llena lentamente con lo único que bebo desde hace tiempo, un refresco de color té que sabe vagamente a té. Y, sin embargo, nunca me había decidido a llamarle a cualquiera de los dos teléfonos —el móvil y el de la casa que compartía con otros dos chicos brasileños, en alguna de esas calles que comunican Hortaleza con Fuencarral— que me había pasado, escritos en uno de los vales de control de caja, una noche, al despedirnos. Debajo de su nombre y de los dos números telefónicos, había escrito: «*Liga!!!*». O sea: «¡¡¡Llama!!!». Pero yo no había llamado, aunque lo primero que seguía haciendo, al entrar en el bar, era buscarlo con la mirada.

Me apoyé en la barra, cerca de él, a la espera de que saliera del intenso trance profesional y me viese. Entonces, alguien dijo a mi lado:

—Perdona, tú eres Rafael Lacave, ¿verdad?

Era un tipo bajito, cuarentón, con barba y gafas. No me pareció arriesgado sonreírle.

—Te veo siempre en televisión —añadió—. Bueno, siempre no, claro. Cuando sales, todos los jueves.

Me explicó que cada jueves veía la tertulia que yo presentaba, de diez a once de la noche, en una cadena de televisión. No me dijo que me hubiese visto alguna vez en el teatro, antes de que la televisión me convirtiese en un personaje popular. Estaba en Madrid pasando el fin de semana, me dijo, lo hacía de vez en cuando, es necesario si uno vive en un pueblo muy pequeño. Él vivía en un pueblo de poco más de seiscientos habitantes de la provincia de Palencia. A mí, desde hace más de treinta y cinco años, siempre que alguien dice «Palencia» me da un vuelco el corazón.

—¿Qué pueblo? —le pregunté, con esa mezcla de ansiedad y descreimiento con que algunos viejos y curtidos jugadores apuestan por un número en la ruleta.

Y él entonces dijo el nombre del pueblo del hermano Nicolás.

Aquel pueblo al que, para mortificar al hermano Nicolás, yo dije una vez que quería ir de misionero. Estábamos todavía en el noviciado menor, poco después de la toma de hábitos, en uno de aquellos coloquios formativos —así se llamaban— que consistían en abordar durante una hora un tema de interés para nuestro futuro como religiosos. En aquella ocasión, el asunto elegido era el de las misiones. Todos los novicios que acabábamos de tomar los hábitos estábamos ansiosos por irnos de misioneros, todos sin excepción habíamos cursado la correspondiente y preceptiva solicitud al procurador provincial de la Congregación para las misiones —era obligatorio contar con la autorización de los padres; los míos dieron su consentimiento con el corazón encogido, temerosos de que me mandasen en cualquier momento a tierras de caníbales—, todos soñábamos con la santidad y, los más audaces, con el martirio, y todos sabíamos que, de cada tanda —así se llamaba lo que en la universidad se llama promoción y en la mili se llamaba reemplazo—, apenas dos o tres podrían ser elegidos para propagar la verdadera fe, a través de la enseñanza, en pueblos de infieles. El guía de novicios —el hermano Tomás de la Cruz, un hombre generalmente adusto y con un inoportuno y desangelado sentido del humor— propuso que, quienes quisiéramos, dijésemos el lugar al que nos gustaría ir de misioneros y las razones de nuestra elección. Todos los que pidieron la palabra fueron incapaces de citar un país concreto, pero todos hablaron de remotos lugares africanos o asiáticos, regiones asoladas por la ignorancia y la pobreza, llenas de peligros y epidemias y de niños famélicos y desnudos en los que prendería como un árbol frondoso de jugosos frutos la doctrina de la salvación; a muchos se les saltaban las lágrimas y se les quebraba la voz con sólo imaginar su fervorosa y meritoria aventura. Pero cuando le tocó el turno al hermano Nicolás, se levantó y dijo con toda seriedad, con toda claridad y con abrumadora firmeza:

—Yo quiero irme de misionero a Nueva York.

Los de siempre, los que consideraban al hermano Nicolás el novicio menor con más personalidad, más empuje y mayor hombría de la tanda, dejaron escapar como culebrinas medio asfixiadas unas risitas llenas de estremecimientos y admiración. El hermano Tomás de la Cruz puso cara de capataz desabrido, dio unos golpes impacientes en la mesa para exigir compostura, y le indicó al hermano Nicolás que permaneciera de pie. Luego dijo:

—Que yo sepa, hermano Nicolás, a Nueva York se va de compras. Allí no hacen falta misioneros.

Todos los novicios, menos el hermano Nicolás y yo, se echaron a reír, encantados de poder demostrarle al hermano Tomás de la Cruz lo gracioso que era. El guía de novicios hizo aquella extraña y raquítica mueca que le salía siempre que se entregaba a la debilidad de permitirse una sonrisa; sin duda estaba muy satisfecho de su vis cómica. Pero el hermano Nicolás permanecía impasible, y llevaba bien preparado su discurso.

—Hermano guía de novicios —dijo—, le pido permiso para discutirle eso. El cristianismo no sólo está ausente entre los salvajes de países remotos o entre quienes, aunque pertenezcan a civilizaciones de muchos siglos de antigüedad, practican religiones equivocadas. Ésos, después de todo, rinden culto a sus ídolos o a sus dioses, y algo es algo. Pero en Nueva York, donde tanta gente sólo adora el dinero y se entrega ciegamente al hedonismo y a la práctica de todos los vicios capitales, donde la espiritualidad no existe, devorada por una existencia materialista y entregada por entero a los placeres mundanos, donde el divorcio y la falta de caridad están a la orden del día, predicar la doctrina de Cristo tiene tanto mérito y puede ser tan peligroso como hacerlo entre los caníbales del Congo belga. O más.

Los que consideraban al hermano Nicolás el novicio menor con más personalidad, con más empuje y mayor hombría de toda la tanda, y con una labia capaz de convertirlo, llegado el momento, en un predicador que dejaría en pañales al mismísimo san Francisco Javier, no pudieron aguantarse, rompieron a aplaudir y consiguieron que todos los demás novicios menores también aplaudieran. Sólo el hermano Tomás de la Cruz y yo no lo hicimos. Pero al hermano Tomás de la Cruz se le notaba en la cara —aquel leve alzamiento de cejas, aquella mirada un poco flotante, aquel pequeño frunce en la boca— que estaba gratamente sorprendido y bastante impresionado. No permitió, desde luego, que los aplausos se prolongaran más de la cuenta y dijo:

—Tiene usted un pico de oro, hermano Nicolás. Ahora sólo debe procurar que no se le vaya toda la fuerza por la boca. Puede sentarse.

El hermano Tomás de la Cruz esperó a que el hermano Nicolás se sentara y, para cortar cualquier brote de relajación, se puso a mirar con severidad a algunos novicios, elegidos entre los más proclives a comportarse, con el menor motivo, como lo que éramos: chicos de catorce o quince años, muchos con la niñez casi ahogada por dos o tres años de aspirantado, antes de la toma de hábitos, y con una constante propensión a ser infantiles y bulliciosos en cuanto se presentara la menor oportunidad.

—Bien —añadió el guía de novicios—, después de la exhibición de oratoria que acaba de hacernos el hermano Nicolás no sé si hay alguien capaz de superarlo y de explicarnos, de un modo tan convincente, adónde quiere irse de misionero y por qué.

Antes de que terminara la frase, yo había levantado la mano.

—Vaya —dijo el hermano Tomás de la Cruz—, pensé que por una vez había decidido ser humilde, hermano Rafael. —Se oyeron risitas—. Pero díganos, díganos. ¿Adónde quiere irse usted de misionero? ¿Es más peligroso que Nueva York?

—Mucho más —dije yo.

Me interrumpí, y conseguí que la sala de estudios, donde siempre se celebraban aquellas reuniones, pareciera la gruta de Lourdes en espera de una aparición de la Virgen. El guía de novicios me indicó con un gesto que me dejara de suspense, que me diera prisa y que lo soltara de una vez. Respiré hondo y dije:

—Yo quiero ir de misionero al pueblo del hermano Nicolás. Es que hay que ver cómo son...

Las carcajadas fueron todo lo infantiles y bulliciosas que cabía esperar. El pupitre del hermano Nicolás estaba dos filas delante del mío, al otro lado del pasillo, pero no quise mirarle. Mantuve la vista fija en los ojos del guía de novicios. El hermano Tomás de la Cruz no desvió la mirada, y eso que se le notó, durante un segundo, el esfuerzo que tuvo que hacer para no echarse también él a reír. Luego, golpeó la mesa tres veces con la palma de la mano para imponer silencio y ordenó:

—No quiero oír ni una risa más. Y usted, hermano Rafael, esta noche, en la cena, pídale perdón al hermano Nicolás.

Todos sabíamos lo que aquello significaba. Era un rito de penitencia –por el que un novicio pedía perdón a otro al que había ofendido durante el día mediante pensamiento, palabra, obra u omisión– que casi siempre resultaba más humillante para el ofendido que para el ofensor. Se llevaba a cabo al principio de la cena, una vez rezadas las oraciones de bendición de la mesa y antes de que comenzase la lectura espiritual, que se iniciaba con un pasaje del Antiguo o del Nuevo Testamento y continuaba, hasta el final de la refección, con algún libro piadoso; la lectura la iban realizando los novicios por turno, y el guía de novicios tocaba el timbre para indicar cuándo un lector debía ser sustituido por el siguiente. Para algunos, incapaces de leer dos palabras seguidas con fluidez y sin equivocarse, su turno de lectura era un verdadero suplicio, pero el guía de novicios solía prolongarlo con una absoluta falta de misericordia y conseguía que el pobre lector terminase al borde de las lágrimas y entre las risas mal sofocadas de sus compañeros: al día siguiente, en la cena, diez, doce, quince novicios arrepentidos se precipitaban, uno tras otro, junto a la silla del lector inepto y abochornado para, de rodillas, pedirle perdón mediante la fórmula que todos debíamos utilizar: «Hermano fulano, ¿me concede la caridad de levantarse para que le bese los pies?». Porque en eso consistía la reparación de la ofensa, en besarle los pies al ofendido. Muchas veces, el ofendido no tenía la menor idea de qué ofensa le había infligido aquel novicio arrodillado a su lado y que seguramente le odiaba, o le despreciaba, o le había calumniado, o sentía por él deseos impuros, y saber de repente que había sido víctima de la maldad y el pecado del otro, y tener que aceptarlo, levantándose para que el otro le besara los pies, era sentirse ofendido de nuevo, ahora públicamente.

Aquel día, cuando todos nos sentamos después de las oraciones que bendecían los alimentos que íbamos a recibir, se diría que la Virgen de Lourdes, en efecto, estaba otra vez a punto de aparecerse. Nadie se movía. Las fuentes con sardinas en aceite y escarola —aquél era casi todas las noches el primer plato— ya estaban sobre las mesas, pero nadie se decidía a servir. Comprendí que ningún novicio iba a pedir perdón antes de que lo hiciera yo. Y quizás, aquella noche, tampoco ninguno lo haría después de que yo lo hiciera. Me estaban reservando el honor de protagonizar yo solito el capítulo penitencial de aquella cena. Así que me levanté, fui hasta la mesa del hermano Nicolás, me arrodillé a su lado —no sin antes arremangarme con mucho esmero la sotana para no ponérmela perdida—, y le dije, bien alto, para que lo oyesen todos:

—Hermano Nicolás, ¿me concede la caridad de levantarse para que le bese los pies?

Y el hermano Nicolás, sin mirarme, con la vista al frente, bien alto, para que todos lo oyeran, dijo:
—No.

Así de claro. Y no sólo los que se hacían lenguas de la tremenda personalidad que tenía el hermano Nicolás se echaron a reír. El hermano Tomás de la Cruz, muy serio, dio tres timbrazos como tres latigazos de Jesucristo en el templo profanado por los mercaderes, y dijo, con el tono de voz que siempre utilizaba para advertir que una falta individual o colectiva no se le olvidaría fácilmente:

—Hermano Rafael, vuelva a su mesa. Y todos los que se han reído que tomen el primer plato de rodillas.

Más de la mitad del noviciado menor —incluidos dos hermanos del claustro de profesores, el hermano Anselmo y el hermano Luciano, que se sentaban en la mesa preferencial junto al guía de novicios— cenaron de rodillas la ensalada de escarola con sardinillas en aceite. Yo apenas probé bocado: hacía una semana que me había puesto a régimen, porque el alzacuello me estaba muy apretado y me ponía cara de pandereta. Sólo tomé un par de hojas de escarola y dos albóndigas, de segundo. Le pasé al hermano Juan Evangelista, que se sentaba a mi lado y comía sin la menor moderación, el plátano –fruta que engorda una barbaridad– que me había tocado de postre. Luego, fui al atril de lectura a sustituir voluntariamente al novicio que en aquel momento cumplía con su turno y que aún no había terminado de cenar. Eso era algo que ocurría en casi todas las comidas y que tenía un poco de compañerismo y mucho de alarde exhibicionista: los novicios convencidos de ser los que mejor leían, si terminaban pronto de comer, iban a hacerse cargo de la lectura hasta que el guía de novicios daba la señal para rezar las oraciones de gratitud por los alimentos consumidos y abandonar el refectorio. Pero aquella noche, el guía de novicios tocó el timbre para que interrumpiera la lectura y me indicó con un gesto que volviese a mi sitio. Luego, en lugar de iniciar las oraciones, dijo:

–Hermano Nicolás, pídale perdón al hermano Rafael.

Si la Virgen de Lourdes estuviera a punto de aparecerse por fin, no habría conseguido la misma expectación. El hermano Nicolás se levantó despacio, con aquella seguridad en sí mismo que muchos novicios le admiraban tanto, y fue sorteando con mucha tranquilidad las mesas hasta arrodillarse a mi lado. Con voz clara y alta, pero inexpresiva, me pidió:

–Hermano Rafael, ¿me concede la caridad de levantarse para que le bese los pies?

Le miré. Había inclinado la cabeza y mantenía la vista baja. Tenía las manos entrelazadas a la altura de la cintura, y con los nudillos me rozaba la pierna derecha. Si el hermano José Benigno se hubiera dejado en aquel momento, un año antes, arrastrar por la tentación, y se las hubiese arreglado allí, en el refectorio, para apoyarme la mano donde era pecado andarse uno mismo y andarle a otro con manipulaciones, habría comprobado que no toda la culpa era suya. De pronto, tuve miedo de que se me notara algo cuando me levantase, a pesar de la sotana. Comprendí que lo mejor era devolverle al hermano Nicolás el desplante y decirle que no, que no le concedía la caridad de levantarme para que me besara los pies. Y, sin embargo, me levanté. La cara del hermano Nicolás me quedó a la altura de donde era pecado andarse con manipulaciones. Todo me palpitaba tanto que, para que no se notase, me cogí la sotana a la altura de medio muslo, la separé y la levanté un poco, hasta casi los tobillos, hasta que quedaron por completo a la vista los zapatos, y dejé que el hermano Nicolás cumpliera su penitencia.

La cumplió bien. Besó mis pies de verdad. Yo lo sentí. Sentí cómo aquella boca abultada y antipática que a mí me gustaba tanto besaba primero mi zapato izquierdo, después el derecho. Sentí cómo me palpitaba también el corazón. Como si, en lugar de besarme los zapatos, el hermano Nicolás me hubiese besado en la mitad del pecho.

En la mitad del pecho, chorreando sangre, el hermano de gafitas redondas tenía un agujero del tamaño de un puño. Detrás del hermano, con el fusil asesino cruzado a la altura del estómago, había un miliciano enorme, feroz, joven también, pero mucho más fuerte y muy moreno, guapo, de cara cuadrada y sin afeitar, despechugado y arremangado, con unos pectorales como macetas y unos bíceps más grandes y más duros que los del hermano Casimiro, el hermano de la Sagrada Familia que se encargaba en el noviciado mayor de los trabajos de albañilería, fontanería y electricidad. El miliciano estaba con las piernas abiertas, y sus muslos robustos y arqueados, embutidos a duras penas en un pantalón de color caqui, sobresalían por detrás de la espalda del hermano de gafitas redondas que, arrodillado delante de su asesino, pálido y delgadísimo, con las manos unidas en actitud devota y la mirada levantada en busca de la gloria celestial, entregaba serenamente su vida al Señor.

El hermano de gafitas redondas se llamaba Francisco Díaz Balbuena –hermano Manuel Ireneo en religión, porque en sus tiempos, al tomar los hábitos, los novicios cambiaban por completo de nombre y renunciaban a sus apellidos terrenales– y era uno de los siete hermanos mártires que la Congregación había tenido en aquella casa de formación a comienzos de la guerra civil. El hermano Manuel Ireneo y otros cuatro hermanos mártires eran también de la Sagrada Familia, como el hermano Casimiro. Se llamaban hermanos de la Sagrada Familia los que, por sus pocas luces o por suprema humildad, no podían o no querían hacer los estudios religiosos y de magisterio que permitían a los Hermanos de la Verdad de Cristo enseñar gratuitamente a los pobres –según uno de los votos especiales (el otro era el de sumisión al Sumo Pontífice) que hacían todos los demás miembros de la Congregación, junto con los de pobreza, castidad y obediencia– y se dedicaban a las tareas domésticas y de mantenimiento: cocina, sastrería, zapatería, enfermería, albañilería, fontanería, electricidad... Sus méritos ante Dios y ante la Iglesia –nos repetían constantemente en el aspirantado, en el noviciado menor, en el noviciado mayor– no eran en absoluto menores que los de quienes, al acabar el noviciado mayor, eran enviados a uno de los colegios que la Congregación tenía por toda España y en las misiones, de ahí que no había que tener pena de los compañeros que, después de las reuniones anuales en las que se decidía la suerte de los novicios de cada tanda, eran destinados a esos menesteres manuales, en los que también se podía alcanzar la santidad. La prueba la teníamos en aquellos cinco hermanos mártires de la Sagrada Familia, cuyo proceso de beatificación estaba ya abierto en Roma.

En octubre de 1936, las tropas católicas del Generalísimo Franco, tras avanzar victoriosas sobre las hordas comunistas, llegaron a las inmediaciones de Dehesa del Río, localidad castellana de 347 habitantes donde nuestra casa de formación fue fundada en 1928. Ante la inminencia de la derrota, los elementos rojos de la localidad, azuzados por milicianos de poblaciones limítrofes, ciegos de rabia y con ánimo sanguinario, tras intentar prender fuego sin conseguirlo a la casa de formación, la asaltaron, profanaron la capilla, el sagrario y la imagen de Nuestra Señora que se venera en el altar mayor, y dieron muerte, por fusilamiento o por degüello, a los hermanos Aniceto José, Benito de Jesús, Manuel Ireneo, Pablo Evangelista y Venancio Antonio, todos ellos hermanos de la Sagrada Familia, y a los hermanos Higinio de la Santa Cruz, antiguo procurador general de la Congregación, y Jean Marcel, hermano francés de la Casa Madre de Roma, que se encontraba visitando las comunidades de nuestro país por encargo del vicario general y convalecía en la enfermería de unas fiebres que había contraído. Todos ellos alcanzaron así la palma del martirio, en nombre de la fe. En esos términos se narraba aquel emocionante episodio en la *Historia de la Congregación de la Verdad de Cristo en España*, que los novicios debíamos aprendernos de memoria y que había escrito un hermano con media docena de doctorados por la Universidad Pontificia de Salamanca y por la Universidad Católica de Tubinga.

Un día, ya en el noviciado mayor, poco antes de que el hermano Estanislao me llamase a diálogo por culpa de las manipulaciones del hermano José Benigno, yo había discutido, en una clase de historia de la Congregación, la forma en que estaba redactado aquel párrafo larguísimo en el que se narraba la ira sanguinaria de los milicianos y de los rojos del pueblo, y en el que figuraban, por orden alfabético, los nombres de los hermanos de la Sagrada Familia, separados de los otros dos asesinados por la fe. Tal como estaba escrito —dije yo—, debía entenderse que todos, incluidos los elementos rojos y los milicianos, habían alcanzado la palma del martirio. Fue una discusión llena de desatinos gramaticales, de argumentos insensatos por mi parte, pero que yo improvisaba con todo el aplomo de que puede ser capaz un muchacho de dieciséis años convencido de ser más inteligente que nadie; sobre todo, más inteligente que el hermano Nicolás. El hermano Lázaro —que, además de ser el artista del claustro de profesores, tenía a su cargo aquella asignatura, así como las de literatura, geografía, historia de España e historia universal, y nociones de psicología— se dejaba llevar por mi incansable gusto por la polémica, se tomaba muy a pecho la tarea de contradecirme, celebraba con muchos aspavientos irónicos mis ocurrencias más disparatadas, y terminaba él mismo enredado en un galimatías que, cuando se refería a la sintaxis, habría puesto los pelos de punta a don José María Pemán. Pero yo sabía que el hermano Lázaro me admiraba, y no sólo por lo inteligente que yo era; también porque no procedía de un pueblo de mala muerte sino de uno de los pocos colegios de pago que tenía la Congregación en España —y que servían para financiar las escuelas en las que se enseñaba gratuitamente a los pobres—, porque eso eliminaba la posibilidad de que yo estuviera en el noviciado para estudiar gratis, porque mi familia era de posibles, porque así resultaba más meritoria mi entrega al servicio de Dios y de su doctrina, y porque era rubio y tenía los ojos claros. Me admiraba tanto que, para que no se le notase, me ponía más penitencias que a nadie si cometía alguna falta. Aquel día, después de discutir sobre la redacción de la historia de nuestros mártires por la fe hasta que él mismo se dio cuenta de que se estaba poniendo en ridículo, yo dije con mucha guasa que, de todas maneras, parecía claro que los hermanos de la Sagrada Familia tenían más oportunidades de ser mártires que los hermanos con estudios de patrística y escolástica y con el título de magisterio, y el hermano Lázaro, muy serio de pronto, me mandó cenar tres días seguidos el primer plato arrodillado delante de la mesa del maestro de novicios y del claustro de profesores, y a los que se rieron con mi comentario los castigó a lo mismo, pero sólo un día y cada uno junto a su mesa. Y, sin embargo, yo tenía toda la razón del mundo, sólo había que fijarse un poco: cuando las tropas católicas del Generalísimo Franco alcanzaron las puertas de Dehesa del Río, poniendo rabiosos y sanguinarios a los rojos locales y a los milicianos que habían llegado de fuera, hacía tiempo que todos los novicios y el claustro de profesores se habían pasado a zona nacional y estaban en lugar seguro, pero quedaron en la casa de formación, seguramente por culpa del voto de obediencia, los cinco hermanos de la Sagrada Familia, con el encargo de cuidarlo todo y de no moverse de allí aunque se presentara todo el ejército marxista, así que a ellos les tocó apechugar con la palma del martirio; sólo los achaques y la casualidad hicieron que se quedaran también, y se encontraran de pronto con los milicianos encima, el hermano Higinio de la Santa Cruz, ya tan viejísimo que no se podía mover de la cama, y aquel hermano francés al que unas fiebres de lo más inoportunas le habían puesto el martirio en bandeja sin comerlo ni beberlo.

Aquella tarde, antes del trabajo manual y de las oraciones de vísperas, allí estaba yo, postrado ante el cuadro que representaba el martirio del hermano Manuel Ireneo, mi favorito entre todos nuestros hermanos mártires. Un hermano de la Congregación en Canarias, que había abandonado para entrar en religión una vida consagrada a la pintura y llena de éxitos –y que desde que abandonó el noviciado mayor se había dedicado, por orden de los superiores, a llenar de escenas bíblicas y alegorías piadosas los altares de todas las capillas y las paredes de casi todas las dependencias de las casas y colegios de los Hermanos de la Verdad de Cristo en España y en algunos países de Hispanoamérica, con lo que, según el hermano Lázaro, se había acrecentado su fama de eximio artista, aunque ahora al servicio del Señor y de la causa de los hijos de san Karol Obrisky, nuestro fundador–, había pintado por separado a nuestros siete mártires, cada uno con su miliciano correspondiente, en sendos óleos de dos metros de alto y ochenta centímetros de ancho, colgados en línea y por orden alfabético en uno de los muros laterales de la capilla del noviciado. Yo, desde el principio, había elegido al hermano Manuel Ireneo como mi mártir particular; primero, porque con sus gafitas redondas y su carita demacrada parecía más frágil y delicado que los demás y, sin embargo, tan entero y sereno como cualquiera, y segundo, porque su miliciano era, con diferencia, el mejor. Los otros seis milicianos también estaban la mar de bien, con aquellos cuerpos tan contundentes, con aquellos músculos, con aquellas caras, con aquella expresión de ferocidad que le garantizaba la palma del martirio al más tarambana de los mortales, pero el mío –bueno, el del hermano Manuel Ireneo– parecía tan bien alimentado, tenía un pelo tan bonito y una mirada tan intensa, le sentaban tan bien el despechugue, el arremangamiento y los pantalones de color caqui, y parecía tan poco dado al arrepentimiento, que bastaba con mirarle para que a uno le entrasen unas ganas heroicas de hacerse mártir inmediatamente en sus manos. Martirio que, por otra parte, yo me merecía de sobra por haber creado entre mis compañeros tantas ocasiones de romper el voto de castidad.

A la salida del despacho del maestro de novicios, después de cruzarme en la escalera con el hermano Nicolás, me había retirado a la capilla unos minutos. Estaba acongojado y necesitaba reconciliarme con Dios, o más bien que Dios se reconciliara conmigo, claro, por mis pecados y por los pecados cometidos por otros por mi culpa, porque yo contra Dios no tenía nada, a no ser aquello de que los chicos guapos, aunque también fueran criaturas suyas, lo tuvieran más difícil que los demás para ser sus dignos siervos. Si el miliciano del hermano Manuel Ireneo me hubiese propinado allí mismo una soberana paliza —o abajo, en las duchas, donde los hermanos de la Sagrada Familia se habían escondido y donde, fácilmente encontrados por sus perseguidores, habían hallado el martirio—, de mis labios no habría salido la más leve queja: me sentía sucio y con el alma maloliente, una manzana podrida que estaba consiguiendo que se pudrieran las demás, indigno de propagar entre los niños pobres e inocentes normales —no digamos entre los niños pobres e inocentes de las misiones— la verdad de Cristo. De pronto, yo que tanto me burlaba de los novicios que se pasaban la vida angustiados y sin cansarse de sufrir por culpa de las tentaciones contra la pureza, y que no paraban de pedir permiso para usar el cilicio con el fin de aplacar los apetitos de la carne, necesitaba consuelo y ayuda. O un castigo ejemplar. De hecho, de haberse repetido en aquel mismo instante el glorioso Alzamiento Nacional, si el ejército victorioso del Generalísimo estuviese otra vez a menos de cinco kilómetros de las tapias del noviciado mayor —la aviación nacional había sembrado de bombas los terraplenes que se extendían, como las dunas de un desierto, al otro lado de la tapia norte de la finca, y los chiquillos del pueblo a veces descubrían alguna que había permanecido enterrada y sin explotar durante tantos años—, si los rojos locales y los milicianos forasteros volvieran a plantarse en la casa de formación, llenos de rabia sanguinaria, yo ni siquiera habría intentado esconderme en las duchas: habría dejado sin pestañear que el miliciano del hermano Manuel Ireneo me hiciera picadillo. En apenas unos minutos, arrodillado frente al martirio del hermano Manuel Ireneo, me vi apaleado, escupido, apuñalado, ametrallado, degollado, descuartizado. Llegué a sentir en mi cuello la respiración jadeante y el aliento lujurioso del miliciano de los pantalones de color caqui, que quería deshonrarme. Y, en medio de aquellas torturas, creo que estuve a punto de recuperar la paz de la conciencia y de conocer lo que, en el libro de espiritualidad del noviciado, se llamaba «el consuelo de Dios». Si no pudo ser fue porque a las seis en punto, como todas las tardes, sonó la campana llamando al trabajo manual.

Desde que entramos en el noviciado mayor, la hora de trabajo manual yo la dedicaba, en efecto, a trabajos manuales: escribir el diario del noviciado, y ensayar al piano. El diario –una tarea encomendada siempre, en cada tanda, a un novicio con dotes literarias, demostradas en las redacciones de las clases de literatura y en los discursos y poemas que se leían públicamente el día del fundador, en navidades y con ocasión de la onomástica del maestro de novicios– se escribía a mano en un libro encuadernado en piel y de lujosas páginas en blanco y sin rayar ni cuadricular, lo que exigía, además del obvio trabajo caligráfico, un esfuerzo suplementario para que los renglones mantuviesen la necesaria horizontalidad. En cuanto a los ensayos con el piano, la labor resultaba todavía más agotadora, sobre todo si se tiene en cuenta que mi oído musical ha sido siempre espantoso: me sentaba frente al teclado, desplegaba la primera partitura de unas clases que me resultaban absolutamente incomprensibles –aquellos pentagramas, salpicados de las notas más elementales de una primera lección de solfeo, se me antojaban más enrevesados que el misterio de la Santísima Trinidad– y me ponía a darle a las teclas un poco al tuntún, procurando, eso sí, hacerlo con mucha delicadeza, más que nada para que sonase bajito y nadie se diera cuenta del despropósito. Pero el hermano Wenceslao, que era el profesor de música, había considerado bonita y prometedora mi petición de aprender piano durante las horas de trabajo manual –como otros cuantos privilegiados aprendían órgano o guitarra, y se libraban así de cavar en la huerta o de repechar y blanquear paredes–, sobre todo por lo clara que estaba mi sensibilidad para todo lo artístico; entre mis sensibilidades artísticas, yo había decidido un buen día, estando en el noviciado menor, incluir el canto, pese a que desafinaba como un becerro –según el desagradable diagnóstico del hermano Nicolás–, pero ponía tanto fervor e impostaba tan bien la voz y pronunciaba con tan buen gusto que el hermano Wenceslao estaba dispuesto a enderezarme el oído como fuese.

–Hermano Rafael –me dijo el maestro de novicios aquella tarde, cuando nos reunimos en la sala de estudios para la distribución del trabajo manual–, únase hoy a los hermanos de la lavandería.

Yo me quejé lo mejor que supe:

–Es que el diario del noviciado lo llevo muy atrasado...

–El diario puede esperar. Y piense que le estoy dando facilidades para que haga un poco de penitencia.

Noté sonrisitas maliciosas a mi alrededor. Pasaba siempre: cada vez que el hermano Estanislao llamaba a diálogo a algún novicio para una reprimenda, todo el noviciado mayor se enteraba enseguida del motivo y el resultado de la entrevista. Era el propio hermano Estanislao quien lo dejaba adivinar con comentarios que aparentaban ser inocentes o misteriosos, pero que no confundían a nadie, y lo hacía no sólo para advertencia o escarmiento de los demás, sino porque disfrutaba una barbaridad con los cotilleos.

Así que aquella tarde, en la lavandería, a las órdenes del hermano Basilio —el hermano de la Sagrada Familia que se encargaba también de la sastrería: de repartir, remendar, reponer y cambiar la ropa interior, las camisas y pantalones, las sotanas y los manteos—, mientras hacíamos la colada de la semana en enormes máquinas ruidosas y humeantes, mientras tendíamos las sábanas y toallas en los cordeles del lavadero, mientras algunos de los novicios más torpes de la tanda planchaban con la mejor voluntad del mundo la ropa lavada el día anterior —los que planchaban eran siempre los mismos, señal inequívoca de que terminarían como hermanos de la Sagrada Familia—, yo me sabía objeto de miradas huidizas, de sonrisas inseguras, de gestos escurridizos y confusos. Se trabajaba en silencio, y había que extremar la modestia para que el ejercicio físico no se convirtiera en un atentado contra el decoro, pero aquella tarde los novicios que estaban conmigo en la lavandería parecían, aunque trataran de contenerse, muy excitados por mi llamada al despacho del hermano Estanislao. De pronto, alguien empujó al hermano Ángel Valentín —un chico bajito, de cara muy aniñada y pelo rizado y grandes ojos de color avellana— cuando pasaba a mi lado con un canasto lleno de sábanas empapadas, y el novicio soltó el canasto y se agarró a mi brazo instintivamente para no caer al suelo, y todos los demás se alborotaron como abejas cuyo panal alguien hubiera zarandeado de buenas a primeras, y rompieron a reír con ese nerviosismo atolondrado con el que rompen a reír los niños sorprendidos mientras espían a una pareja de novios en plenas carantoñas, y el hermano Ángel Valentín también se reía, colorado como la sangre que manaba del pecho agujereado del hermano Manuel Ireneo, y recogió su canasto lleno de sábanas empapadas y otro novicio le ayudó, entre risitas, a tenderlas en los cordeles del lavadero, y luego el hermano Ángel Valentín, aprovechando que el hermano Basilio no le veía, se puso a restregarse la cara, el pelo, el pecho, las manos con las sábanas mojadas, como si quisiera purificarse. Yo también me eché a reír, igual que las malas mujeres que se reían como locas, mientras provocaban a los hombres, en las películas para mayores con reparos. Lo que no quería era echarme a llorar.

También de aquello se enteró enseguida todo el noviciado mayor. Después del trabajo manual teníamos media hora de aseo y media hora de libre disposición, durante la que se podía hablar, así que la mayoría la aprovechaba para reunirse en corrillos y comentar los acontecimientos del día. Yo me retiré a la sala de estudios. Saqué el diario del noviciado mayor y escribí: *Miércoles, 3 de marzo de 1965. Los martes y miércoles son días de colada. La ropa limpia y tendida es el símbolo de la pureza, y el lavadero es entonces como el río Jordán, donde uno entra y se siente purificado. Los martes y miércoles el lavadero nos recuerda la infinita misericordia de Dios, que perdona todos los pecados y deja el alma como una sábana blanquísima.*

La comparación del alma con una sábana no acababa de convencerme, sobre todo teniendo en cuenta que las sábanas del noviciado mayor daba pena verlas, de lo gastadas y remendadas que estaban, así que me puse a buscar un símil algo más poético. Entonces entró en la sala el hermano Nicolás. Me miró y sonrió un poco, y me imaginé que era una sonrisa burlona, aunque la verdad es que no estaba seguro. De lo que sí estaba seguro era de que sabía lo que había pasado en el lavadero. El hermano Nicolás ocupó su pupitre y sacó un cuaderno de pastas negras que reconocí enseguida. Se puso a escribir sin tener que pararse a pensar lo que ponía, sin levantar la vista del cuaderno, sin interrumpirse. A mí no se me ocurría nada más poético que lo de la sábana. Sonó la campana para la oración de vísperas. Salí de la sala antes que el hermano Nicolás, sin saber si él me miraba o no, y en la capilla, como él ocupaba uno de los últimos bancos y yo uno de los del medio, tampoco podía verle. Pero cuando salimos de la capilla y nos encaminamos al refectorio por el claustro que rodeaba el patio principal, con los brazos cruzados sobre el pecho y mucho recogimiento, en fila de a dos, en cabeza los de los bancos del final y los últimos los de los bancos del principio, el hermano Nicolás se salió de la fila y se quedó aparte, medio arrodillado, atándose los cordones de uno de los zapatos. Cuando pasé a la altura de donde él estaba, se levantó de pronto, se metió en la fila y fue avanzando hacia el refectorio a mi lado. Al llegar a la puerta, donde teníamos que juntarnos un poco para poder pasar de dos en dos, me dio con el codo, me rozó la mano con su mano, y me puso entre los dedos algo que yo apreté contra mi costado para que no cayera al suelo. Era un papel doblado muchas veces. Tan doblado que parecía de piedra. Tan doblado que era como si el hermano Nicolás hubiera luchado contra la tentación de arrepentirse de lo que había escrito.

En el refectorio sí que podíamos vernos, porque nuestras mesas —alargadas y estrechas, para doce novicios cada una— estaban una enfrente de la otra. Yo sabía que, aunque no lo pareciera, él estaba pendiente de mí, deseando que yo leyese el papel, nervioso, impaciente por saber cómo reaccionaba. Pero me había guardado el papel en el bolsillo de la sotana y me aguantaba las ganas de leerlo. Aquella noche, cinco novicios fueron a pedirme de rodillas que les hiciera la caridad de levantarme para que me besaran los pies.

Durante la cena, tocó leer el episodio bíblico de las ciudades pecadoras de Sodoma y Gomorra. Cuando el novicio de turno leyó el pasaje del Génesis en el que se narra la ira de Yahvé por los pecados que se cometían en

Sodoma y, sobre todo, por haber ido los sodomitas a exigirle a Lot que les entregara a los ángeles que tenía hospedados en su casa, para abusar de ellos, el hermano Patricio –un novicio listo y arrogante que se sentaba frente a mí– sin levantar la mirada del plato empezó a ponerse colorado de tanto aguantarse las ganas de reír. Yo levanté la vista y me di cuenta de que el hermano Patricio no era el único al que le había entrado la risa tonta por culpa de los pecados de los sodomitas, y que se la aguantaba a duras penas. El novicio de turno leía en aquel momento el relato de los ataques pecaminosos que habían sufrido los dos ángeles enviados por Dios a Sodoma, y cómo Dios, en castigo por aquellos lujuriosos intentos contra sus mensajeros, había derramado un violento fuego sobre la ciudad, hasta calcinarla. Entonces yo dije:

–Pues aquí habría que ir avisando a los bomberos.

Lo dije en voz lo suficientemente alta como para que todos los de mi mesa lo oyesen y no pudieran aguantar más la risa.

El hermano Estanislao tocó el timbre con tanto coraje que pensé que lo iba a descuajaringar. Sabía perfectamente que la culpa de aquel jolgorio repentino la tenía yo. Cuando consiguió un absoluto silencio en el refectorio, dijo:

–Hermano Rafael, vaya a la capilla hasta la hora de subir al dormitorio. Un rato de oración y una noche de ayuno le vendrán bien. No se mueva de la capilla hasta que yo le avise.

Salí del refectorio seguro de que ningún novicio sentía pena por mí. Pero llevaba la cabeza alta, por si el hermano Nicolás me estaba mirando. Cuando llegué a la capilla, me arrodillé frente al martirio del hermano Manuel Ireneo, saqué el papel que me había dado el hermano Nicolás, lo desdoblé, y me costó trabajo descifrar lo que estaba escrito. Decía: *Lee mañana mi diario.*

Miércoles, 3 de marzo de 1965. Un hermano novicio lo está pasando hoy muy mal. El maestro de novicios lo ha llamado a diálogo y todos pensábamos que iban a empaquetarlo. Dicen que no se puede, porque hemos hecho votos por un año y hay que esperar a que el tiempo se cumpla, pero eso no es cierto. Pueden echarte cuando quieran, pero entonces hay que pedir exención de votos al Tribunal de la Rota, y eso sólo lo hacen si la falta del novicio es grave de verdad, porque el expediente es muy complicado y se puede alargar tanto que a lo mejor cuando llega el permiso de Roma ya el año está a punto de cumplirse. Todos sabemos cuál es la falta del hermano novicio, aunque yo creo que él no tiene la culpa. Nadie tiene la culpa de que algunos compañeros se encaprichen con su cara bonita. A mí me gustaría decírselo. Me gustaría decirle muchas cosas que seguro que ni se las imagina.

Nada más. Eso era todo lo que había escrito el hermano Nicolás, encabezando una página. Intenté leerlo de nuevo, pero no fui capaz de apartar la vista de la última frase. Arranqué la página para poder leerla muchas veces.

Cerré el diario del hermano Nicolás mientras sentía que una mano me estaba estrujando de repente el corazón, como cuando uno cierra una puerta que acaba de abrir, después de la sorpresa que se ha encontrado al otro lado. No había nadie más que yo en la sala de estudios. Los novicios iban camino de la capilla, antes de la cena, y era el único momento del día en que podía ir a la sala de estudios, con la excusa de que necesitaba coger el libro de oraciones que se me había olvidado en mi pupitre o algo así, y disponer del tiempo suficiente para buscar en el pupitre del hermano Nicolás, coger el cuaderno de pastas negras en el que escribía su diario, y leer la última página. Aquel día, el hermano Nicolás había dejado el cuaderno encima de todos los libros de texto, estaba claro que quería darme facilidades. Hacía mucho tiempo que no leía a escondidas su diario, pero siempre sospeché que él sabía que yo, casi todas las noches, cuando me salía de la fila mientras íbamos de la capilla al refectorio y me pasaba por la sala de estudios, como si fuera a recoger algo, buscaba en su pupitre el cuaderno de pastas negras y leía lo que él iba escribiendo, fecha tras fecha. Dejé de hacerlo cuando, un día, escribió el nombre de un novicio menor que no era yo —y yo sentí de pronto que una mano me estrujaba el corazón—, se prometía a sí mismo cortar con aquella debilidad de la que venía haciendo confidente a su diario desde hacía casi un mes, y puso la palabra «fin», con mayúsculas y subrayada cuatro veces, después del último párrafo. No volvió a escribir una sola palabra en su diario hasta aquel miércoles, 3 de marzo de 1965. Y no volvió a hacerlo nunca más. Yo arranqué aquella página, en la que él había escrito que le gustaría decirme muchas cosas que seguro que ni me las imaginaba, como si fuese una fotografía que acababa de sacarle por sorpresa al hermano Nicolás en el momento de hacer algo que él no quería que se supiera, y me la guardé en el bolsillo de la sotana. Aún la conservo.

De esa página arrancada del diario del hermano Nicolás fue de lo primero que me acordé cuando, treinta y cinco años después, en la barra del Tarifa, aquel tipo bajito y con barba, al ver la expresión tan sentimental que seguramente puse cuando él me dijo el nombre de su pueblo, me preguntó si lo conocía y yo le dije:

—No. Pero una vez conocí a alguien que era de allí.

—¿De veras? ¿Cómo se llamaba? —No pudo disimular la excitación ante la perspectiva de descubrir el secreto inconfensable de uno de sus vecinos—. Bueno, no me lo digas si no quieres, aunque te aseguro que soy una persona muy discreta.

—No es lo que te imaginas —mentí—. Estuvimos juntos en el colegio, internos, y hace un montón de años que no sé nada de él. Se llamaba Nicolás Camacho.

—¡Hombre, Nico! —Lo dijo de una manera que cualquiera pensaría que yo acababa de pronunciar el nombre de alguna celebridad—. No sabía que él hubiera estado interno en un colegio. No le pega nada, la verdad.

Si, a pesar de vivir en un pueblo de poco más de seiscientos habitantes, y aun siendo tal vez diez o doce años menor que Nicolás y yo, él no sabía que Nicolás Camacho había estado unos años no ya en un internado, sino en un noviciado, eso significaba que Nicolás había logrado borrar ese detalle de su biografía con el cuidado que algunos hombres públicos ponen en eliminar de su pasado, de cara a los demás, algún episodio de su vida que les resulta engorroso. Yo también lo he hecho, y lo achaco a una falsa mezcla de desinterés y mala memoria. Pero, que yo supiera, Nicolás Camacho no se había convertido en un hombre público, en un personaje conocido, a menos que se hubiera dedicado a la política local.

—No será el alcalde del pueblo, ¿verdad?

—No, hombre, claro que no. Estoy seguro de que la política no le interesa nada. Aunque habría hecho un carrerón, con el carisma que tiene.

Dejé escapar una risita burlona. Ya salía a relucir, al cabo de tanto tiempo, el carisma irresistible del hermano Nicolás. Entonces, claro, no se utilizaba esa palabra. El hermano Nicolás tenía una personalidad impresionante, madera de líder, carácter ganador, todas las cualidades de un futuro pastor de almas; si las reformas del Concilio Vaticano II, impulsadas por Juan XXIII, seguían adelante, el hermano Nicolás, según sus más entusiastas admiradores —entre los que se encontraba el mismísimo maestro de novicios, por más que lo intentara disimular—, podría llegar incluso a ser elegido Papa. De hecho, estoy convencido de que, más de una vez, el hermano Nicolás, que creía en su apabullante personalidad más que nadie, soñó con el papado. Cierto que ya no cabía la menor posibilidad de que Nicolás Camacho, por más carisma que derrochase todavía a diestra y siniestra, ocupase alguna vez la silla de San Pedro, pero cualquiera diría que los seiscientos habitantes de aquel pueblo de Palencia eran, en realidad, seiscientos novicios adolescentes, fascinados por el carisma arrebatador de uno de sus compañeros.

—¿Es líder de una secta, o algo parecido? —Me divertía seguir burlándome de aquel carisma tan persistente—. En el colegio ya se le veían maneras, no te creas.

—Tiene una constructora y está podrido de dinero —dijo el paisano de Nicolás Camacho, y tuve la impresión de que le molestaban un poco mis bromas a costa de aquel deslumbrante carisma, sin duda uno de los grandes atractivos de su pequeño, pero noble municipio palentino.

También me hizo gracia el que tantísimo carisma hubiera desembocado al final en la construcción de pisos, chalés, locales comerciales y naves industriales, pero no quería resultar excesivamente desconsiderado con aquel buen hombre. Además, por mucho que tratase de disimularlo —por mucho, sobre todo, que intentara negármelo a mí mismo—, estaba muerto de curiosidad, y una mano que no había envejecido con el tiempo empezaba a estrujarme poco a poco el corazón.

—¿Vive en el pueblo?

—Qué va. Vive aquí, tiene un chalé de superlujo en una urbanización de Las Rozas. Y las oficinas de su empresa están en la Castellana, a la altura de Azca.

La mano que me iba estrujando poco a poco el corazón dio de pronto un apretón como si quisiera estrangularlo. No me lo podía creer.

Una vez, hacía ya algún tiempo, había buscado en la

guía telefónica de la provincia de Palencia, entre los abonados de aquel pueblo de seiscientos habitantes, y había encontrado los nombres y los números de teléfono de Carlos y Rafael Camacho Barrera, dos hermanos de Nicolás, pero no los suyos. Aunque me cueste admitirlo, una vez convencido de que nunca volvería a verle, siempre imaginé que Nicolás Camacho se había ido a los confines más emocionantes del mundo en busca de fortuna, o tal vez de la santidad. A veces me asaltaba la extravagante y dolorosa sospecha –lo sentía como un fracaso personal– de que el hermano Nicolás, arrepentido, había solicitado de nuevo el ingreso en los Hermanos de la Verdad de Cristo, y habían vuelto a admitirle en la Congregación, para no desperdiciar tan insólito carisma. Pero ahora, por puro azar, descubría que no estaba en Hong Kong o en Ciudad del Cabo, haciéndose multimillonario con la especulación bursátil o con el comercio de diamantes, ni entre las tribus del Amazonas, salvando a destajo almas de indios explotados por brutales terratenientes y plantándole cara al papa Wojtyla y al cardenal Ratzinger desde las trincheras de la Teología de la Liberación. Ahora descubría que Nicolás Camacho llevaba años viviendo en las afueras de Madrid y, sobre todo, dirigiendo su pequeño –o, quizás, no tan pequeño– imperio desde unas oficinas que estaban a no más de un kilómetro de mi casa.

Procuré aparentar que todo aquello no me producía más que una razonable sorpresa.

–Qué curioso –dije–. Perdona, no recuerdo cómo te llamas.

–No hay nada que perdonar, no te he dicho cómo me llamo –y sonrió, así que por un momento pensé que no tenía la menor intención de decírmelo, pero luego añadió–: Vicente. Me llamo Vicente.

Supuse que no era verdad, que prefería no decirme su verdadero nombre, pero me daba lo mismo.

—Qué curioso, Vicente. Alguna vez me he acordado de él y, no sé por qué, me lo imaginaba en la otra punta del mundo. Y resulta que su oficina está a unas veinte manzanas, como mucho, de donde yo vivo. Lo raro es que no nos hayamos encontrado nunca. Claro que seguramente hacemos vidas muy distintas. ¿Está casado?

Vicente no dio muestras de adivinar en mi pregunta alguna ansiedad especial.

—Sí —dijo—. Se casó con una chica del pueblo.

—Guapa, supongo —dije yo.

—No, la chica no es muy guapa. Es bajita. No vale nada físicamente.

Me encantó descubrir que Nicolás Camacho, con aquel carisma que se le salía por las orejas, había terminado por casarse con una chica nada guapa.

—¿Tiene hijos?

—No. Pero con él trabaja un sobrino que acabará heredándolo todo.

También me resultó ridícula y sospechosamente agradable la noticia de que el matrimonio de Nicolás Camacho era estéril. Por lo demás, parecía claro que sus vicisitudes familiares eran en su pueblo de dominio público, como el cartel de la novillada de las fiestas patronales o la marcha de las obras de restauración de la iglesia, aunque desde luego no hasta el punto de saber a ciencia cierta si era él quien había aportado a la pareja la esterilidad —no le pegaba nada a Nicolás Camacho haber tomado la decisión de no tener descendencia, o haber aceptado con docilidad conyugal el que la decisión la hubiese tomado su poco atractiva señora—, detalle que tal vez habría terminado por matarme de gusto.

—A lo mejor algún día le llamo —dije, y tuve de pronto la sensación de que en aquel momento no me estaba dirigiendo a Vicente, sino a mí mismo.

—No me sé su teléfono —dijo Vicente, y la verdad es

que no parecía intuir que una mano me estaba estrujando el corazón–. Pero seguro que viene en la guía.

Seguro. Todo era cuestión de mirar en las páginas adecuadas. Incluso sería mucho más fácil preguntar en el teléfono de información. ¿Cómo sonaría ahora su voz? El hermano Nicolás siempre tuvo una voz oscura y tranquila, incluso en el aspirantado, cuando todavía le llamábamos Camacho –igual que a mí todos me llamaban Lacave, excepto, al principio, el hermano Lázaro, que también en el aspirantado había sido profesor nuestro y se pasó casi todo el curso pronunciando mi apellido en francés: *Lacav*–, antes de la toma de hábitos. ¿Y qué aspecto tendría ahora?

A los trece años, que fue cuando yo llegué al aspirantado para hacer cuarto de bachillerato, Nicolás Camacho era un niño compacto que daba la sensación de ser más bajo de lo que en realidad era. Muy moreno, cabía a duras penas en unos pantalones baratos de tela vaquera que no se cambiaba nunca y que le daban de cintura para abajo cierto aspecto de embutido casero, apretujado dentro de la tripa de cualquier forma. A primera vista, se podía pensar que tenía el culo y los muslos un poco deformes, pero supongo que el corte del pantalón era pésimo, con una cintura demasiado baja, un tiro de entrepierna demasiado alto, y unas costuras torcidas que le llenaban las piernas de ondulaciones de aspecto grasiento y arenoso a la vez, como si uno pudiese hundir en ellas los dedos con mucha facilidad. Sin embargo, el hermano Nicolás estaba duro como el hierro de las forjas castellanas, o por lo menos eso dijo, en un ataque de inspiración épica, el hermano Francisco de María –el hermano de la Sagrada Familia que estaba a cargo de la enfermería del aspirantado– la primera vez que tuvimos que pasar un examen médico. Aquella primera vez nos quedamos con los calzoncillos puestos, pero, así y todo, Nicolás Camacho alcanzó repentina celebridad inguinal porque, por lo visto, el duro hierro de las forjas castellanas también se le notaba una barbaridad en paños menores, lo que había provocado en el hermano Francisco de María, según los aspirantes que en aquel momento estaban en la enfermería esperando su turno, entusiastas incongruencias onomatopéyicas que seguramente lindaron con el arrebato lírico. Sin embargo, con aquellos pantalones nada favorecedores, el equipaje inguinal de Nicolás Camacho resultaba insignificante, o por lo menos a mí nunca me llamó la atención. Incluso daba la impresión de estar allí desagradablemente aplastado. Así y todo, fue la primera vez que me burlé de él. Empecé a decir que Camacho era tan duro que parecía un azadón. Cuando él se enteró, me dijo a la cara, en el recreo, delante de todo el mundo, que yo era tan blando que parecía un pimpollo, y dijo «pimpollo» como si los pimpollos le diesen mucha grima. Yo era entonces muy alto para mi edad, muy rubio, muy flexible, con la piel muy blanca y el pelo muy liso y muy suave, con los ojos claros y una sonrisa constante, entre tímida y coqueta, que solía darme en caso de apuro muy buen resultado. Por lo demás, la mitad superior de Nicolás Camacho hacía juego con su mitad inferior: tenía el pecho ancho y recio, los brazos y los hombros algo apelmazados, el cuello grueso y fuerte, la cabeza proporcionada, el pelo negro y espeso y un poco áspero, la nariz pequeña, la boca de labios gruesos y casi siempre con un rictus de arrogancia, y aquellos ojos desafiantes de color aceituna. El hermano Fulgencio, que era el director del aspirantado, debió de pensar que un chico con aquel aspecto y aquel carácter, tan alejado de cualquier tipo de mansedumbre, no servía para la vida en religión y la convivencia futura en el seno de una comunidad de profesores obligados por sus votos a compartirlo todo las veinticuatro horas del día, de modo que aquel año, cuando hacíamos cuarto de bachillerato, quiso empaquetarlo, pero Nicolás Camacho dijo que ni hablar, que de allí no se movía, que tendrían que sacarlo con los pies por delante, y el hermano Fulgencio, muy impresionado por semejante despliegue de personalidad y de vocación religiosa, no sólo cambió de parecer, sino que se encargó de propagar por el aspirantado y por el resto de las casas de formación, e incluso por todo el distrito centro de la Congregación en España, la prodigiosa entereza y el viril empecinamiento de aquel jovencísimo aspirante a hermano de la Verdad de Cristo. Allí empezó a fraguar, con la típica precocidad de todos los destinos ejemplares, el mito carismático del futuro y próspero dueño de la Constructora Camacho Barrera.

Es verdad que el hermano Nicolás siempre tuvo cierto aspecto precoz de constructor hecho a sí mismo, de antiguo maestro de obras enriquecido a fuerza de inteligencia natural, tenacidad algo rudimentaria, astucia ejercitada en el estudio de disciplinas raras o caprichosas —en el caso del hermano Nicolás, y de todos los que llegamos al noviciado mayor, la exégesis, la apologética, la escolástica, la patrística— y una imprescindible falta de sentimentalismos. Poco a poco, fue perdiendo algo de atocinamiento, aparte de cambiar por fin de pantalones, claro. Creció bastante, aunque a los dieciséis años, cuando ya éramos novicios mayores, apenas sería un par de centímetros más alto que yo, y sus facciones perdieron carnosidad, excepto en los labios. Después de la toma de hábitos, la sotana, que siempre le quedó un poco estrecha, le marcaba suavemente los pectorales, los bíceps y las nalgas, y las manos —anchas y engañosamente mullidas, de dedos cortos y gruesos— asomaban de las mangas como sólidas herramientas de labranza, unas mangas siempre cortas por culpa de las arrugas de los antebrazos y que también dejaban al descubierto unas muñecas cuadradas y fuertes.

Parece que le estoy viendo, aquella tarde de principios de marzo de 1965, al comienzo de lo que en el aspirantado se llamaba, con apropiada terminología colegial, recreo, y en el noviciado menor y el noviciado mayor pasaba a llamarse hora de expansión. Los encargados de repartir la merienda —por lo general, pan con higos secos— estaban ya ordenando sobre dos grandes mesas, en una de las esquinas del patio, frente a las cocinas, las cestas con una ración para cada novicio. El hermano Nicolás había tenido tiempo de sobra para descubrir que yo había arrancado, a última hora del día anterior, aquella página de su diario en la que escribió que le gustaría decirme muchas cosas que ni me imaginaba, pero se las había arreglado para parecer impasible durante todo el día, incluso las dos o tres veces que le miré provocativamente a los ojos, muy desafiante, pero nervioso, sin saber cómo iba a reaccionar. Él me había aguantado la mirada sin pestañear, sin alterarse en absoluto, sólo con una leve expresión de desconcierto, como si mi exhibición de combatividad apenas le provocara cierta sorpresa, nada preocupante. Pero ahora, en el patio, se dirigía a mí, con aquellos andares siempre tranquilos y siempre un poco presuntuosos —aquellos andares que siempre daban a entender que él nunca se movía sin tenerlo todo bien controlado—, y con aquella mirada con la que procuraba siempre expresar su decisión y su fuerza de voluntad, según escribió una vez en su diario. Cuando se paró frente a mí, me dijo:

—Tengo que hablar contigo.

Lo dijo como si a mí no me quedara más remedio que ponerme a su entera disposición. Y tuteándome.

Aquel tuteo público le costaría una caritativa acusación en la advertencia de defectos.

Han pasado treinta y cinco años. He cambiado dos veces de ciudad, me he mudado cuatro veces de casa, he viajado mucho, en seis o siete ocasiones he llegado a creer que no podría seguir viviendo si alguien a quien estaba seguro de amar como jamás había amado a nadie me abandonaba. Y guardo fotografías, cartas, regalos que en su momento recibí como prueba de que un amor puede ser para siempre, recuerdos de lugares que visité en compañía de un amor que me duró semanas, meses, incluso años. No quisiera olvidar nada de todo eso, pero sólo estoy seguro de que no olvidaré nunca al hermano Nicolás.

—Tengo que hablar contigo —me había dicho.

El hermano Nicolás dio media vuelta, después de mirarme a los ojos y decirme que teníamos que hablar, sin prestarles atención a los novicios que estaban conmigo en ese momento. Tampoco esperó a que yo dijese una sola palabra o hiciera alguna de aquellas muecas burlonas que me salían tan bien y que mis queridos hermanos me reprochaban en la advertencia de defectos de todos los viernes.

Yo le seguí, y me esmeré en hacer muchas muecas burlonas para que todo el mundo supiera que le seguía porque me daba la gana, pero seguro que los admiradores del hermano Nicolás se quedaron medio extasiados al ver que iba detrás de él como un corderito. Caminábamos en dirección a la lavandería y los almacenes y, cuando llegué a su altura, le pregunté, con mucho retintín:

—Hermano Nicolás, ¿es que no piensa merendar hoy, con la falta que le hace? Se va a quedar en los huesos.

—Hoy me toca esa penitencia —dijo él, muy serio, y me miró de reojo para advertirme de que no siguiera por ese camino.

—Qué listo —dije, de todos modos—. A sacrificios así me apunto yo todas las veces que haga falta. Además de adelgazar, se ahorra uno la fatiga. La verdadera penitencia es comerse esa bazofia.

El hermano Nicolás sonrió. Pero enseguida volvió a ponerse serio. Y de pronto se detuvo, esperó a que yo hiciera lo mismo unos pasos por delante de él, porque su parón me cogió desprevenido, y, cuando me giré y quedamos frente a frente, me miró a los ojos, sin querer demostrar su decisión y su fuerza de voluntad, y me preguntó:

—¿Por qué has arrancado esa página de mi diario?

No parecía enfadado. Parecía intranquilo.

—Tú me dijiste que la leyera —dije yo, sin ningún retintín—, pero no que la leyera una sola vez.

Ahora yo también tuteaba al hermano Nicolás a propósito, no porque me confundiera, y era la primera vez que lo hacía desde la toma de hábitos.

—Tampoco hace falta que te la aprendas de memoria —dijo el hermano Nicolás, y a mí me pareció que lo decía de mentira, que le habría gustado mucho que yo me pusiera de pronto a recitar de carrerilla lo que él había escrito en aquella página de su diario, y no precisamente porque así podría demostrarme lo irresistible que era todo lo que él hacía.

—No me importaría aprendérmela de memoria —dije yo—. A lo mejor así acababa creyéndome que es verdad lo que dices, que te gustaría decirme muchas cosas que ni me imagino.

El hermano Nicolás dejó de mirarme fijamente a los ojos. Bajó la vista como si se avergonzara un poco de haber escrito aquello. Luego se metió las manos en los bolsillos de la sotana —gesto más propio de un sacristán de pueblo sin modales que de un novicio con modestia de alma y de cuerpo, según el hermano Estanislao, y que se reprochaba mucho en la advertencia de defectos— y, sin levantar la mirada, dio unos pasos hasta ponerse a mi lado. Yo también me giré y comenzamos a andar muy despacio, el uno junto al otro, en dirección a la lavandería y los almacenes.

—No te lo creas si no quieres —dijo el hermano Nicolás.

En aquella parte del jardín del noviciado mayor había acacias a cuya sombra se iban a pasear las parejitas de novicios, aunque luego se lo reprochasen en la advertencia de defectos. Aquella tarde sólo estábamos nosotros. Desde allí casi no se oían las conversaciones de los demás novicios, que ya hacían cola para que los encargados le dieran a cada uno su merienda. Pasó junto a nosotros el hermano Basilio, con un montón de sotanas que tenía que lavar o que remendar, y ni siquiera nos dio las buenas tardes. En el reloj del campanario de la capilla sonaron los cuartos.

—A mí también me gustaría decirte muchas cosas que seguro que ni te las imaginas —dije yo, sin mirar al hermano Nicolás.

—Pues nadie lo diría —dijo él—. Todos están seguros de que tú siempre dices lo que piensas de mí.

Yo nunca me había imaginado que el hermano Nicolás pudiera decir algo con aquel tono medio tristón.

—Tampoco tú te muerdes la lengua precisamente a la hora de decirme todo lo que se te ocurre —me defendí yo—. Y a mí hay cosas que también me duelen, no te creas.

—Lo siento. El otro día no debí decirte lo de la madrastra de Blancanieves en la advertencia de defectos.

Me di cuenta de que se reía un poco por lo bajito al recordarlo y a mí no me molestó. La verdad es que a todo el mundo le había hecho mucha gracia, y hasta yo procuré demostrar que no había conseguido darme en toda la línea de flotación, como decía el hermano Estanislao cuando consideraba que un defecto había sido advertido con mucha oportunidad y mucha puntería. La advertencia de defectos se celebraba los viernes por la tarde, en la sala de estudios, y era un entretenimiento que recordaba un poco al de los antiguos cristianos echados por Nerón a los leones en el Coliseum. Los novicios iban saliendo de uno en uno de sus pupitres, se ponían delante de aquella especie de púlpito desde el que presidía el maestro de novicios —y desde el que los profesores de cada asignatura vigilaban el estudio y los exámenes—, se arrodillaban de cara a sus compañeros, con los brazos cruzados y la barbilla hundida en el pecho en señal de humildad, y se sometían a las acusaciones públicas que quisieran hacerles. El maestro de novicios apuntaba en un cuaderno el número de advertencias que le hacían a cada uno, y a veces escribía frases que todos pensábamos que a lo mejor acababan costándole el empaquetado a alguno. Había novicios a los que nunca les hacían ninguna advertencia —por ejemplo, al hermano Santos Tadeo, que era un modelo de conducta (todo el mundo le pronosticaba un brillante porvenir en cargos importantes de la Congregación, en España o incluso en Roma) y un chivato con el que había que andarse con mucho cuidado, o al propio hermano Nicolás los viernes que a mí me daba por perdonarle la vida—, pero a otros siempre nos caían diluvios de advertencias. A veces las advertencias eran como el zarpazo de un león hambriento —«Me parece querido hermano que le huelen los pies»—, y otras veces el que las hacía intentaba ser un poco piadoso —«Me parece querido hermano que debería lavarse un poco más los sobacos»—, pero ninguna dejaba de lastimar: «Me parece querido hermano que pierde el tiempo en las horas de estudio»; «Me parece querido hermano que colabora poco con sus compañeros en el trabajo manual»; «Me parece querido hermano que tutea a sus compañeros»; «Me parece querido hermano que se mete las manos en los bolsillos de la sotana»; «Me parece querido hermano que se rasca en público de manera indecorosa»; «Me parece querido hermano que siempre va con el mismo compañero»; «Me parece querido hermano que toca a sus compañeros cuando les habla»; «Me parece querido hermano que se viste y se desnuda en el dormitorio con poca compostura»... Cada uno sólo podía advertir de un defecto a cada novicio, pero algunos se las apañaban para encadenar advertencias de un tirón y quedarse a gusto. Sin ir más lejos, aquel día al que se había referido el hermano Nicolás mientras paseábamos a la sombra de las acacias, apartados de los demás novicios, el hermano Patricio, al que también le gustaba de vez en cuando hacerse el gracioso, se levantó y me dijo: «Me parece querido hermano que le gusta llamar la atención, desaprovecha la hora de piano, hace demasiadas muecas, falta a la caridad con algunos compañeros y se deja tocar por otros, y elige la ropa de cama para quedarse con la que está más nueva»; por supuesto, todo era verdad, incluido aquello de que los sábados, cuando tocaba mudar la ropa de cama, yo elegía en el montón que el hermano Basilio dejaba en la puerta del dormitorio común las sábanas y la funda de la almohada que estaban menos estropeadas, en contra de las instrucciones del maestro de novicios, que pretendía que cogiésemos las que nos tocasen conforme fuéramos llegando, por muy llenas de remiendos que estuvieran. Luego, animado sin duda por la condescendencia del hermano Estanislao –que debió de considerar que la retahíla de advertencias del hermano Patricio sí me había dado de lleno en la línea de flotación, e incluso consintió algunas risas–, el hermano Nicolás se puso de pie, con aquella personalidad que tenía a medio noviciado mayor permanentemente boquiabierto, apuntó a mi línea de flotación con la puntería bien entrenada, y disparó: «Me parece querido hermano», dijo, «que se mira en el espejo más que la madrastra de Blancanieves». El hermano Estanislao le ordenó que en la cena me pidiera perdón, dio tres golpes en la mesa con el puño cerrado para que los novicios dejaran de reír, y tocó la campanilla para que yo volviera a mi pupitre, no fuera a contagiárseles a los demás las ganas de hacer gracias a mi costa. El novicio que me seguía se arrodilló de cara a sus compañeros, con los brazos cruzados y la barbilla hundida en el pecho en señal de humildad, a la espera de los defectos que quisieran echarle en cara. Luego, por la noche, en los aseos comunes que estaban junto al dormitorio, mientras yo me cepillaba los dientes, el hermano Ángel Valentín, que tenía que ponerse de puntillas para verse la cara en el espejo —teníamos en los lavabos unos espejos estrechos y altos en los que apenas podíamos vernos las boqueras, como él decía—, se puso a mi lado y, a pesar de lo prohibidísimo que estaba hablar allí, dijo, mientras se miraba con mucho comiqueo y en voz lo bastante alta para que no sólo yo pudiera oírlo: «Dime, espejito mágico, ¿hay en el noviciado alguien más guapo que yo?».

—Tú sabes que, tarde o temprano, ésa me la vas a pagar —le dije al hermano Nicolás en el paseo de las acacias, pero en el tono de mi voz no había ganas de pelea, sólo el deseo, a lo mejor inconsciente, de decirle, aunque fuese de manera un poco torpe, que lo nuestro, se tratara de lo que se tratase, era irremediable.

—Claro que lo sé. Lo que no sé es si de verdad también a ti te gustaría decirme cosas que ni me imagino, como has dicho antes.

—Yo tampoco sé si lo que escribiste en tu diario lo escribiste de verdad.

—Claro que lo sabes. De lo que no estoy seguro es, bueno, de que esas cosas que me gustaría decirte tú no te las imaginas.

—No sé. A lo mejor también tú te imaginas las cosas que a mí me gustaría decirte a ti.

—A lo mejor son las mismas cosas las que a ti te gustaría decirme a mí y las que a mí me gustaría decirte a ti.

—A lo mejor —dije yo—. Claro que yo no me lo creo.

Hablábamos muy bajito, como si rezáramos, y sin mirarnos a la cara, mientras caminábamos muy despacio el uno junto al otro. Yo mantenía casi todo el rato la cabeza baja y la vista resbalando por la tierra del camino igual que esas crías de lagartija que parecen desorientadas y sin saber adónde dirigirse, pero de vez en cuando me ponía a mirar entre los arrayanes que bordeaban el camino o los troncos de las acacias o los churretones de humedad que colgaban por la pared del tejado de la lavandería y le daban el aspecto de una vieja manta desflecada, o miraba de reojo al hermano Nicolás, y estaba seguro de que él hacía lo mismo que yo. De pronto, noté que el hermano Nicolás se me acercaba mucho —o a lo mejor era yo el que me había acercado mucho a él, casi sin darme cuenta— y que su mano, dentro del bolsillo de la sotana, me rozaba el muslo.

—Si algún día te empaquetasen —dijo entonces el hermano Nicolás, y movió un poco la mano, pero como intentando disimular, como si mi muslo tuviera la culpa de que él no pudiese tener la mano quieta—, yo te echaría mucho de menos.

Era una expresión muy gráfica que se utilizaba en el aspirantado, en el noviciado menor y en el noviciado mayor: empaquetar. Así se decía cuando alguno de los aspirantes o de los novicios era expulsado, muchas veces en mitad del curso, como si quisieran estropearle los estudios e impedirle que se aprovechara del todo, al menos por un año, del dinero que la Congregación había empleado en darle el bachillerato y el título de magisterio.

—No sé si tú me echarías tanto de menos como el hermano José Benigno —dije yo, y no pude evitar que me saliera una voz un poco como de verdulera, porque acordarme de lo que el hermano José Benigno me había hecho me sacaba de quicio, pero enseguida me arrepentí, porque hablarle de repente al hermano Nicolás con aquel tonillo tan arremangado era como salirse de pronto de un colchón suave y calentito que uno está compartiendo con alguien con el que se roza cada vez más, pero a quien no se atreve a acercarse del todo, un colchón de palabras temerosas e inseguras y de cosas a medio decir.

Menos mal que el hermano Nicolás, con aquella personalidad que todo el mundo le admiraba tanto, no perdió la calma y siguió hablando en susurros, como si estuviera confesándose conmigo o confesándome a mí.

—A lo mejor no te lo crees —dijo—, pero pensé que no volvería a verte cuando me enteré de que el hermano Estanislao te había llamado a diálogo.

—Claro que me creo que pensaste eso. Lo que a lo mejor ya no me creo es que lo que pensaste te pusiera triste o algo por el estilo, si es eso lo que quieres decirme. A lo mejor pensaste que, como no volverías a verme, por fin te librabas de mí.

—Ya sé que eso es lo que crees —dijo él, y lo dijo como si se diese por vencido, y yo noté que lo decía con una sonrisa medio triste—. A lo mejor es verdad lo que escribí, que seguro que ni te imaginas algunas cosas que me gustaría decirte.

Entonces yo levanté la vista, comprobé que ya habíamos dejado atrás la lavandería y los almacenes, y pregunté:

—¿Volvemos?

Lo pregunté como si me hubiera llevado un susto al darme cuenta de que estábamos al borde de un precipicio.

Dimos media vuelta igual que si un sargento nos lo hubiera mandado de un grito, como si de verdad hubiésemos llegado sin querer al filo de un barranco, y los dos nos quedamos en silencio, que parecía que de veras un sobresalto nos había dejado sin palabras, y caminamos despacio y en silencio, de vuelta a la explanada que había frente a las cocinas y donde el resto de los novicios habían merendado y se habían quedado con ganas de merendar más, y ahora hablaban en corros, a la espera de que sonase la campana para el trabajo manual. Pero entonces fui yo el que me acerqué mucho, de costado, al hermano Nicolás —o a lo mejor él fue el que se pegó a mí, casi sin darse cuenta—, y con mi mano dentro del bolsillo de la sotana rocé la mano que él tenía dentro del bolsillo de la sotana, y le rocé el muslo, que era duro como el hierro de las forjas castellanas, como había dicho en el aspirantado el hermano Francisco de María.

—El hermano José Benigno por fin se habrá quedado a gusto —dijo el hermano Nicolás, atragantándose un poco, con esa falta de entrenamiento que a uno se le nota cuando rompe a hablar después de haber guardado silencio durante mucho rato.

—Yo creo que no, yo creo que se le ha quedado mal cuerpo. Yo creo que sabe que el único que ha salido perdiendo ha sido él. Porque a lo mejor también a él le gustaría decirme cosas que ni me imagino.

—A mí me parece que a la mitad del noviciado mayor le gustaría decirte cosas que seguro que te las imaginas, no te hagas el tonto. Pero tú no tienes la culpa de tener la cara que tienes.

—¿Qué cara tengo? ¿Se puede saber?

No se lo pregunté de mala manera, en plan gallito, seguro que se me notó mucho que se lo pregunté muriéndome de ganas de que él me dijese algo que a lo mejor ni me imaginaba.

—Tú sabes qué cara tienes —dijo el hermano Nicolás, y volví a notar que sonreía—. Después de todo, te miras al espejo más que la madrastra de Blancanieves.

No me enfadé, claro, pero decidí que le iba a castigar quedándome repentinamente mudo.

—No te enfades. Era una broma.

—No me he enfadado.

—Y no sigas haciéndote el tonto. Sabes mejor que nadie de qué tienes cara.

—¿De qué tengo cara?

—De pimpollo —dijo el hermano Nicolás, y se le notó mucho que ahora la palabra «pimpollo» ya no le daba grima.

Yo me acordé entonces de lo que me dijo el hermano Estanislao en su despacho, que Dios también creó a los chicos guapos, pero me callé para no darle el gusto al hermano Nicolás de demostrarle que yo sabía cómo era mi cara. En vez de decirle eso, le dije:

—El que tiene cara de pimpollo es el hermano Ángel Valentín. O por lo menos eso es lo que a ti te parece.

Estaba seguro de haberle dado en toda la línea de flotación, porque el nombre del hermano Ángel Valentín era el que, cuando estábamos aún en el noviciado menor, el hermano Nicolás había escrito por fin en su diario, después de confesar durante páginas y páginas que sentía una debilidad inconveniente por un compañero, y que no conseguía vencerla por más que lo intentaba. Tonto de mí, yo había llegado a creer, mientras leía a escondidas el diario del hermano Nicolás, que su debilidad inconveniente no era el hermano Ángel Valentín, sino yo.

—Ya lo sé —dijo el hermano Nicolás, y no parecía que mi disparo a su línea de flotación le hubiera afectado lo más mínimo—. Ya sé que tú sabes lo del hermano Ángel Valentín, o por lo menos eso es lo que tú te crees.

Ésa era una de las cosas que más me molestaban, que alguien jugara a no decirme lo que me tenía que decir.

—¿Por qué dices que eso es lo que yo me creo? —Y ahora sí que volví la cabeza para mirarle a la cara, para demostrarle cuánto me molestaba que jugase conmigo diciéndome las cosas de esa manera.

El hermano Nicolás sonrió.

—Tú sabrás —dijo—. No te perdías ni un capítulo.

En aquel momento comprendí que a mí era a quien me convenía ahora quedarme mudo de repente, y si él lo tomaba como un castigo que yo quería imponerle, mejor que mejor. Siempre supe que él sabía que no me había perdido ni un capítulo de su diario, de aquella historia de su debilidad inconveniente por un compañero. Además de vergüenza, me daba coraje.

Estuvimos un rato en silencio. Un rato de dos o tres minutos seguramente, no más.

—No te preocupes —dijo luego Nicolás—. No estoy enfadado.

Yo no dije nada. Me seguía dando vergüenza y me seguía dando coraje.

Entonces, el hermano Nicolás lo hizo. Muchas veces, durante los meses que siguieron a aquella conversación bajo las acacias del jardín, hasta el día en que nos empaquetaron, discutimos por eso. El hermano Nicolás se empeñó en repetirme una y otra vez que lo había hecho yo, pero lo hizo él: se apretó un poco contra mí, de costado, buscó mi mano con su mano, sin que ninguno de los dos sacáramos las manos de los bolsillos de la sotana, y así nos quedamos, cogidos de la mano de aquella forma tan rara.

—Pimpollo —me dijo él, y a mí me pareció claro que el tonillo de burla con que lo dijo no era más que una forma de disfrazar lo que sentía de verdad.

Yo le dije, aparentando también que le devolvía la burla con otra burla:

—Azadón.

También podía haberle llamado «hierro de las forjas castellanas», pero seguro que no me habría salido igual, que no habría sonado lo mismo, tan cariñoso, como no habría sonado igual de cariñoso lo que a él le hubiera dado por decirme en lugar de pimpollo.

De pronto, oí que alguien se acercaba por el camino,

en dirección contraria a la nuestra, y levanté la vista y vi al hermano José Benigno que caminaba muy deprisa, muy nervioso, como si tuviera algo urgente que hacer en la lavandería o en los almacenes, y tratando de aparentar que no nos miraba, que no tenía ningún interés en saber lo que hacíamos. Cuando se cruzó con nosotros, puso la cabeza muy tiesa sin dejar de mirar al frente, y ni siquiera dijo «Ave María Purísima» en señal de saludo.

—Ése se muere de celos —dijo el hermano Nicolás—. Ha venido a espiarnos. Seguro que en la próxima advertencia de defectos nos dice a ti y a mí que le cogemos las manos a uno de nuestros compañeros.

—Y a lo mejor nos empaquetan —dije yo—, y no volvemos a vernos nunca.

Sin querer, le había dado a él en la línea de flotación, y me había dado en la línea de flotación a mí. Ninguno de los dos supo qué decir en aquel momento. Ni qué hacer. Pero, al final, el hermano Nicolás lo hizo, aunque luego discutiéramos mucho sobre eso, porque él decía que lo había hecho yo, pero lo hizo él: me apretó la mano con mucha fuerza. Como si aquella misma noche fueran a empaquetarnos, y a partir de entonces nunca volviéramos a vernos. Y yo entonces comprendí que él no quería que eso ocurriese por nada del mundo.

No me costó ningún trabajo encontrar el número de teléfono de Nicolás Camacho Barrera. Me había acostado muy tarde y solo, incapaz de quitarme de la cabeza los repentinos descubrimientos sobre su vida y milagros, aquella asombrosa cercanía que se había mantenido durante años sin que ninguno de los dos lo supiera. Dormí mal, como siempre que me voy a la cama tan a deshoras, y me levanté pronto e impaciente. Era sábado y supuse que él no trabajaría, o quizás sí, con un hombre hecho a sí mismo nunca se sabe. Hice algunas de esas cosas que alguien que vive solo hace un sábado por la mañana –ir a la tintorería y al supermercado, mirar algunos escaparates de tiendas de ropa, sacar en un cajero automático dinero para el fin de semana, dar una vuelta por las secciones de novedades de libros y discos de la Fnac o por la librería Berkana, en la plaza de Chueca– y, antes de reunirme en un restaurante del centro con un grupo de amigos de toda la vida con los que como todos los sábados desde hace casi quince años, me pasé por el locutorio de la Telefónica de la Gran Vía y busqué, tratando de aparentar ante mí mismo que no estaba nada nervioso, en la guía de la provincia de Madrid. Desde luego, podría haberme ahorrado ese trámite, habría bastado con llamar a información antes de salir de casa, habría sido lo más rápido y más cómodo. Sin embargo, me di cuenta perfectamente de que, durante toda la mañana, había intentado demorar lo más posible el momento de comprobar que Nicolás, en efecto, vivía donde Vicente me había dicho la noche anterior, que aquella sorprendente cercanía era cierta, que por fin lo tenía localizado en su casa, en la compañía estable y nada espectacular de su mujer, en sus prodigios profesionales diarios, en un lugar y unas circunstancias de los que seguramente ya no tenía la menor intención de escaparse. En cierto sentido, toda aquella estabilidad vital y profesional, y aquella proximidad tan municipal y cotidiana, resultaban decepcionantes, y era como si de pronto se desvaneciera casi por completo el risueño sentimiento de pérdida que yo había alimentado durante tanto tiempo, como si ya no fuera a sentir nunca más aquellas leves y dulzonas punzadas de dolor que me obligaban a sonreír para mis adentros, con cariñosa condescendencia hacia mis arrebatos adolescentes, cada vez que, por razones tan variadas como peregrinas, me acordaba del hermano Nicolás y fantaseaba sobre su destino en la vida y su paradero. En cambio, no me preocupaba en absoluto que Nicolás Camacho reaccionase a mi llamada de un modo hosco o desdeñoso, incluso podría divertirme contestándole con arrogancia o con sarcasmo, sería como volver a tener dieciséis años, estar otra vez en el noviciado mayor, antes del paseo bajo las acacias, rivalizar de nuevo para ver cuál de los dos era más ingenioso y desaprensivo, y ahogar cualquier ridículo brote de sentimentalismo con un vibrante intercambio de impertinencias. Pero, cuando localicé el número de teléfono y la dirección de Nicolás Camacho, no pude impedir que aquella mano que el tiempo no había logrado cercenar volviera a estrujarme el corazón. Le pedí prestado un bolígrafo a la chica del locutorio y apunté el número en el reverso de la tarjeta de visita de alguien. Luego, durante la comida, les conté a mis amigos aquel repentino encuentro con mi pasado y ellos, que lo encontraron todo de lo más emocionante y divertido, me exigieron de nuevo –porque alguna vez ya les había hablado de Nicolás, aunque siempre les dije que habíamos estudiado juntos en un internado, sin más precisiones– que les diese todo tipo de detalles de aquel chico que había sido mi primer amor y, sobre todo, cómo tenía la polla de grande, porque eso es algo que no cambia con los años. Yo les dije la verdad: la tenía enorme.

Hasta media tarde no me decidí a hacer la llamada. Apelé a mi buena educación para recordar que no se debe ir o llamar a una casa antes de las seis, sobre todo un sábado, cuando la gente puede alargar la siesta por la ausencia de obligaciones laborales o para reponer fuerzas que le permitan luego trasnochar. Así que a las seis y diez respiré hondo, comprobé que las glándulas salivares no se me habían atrofiado, carraspeé con el fin de asegurarme de que mis cuerdas vocales no estaban destempladas ni perezosas, y marqué el número de Nicolás. Contestó enseguida una mujer.

—Dígame.

Era ella, sin duda. No es que tuviera voz de mujer nada guapa —que a lo mejor esa clase de voz existe, como a lo mejor existe la voz de hombre cochambroso, aunque sólo los oídos muy refinados sean capaces de distinguirlas—, pero sí que tenía voz de mujer de su casa, esa dejadez doméstica y empapada de un confortable aburrimiento que tienen en la voz un sábado por la tarde muchas mujeres casadas y sus maridos, cuando ven cualquier cosa en televisión, en el cuarto de estar, separadas por el sofá las butacas que ocupan cada uno de ellos, o tal vez no, tal vez en la televisión dan un rumoroso documental sobre bichos exóticos y encantadores y el matrimonio está encandilado, y de pronto suena el teléfono y la mujer alarga instintivamente el brazo con una mezcla de sorpresa, curiosidad y sentido de la responsabilidad, y coge el auricular y dice «dígame» con esa voz tan característica.

—¿Nicolás Camacho, por favor?

—Sí. ¿De parte de quién?

Quería saber quién llamaba a su marido, pero por el tono en que lo preguntó, aparentemente rutinario, no logré distinguir si trataba de vigilarle o de protegerle. Tal vez las dos cosas. Naturalmente, debía decirle quién era yo, aunque me arruinaba el efecto sorpresa, me negaba el derecho a disfrutarlo, me impedía comprobar por mí mismo el sobresalto de Nicolás al oír mi nombre después de tanto tiempo, al reconocer de pronto mi voz, a pesar de todo. Ella se reservaba ese privilegio, y seguramente se empeñaría después en enterarse de por qué Nicolás se había mostrado tan desconcertado al principio, estupefacto enseguida, en cuanto se hizo cargo de a quién correspondía aquel nombre. Ella querría saber.

—De parte de Rafael Lacave —dije.

Siguió un silencio que yo aproveché para intentar hacerme cargo de la situación, para imaginar incluso el escenario. Seguro que el cuarto de estar del chalé de Nicolás Camacho era un modelo de comodidad cara y quizás suave y candorosamente descuidada, tal vez Nicolás conservase todavía algo de su concienzudo inconformismo adolescente, a pesar del dineral que, por lo visto, estaba ganando con su al parecer nada modesta constructora, a lo mejor había impuesto en su casa lo que él llamaría sin duda un ambiente informal, o sea una mezcla absurda de muebles pomposos y sofás y sillones incomodísimos, de buenas vajillas y cuberterías —regalos de boda, con toda probabilidad— y cachivaches baratos e inútiles comprados durante unas merecidas y singulares vacaciones en mercadillos de países en vías de desarrollo, de auténticas alfombras persas y cojines graciosos y enormes, de láminas puntillosas y enmarcadas con elegante sencillez, según el criterio de su señora, y desafiantes óleos abstractos que serían inevitable motivo de conversación en las reuniones con amigos, todos socarrona o fervorosamente admirados del atrevidísimo gusto artístico del dueño de la casa. Por supuesto, no faltarían el último grito en televisión, en DVD y en cadena de música, y seguramente no habría más de una docena de libros en alguna estantería ocupada sobre todo por fotografías de todos los tamaños con marcos de plata y que daban fe de éxitos profesionales y efemérides privadas de Nicolás Camacho, y de Nicolás Camacho y señora. Se tardaba menos de un minuto en imaginar todo aquello.

—¿Sí?

Había conseguido pronunciar ese monosílabo con la afable desidia de quien atiende una llamada perfectamente previsible. Yo dejé escapar una risita apagada y breve para darle a entender que no me había olvidado en absoluto de todos los trucos de su admirable personalidad.

–Hola, Nicolás. Soy Rafael Lacave.
–Ya. ¿De dónde has sacado mi teléfono?

Era como si acabara de mudarse de casa y, con el ajetreo, hubiese olvidado llamar a un amigo con el que solía reunirse los domingos a la hora del aperitivo, para darle sus –seguro que lo decía así– nuevas coordenadas.

Yo entonces le conté, con toda la afable desidia de que fui capaz, mi encuentro casual con aquel vecino de su pueblo –aunque desde luego no le aclaré qué tipo de bar es el Tarifa, más que nada por no sacar del armario por las bravas al buen hombre–, y la ocurrencia que había tenido de pronto, aquella misma tarde, de llamar a información de Telefónica y ponerme en contacto con él, después de tantos años de no saber nada el uno del otro.

–Bueno, yo sí que he ido sabiendo de ti, de vez en cuando. Te he visto en televisión algunas veces.

Aquello me inquietó. Él conocía mi aspecto después de treinta y cinco años, y yo en cambio no sabía en qué clase de hombre se había convertido. ¿Conservaría todo el pelo áspero y oscuro? ¿Habría engordado? ¿Habría echado barriga, se le habría desfondado el culo, conservaría los mismos labios mullidos y displicentes? ¿Necesitaría ponerse gafas para leer? ¿Conservaría pimpante aquella enormidad que tanto entusiasmaba a los amigos con los que yo seguía comiendo todos los sábados a mediodía?

–Ese chico de tu pueblo me ha dicho que las cosas te van muy bien –dije yo, tratando de ahuyentar una repentina imagen deforme de quien años atrás llegó a parecerme el muchacho más guapo del mundo, en su estilo.

–Bueno, no puedo quejarme. Si quieres, quedamos algún día y hablamos, ¿no?

Lo dijo como si aquella conversación empezara a resultarle, al cabo de sólo un par de minutos, no exactamente incómoda, pero sí poco apetecible, como si la perspectiva de una larga charla en la que ambos nos despachásemos con todo lujo de detalles sobre nuestros respectivos éxitos le resultara alarmante de puro aburrida. Aunque tal vez en algún momento llegó a temer que yo descendiera a asuntos más personales y melancólicos y se viera luego obligado a darle explicaciones enojosas a su mujer.

—Dame tus coordenadas y yo te llamo —dijo—. ¿Por dónde vives?

Se lo dije.

—Caramba, de setecientas mil a un millón de pesetas el metro cuadrado en esa zona.

No le dije que aunque, en efecto, vivo en la zona más cara de Madrid, mi apartamento es pequeño, aún no he terminado de pagarlo y está lleno de libros y discos por todas partes.

—Espera un momento. Ya. Dime el teléfono que lo apunto.

—Te doy también el del despacho.

—¿Por dónde cae?

Le di la dirección exacta, aunque luego tuve que explicarle que se trata de una calle pequeña, por la zona de las Cortes. Él sacó una conclusión absurda:

—Me imaginaba que algo tenías que ver con la política. Yo no quiero saber nada de eso. Sigo siendo anarquista.

Bien mirado, era conmovedor. De pronto, quería seguir pareciendo un chico de dieciséis años, obstinado e indócil, y no se daba cuenta de que bastaba con escuchar su voz para comprender cuánto lo había maltratado el tiempo.

—Dame tú también el teléfono de tu empresa —le pedí—. Creo que al final tendré que llamarte yo e invitarte a cenar.

—Mejor a comer, no suelo salir por la noche —dijo él—. Pero a ver a qué sitio me llevas —añadió enseguida, entre modesto y desenfadado—. Yo voy siempre vestido a mi aire. Sigo siendo un bohemio.

Sigues siendo un gilipollas, pensé, pero nada más colgar el teléfono, tras unas frases desangeladas de despedida —ninguno de los dos quería demostrarle al otro que estaba no ya conmocionado, sino ni siquiera mínimamente afectado por el reencuentro—, recordé aquella tarde en el jardín del noviciado mayor, paseando bajo las acacias, cogidos de la mano sin sacarlas de los bolsillos de la sotana, como si de esa manera nadie pudiese ver lo que hacíamos o fuera menos comprometido, quizás hasta menos pecaminoso, si es que alguno de los dos pensó en el pecado en aquel momento, que seguro que no; yo al menos no puedo recordarme con el peso de la culpa tratando de asfixiar o ensuciar aquella emoción tan delicada y tan nueva. Y la verdad es que vestidos los dos iguales, con aquellas sotanas negras y simples, abotonadas desde el cuello a la cintura, con un delgado alzacuello que ya, por mandato de la modernidad y de la higiene —aunque no de la comodidad—, era de plástico y no de tela almidonada como el que llevaban los hermanos en las fotos antiguas que aparecían en la *Historia de la Congregación de la Verdad de Cristo en España* o nuestros mártires de la Cruzada en los cuadros de la capilla, sin fajas ni esclavinas ni ninguno de esos ornamentos que llevan otros hábitos, con aquellas pintas, la verdad, al hermano Nicolás no se le notaba nada que fuese un bohemio. En el aspirantado, en cambio, antes de tomar los hábitos, cuando se empeñó en llevar siempre aquellos vaqueros medio deformes y sin etiqueta que a lo mejor le había cosido su madre con alguna pieza de tela que recordaba vagamente el tejido con el que confeccionaban sus pantalones los pioneros del salvaje oeste, Nicolás Camacho procuraba dejar bien claro, en cuanto se le presentaba la ocasión, que él era un rebelde en la forma de vestir, como todos los bohemios, y no un figurín presumido como yo. ¿Se había él acordado de eso de repente, ante la perspectiva de comer conmigo en un restaurante demasiado pretencioso? Tal vez había supuesto que yo, aunque mi trabajo parezca propicio a la informalidad indumentaria, aparecería como un ejemplo de elegancia clásica, mientras que él, vestido de próspero empresario según el catálogo de temporada de unos grandes almacenes, pero sin olvidar nunca la comodidad, quizás resultase serio, convincente, inconfundible, incluso atractivo a su manera ruda y desdeñosa, pero nunca elegante, en cualquier caso, se pusiera lo que se pusiera. Me entró una curiosidad enorme por comprobar qué demonios entendía Nicolás Camacho por tener todavía un aspecto bohemio.

Nunca he prestado excesiva atención a mi forma de vestir y soy incapaz de poner en ello la menor imaginación, pero mi madre siguió a rajatabla las instrucciones que le dieron en el colegio sobre el equipo con el que debía presentarme en el aspirantado. Sólo habían pasado seis meses desde que yo, en el despacho del director, ante el procurador provincial de los Hermanos de la Verdad de Cristo, contesté con un «sí» incauto y aventurero a la pregunta de si no me gustaría estudiar el resto del bachillerato en el aspirantado de la Congregación, para decidir con el tiempo si quería tomar los hábitos y hacer los votos religiosos y estudiar magisterio y dedicar mi vida a enseñar gratuitamente a los pobres, o a lo mejor a los que no eran pobres e iban a colegios de pago como el mío, colegios que servían, con el dinero que nos cobraban, para que los pobres también pudiesen estudiar, o para que pudiesen estudiar los niños de las misiones. El hermano procurador provincial me dijo que el director del colegio le había contado que yo era un niño sensible y listo y un poco tarambana, pero con buen corazón y con ganas de hacer el bien a los demás, y que seguro que en mi alma terminaba prendiendo con facilidad la vocación religiosa. Yo sonreí tímidamente, con aquella sonrisa llena de dientes irregulares que ya entonces me daba tan buenos resultados en momentos de apuro o de desconcierto, y desde luego me puse colorado como si entre el director del colegio y el procurador provincial acabaran de descubrir un secreto que no me había atrevido a contarle a nadie, y dije que sí, que seguro que tenía vocación aunque todavía no se me notase mucho, pero que a lo mejor algo sí que se me notaba, y el director y el procurador provincial se pusieron contentísimos y a mí se me quitó un peso de encima porque me daba vergüenza darles un disgusto. Claro que entonces no pensé que el disgusto se lo iban a llevar mis padres. Mi padre estuvo durante un montón de días muy serio y mirándome de una forma muy rara, con aquella mirada que se le ponía a él siempre que se emocionaba mucho y no quería que la gente se diera cuenta, aunque todo el mundo sabía lo que le pasaba cuando miraba así, y mi madre se puso muy nerviosa, sin conseguir aclararse entre la pena de perder a su único hijo varón y la satisfacción de que ese hijo se consagrara al servicio del Señor, aunque, la verdad, decía, puesta a entregarle un hijo al Señor qué lástima que los Hermanos de la Verdad de Cristo no sean sacerdotes. Mis padres fueron a hablar con el director y con el procurador provincial muchas veces, y un día yo les acompañé, y ese día el procurador provincial me dijo delante de ellos que mis padres ya habían dado su consentimiento y que mi obligación en el aspirantado sería, sobre todo, estudiar el bachillerato mejor y con más provecho que si continuara en el colegio, que eso a mis padres les tranquilizaba mucho, porque yo era todavía un niño y a lo mejor estaba equivocado y al final descubría que no tenía vocación, lo que sería muy triste para el procurador provincial y para el director, que tanto confiaban en mí, pero que eso no supondría que perdiese los estudios, aunque si tenía vocación y la abandonaba por capricho o por intereses terrenales, aparte de que el Señor me pediría cuentas en el Juicio Final, o a lo mejor antes, la Congregación tendría derecho a reclamar el dinero que le había costado mi bachillerato. También me dijo que, durante el aspirantado, sólo pasaría unos días con mis padres en navidades; en Semana Santa siempre se hacían los ejercicios espirituales, y en verano no mandaban a los aspirantes a su casa, por las muchas tentaciones a las que estaba expuesta la juventud durante esos meses. Yo sonreí tímidamente y me puse coloradísimo sólo con pensar que a lo mejor en el Juicio Final no sólo debería rendir cuentas al Señor por haber despreciado mi vocación, sino también por haber arruinado a mis padres al obligarles a pagar a la Congregación un dineral. Luego, el procurador provincial le dio la mano a mis padres con mucha solemnidad, como si acabaran de apalabrar un negocio, y el director le dio a mi madre una hoja a ciclostil en la que venía todo el equipo que yo debía llevar al aspirantado, un montón de ropa que ni yo ni mis hermanos, aunque no nos faltara de nada, habíamos tenido en la vida: un traje completo —chaqueta y pantalón— de invierno, un traje completo de verano, dos pantalones de invierno y dos jerseys, cuatro camisas de invierno, dos pantalones y cuatro camisas de verano, seis mudas completas —calzoncillos y camisetas de manga corta o de tirantes—, dos pijamas, un albornoz, un abrigo y una gabardina o un impermeable, media docena de calcetines negros y media docena de calcetines grises o beige, dos pares de calcetines blancos para los días de fiesta, cuatro pares de zapatos y dos pares de sandalias, una docena de pañuelos, dos corbatas... Tenía que presentarme en el aspirantado el primero de septiembre, así que mi madre estuvo todo el verano llevándome al sastre para las pruebas del traje de invierno —de franela gris y con pantalón corto, a pesar de mis protestas— y el traje de verano —de tela de gabardina, también con pantalón corto— y para que me hiciera los pantalones de diario, y también tuvieron que comprarme nuevo casi todo lo demás, y era tanta ropa que al final no se pudo meter en una maleta, sino en un baúl, y según Antonia, la muchacha que teníamos entonces interna en casa, no parecía que fuera a hacerme fraile o monje o cura o lo que fuese, sino a debutar en el teatro Pavón de Madrid o a casarme con una millonaria, y mi madre se enfadó mucho y le dijo que no fuese por ahí soltando tonterías, que yo sólo me iba interno a un colegio como cualquier otro.

—Éste parece que viene a un concurso de niños guapos —había dicho Nicolás Camacho cuando el director del aspirantado me llevó al patio y me presentó a mis nuevos compañeros, y fue lo primero que dijo de mí.

A lo mejor, al cabo de treinta y cinco años, Nicolás Camacho también se había acordado de aquellas palabras, de la impresión que yo y mi llamativo equipaje habíamos causado en el aspirantado. Enseguida me di cuenta de que allí todos los niños vestían muy mal, como los que iban a las escuelas gratuitas de los Hermanos de la Verdad de Cristo, o todavía peor, como los chiquillos de la calle, o como los niños de los caseros de Villa Candelaria, la finca de verano de mis abuelos, así que cuando me puse a deshacer mi baúl en el dormitorio aquello se convirtió en un espectáculo, y después, cada vez que me ponía algo nuevo, no paraban de mirarme y de decir qué elegancia, y un aspirante que dormía a mi lado y al que empaquetaron aquel mismo año me pidió que le prestase un jersey verde que le gustó mucho y yo se lo presté, aunque aún hacía bastante calor y pensé que al pobre le iba a entrar el sarampión con aquel jersey de lana gruesa, pero a él no le importaba sudar la gota gorda y no se quitaba el jersey ni en el recreo, y a mí empezó a darme apuro ponerme todo lo que me había comprado mi madre por culpa del director del colegio, sobre todo cuando fueron llegando otros aspirantes nuevos y todos venían con una maleta pequeñísima y ni la quinta parte de las cosas que había llevado yo, pero no tenía más remedio que ponérmelo todo, excepto lo que le prestaba a mi compañero de dormitorio, y Nicolás Camacho me miraba como si le diera un poco de asco verme siempre tan arreglado. Por eso empecé a cogerle aquella tirria tan rara. De haberlo sabido entonces, le habría dicho delante de todo el mundo, para que se fastidiase, que Dios también creó a los chicos guapos.

A lo mejor Nicolás Camacho no se acordaba de nada de eso. La memoria es maliciosa y, si uno quiere, juega a su favor. Alguna vez, a lo largo de estos treinta y cinco años, me he encontrado con alguno de mis antiguos compañeros de aspirantado, de noviciado menor o de noviciado mayor —ellos siempre se acuerdan de mí mucho mejor que yo de ellos— y me han recordado algunas de mis ocurrencias y desatinos de entonces, que seguían encontrando divertidísimos y a mí, en cambio, ahora casi me sonrojan: la vez que, en uno de los espectáculos que organizábamos con motivo de las fiestas del fundador, canté *Oh, mi papá es siempre tan encantador* contoneándome como Cantinflas; cuando, durante una comida presidida por el hermano provincial, que nos dio permiso para hablar a discreción después de la bendición de la mesa y la lectura del pasaje bíblico de rigor, pegué un grito sensacional para demostrar que era capaz de alcanzar la nota más aguda, lo que nos costó a mí y al jefe de mesa comer de rodillas el primer plato de la comida y de la cena durante una semana entera; cuando arbitré un partido de fútbol entre los de segundo y tercer curso y apliqué el reglamento con tal rigor que durante todo el encuentro fue prácticamente imposible que más de tres jugadores tocasen el balón sin que yo interrumpiera la jugada, lo que provocó que los dos equipos, furiosos, abandonasen el campo antes del descanso y fueran descalificados del torneo del aspirantado... Pero quizás Nicolás Camacho había decidido olvidarlo todo, incluido un amor primerizo y fantasioso que tal vez estaba dispuesto a ignorar como si nunca hubiese existido.

No obstante, aquel sábado, cuando le llamé y le propuse quedar para comer algún día, él se había apresurado a aclararme que seguía vistiendo a su aire porque aún era un bohemio, y es que la memoria a veces nos delata. Yo me entretuve durante el resto de la tarde imaginándome al próspero constructor Nicolás Camacho encarnando distintas versiones de la bohemia, y me esmeré en que los resultados fueran siempre desternillantes. En realidad, me inquietaba la idea de tenerlo de nuevo frente a frente y encontrarme en desventaja, víctima de un rapto de melancolía que sería incapaz de disimular, pero que él seguramente juraría no sentir en absoluto. A lo mejor era un golpe bajo, pero le pondría delante de las narices aquella página arrancada de su diario, que yo había logrado conservar a pesar de las mudanzas y los viajes, como si adivinara que alguna vez podría servirme de prueba frente a quien tratase de negarme el recuerdo de mi primer amor.

En cualquier caso, y como si intentara protegerme de las inclemencias del tiempo, también fui dejando rastro de aquel amor en el diario del noviciado mayor que escribía durante las horas de trabajo manual. Aquella tarde, cuando tuvimos que soltarnos las manos y separarnos para cumplir cada uno con sus obligaciones, escribí en el diario:

Viernes, 5 de marzo de 1965. En el jardín, las acacias guardan entre sus ramas los secretos de las almas de los novicios, como confesionarios verdes que son la memoria de todos los que alguna vez pasaron por aquí. Hoy las acacias parecían árboles felices. A su sombra, por el camino que lleva a la lavandería y los almacenes, se han oído las pisadas de un ángel que corría a esconderse para no tener que merendar. Y es que hay días en los que merendar es hacerse con el alma un bocadillo.

Luego, más ancho que alto, me fui a teclear en el piano al tuntún.

Creí que aquel amor había durado solamente tres días y casi me vuelvo loco por culpa de los nervios. Creí que todo se había terminado por mi manía de ponerme la vanidad por encima de la sotana, como decía el maestro de novicios cuando nos hablaba de la necesidad de luchar contra el amor propio dañino, no contra el que impulsa a perseverar en la corrección de las imperfecciones. Creí que el hermano Nicolás se había sentido de veras rechazado por mí para siempre cuando, más adelante, me confesó la tomadura de pelo que yo me había tragado enterita sin sospechar nada, convencido de que él nunca había sentido una debilidad inconveniente por mí. Creí que se había tomado demasiado a pecho el escándalo que le monté cuando me contó la verdad, y es cierto que me la contó con bastante cuidado, pero después de reírse un poco, con aquella risita de espabilado que a mí me sacaba de quicio, así que le dije que se fuera a la mierda, una cosa que decía mucho, antes de entrar en el aspirantado, cuando alguien me hacía una faena o me llevaba la contraria, y de la que me tuve que corregir no sin esfuerzo y después de muchas penitencias, porque al principio se me escapaba cada dos por tres. Creí que por mi culpa el hermano Nicolás se había sentido tan mal que había tenido que meterse en la cama.

Con lo bonita que había sido la tarde. Era el último sábado de marzo y, como todos los últimos sábados de mes, habíamos ido de excursión a orillas del Guadarrama, siempre al mismo sitio, un paraje lleno de chopos en el que sólo se oía la música armoniosa de la naturaleza, como decía el hermano Lázaro cuando se ponía poético y nos animaba a disfrutar, sin perder la conciencia de Dios nuestro Creador, la belleza del mundo. Íbamos a pie, una caminata de más de seis kilómetros de ida y otros tantos de vuelta, y teníamos que atravesar el pueblo, siempre en fila de a dos y con la vista baja, para no prestar atención a la curiosidad de las muchachas que se asomaban a las ventanas o a las miradas llenas de nervioso respeto de los mozos que fumaban en grupos frente a la entrada de un bar o en cualquier esquina de la calle. Una vieja la mar de sonriente salía, sin fallar un solo último sábado de mes, a la puerta de su casa porque le gustaba mucho ver pasar a los curitas, como le dijo una vez al hermano Wenceslao —nuestro profesor de música era tan conocido en el pueblo como los hermanos de la Sagrada Familia, porque ensayaba dos días por semana con el coro de la iglesia y lo dirigía en la misa de los domingos—, y nos aplaudía como si fuéramos una tropa que entraba, modesta pero victoriosa, en un pueblo tomado al enemigo. Salíamos media hora después de la refección del mediodía —esa media hora estaba pensada para que los novicios pudiésemos ir al servicio a dar de cuerpo, si nos entraban ganas, y no tener que hacer después nuestras necesidades mayores en medio del campo—, y volvíamos cuando el sol ya empezaba a ponerse, procurando, no siempre con éxito, que no se nos hiciera de noche por el camino, y después de una merienda cena que el hermano Cirilo, el cocinero, llevaba en la camioneta de la comunidad y que consistía siempre en un bocadillo de tortilla española, queso con dulce de membrillo, una pieza de fruta del tiempo y, en invierno, un vaso de chocolate caliente que yo no me tomaba nunca porque me descomponía el vientre y me obligaba a buscar a toda prisa un sitio apartado donde aliviarme. Para atravesar el pueblo, o para ir por la carretera de dos en dos, cada uno podía elegir al compañero que quisiera, pero el maestro de novicios siempre nos recordaba que teníamos la oportunidad de escoger, por penitencia o por caridad, a quien hubiéramos ofendido en algo o nos hubiera ofendido a nosotros, o a quien le tuviéramos un poco de manía. Aquel sábado, yo tuve que decirle que no a por lo menos cinco novicios que se habían empeñado en escogerme, incluido el hermano José Benigno –que, con el cuento de que me tenía tirria, seguro que quería hacerse el distraído y rozarse conmigo como sin querer y manosearme un poco–, hasta que por fin el hermano Nicolás se me acercó y dejó claro, delante de todos, que me había elegido a mí.

Fuimos casi todo el camino cogidos de la mano, pero por dentro de los bolsillos de las sotanas, convencidos de que nadie se daba cuenta de lo que estábamos haciendo, porque lo hacíamos de aquel modo tan discreto y tan raro. Luego, él se empeñaría en decirme que fui yo el primero en cogerle aquel día la mano de aquella manera, y a lo mejor era verdad, pero también era verdad que él ya tenía la mano metida en el bolsillo de la sotana, esperando que yo se la cogiese.

Cuando la excursión era a pie, teníamos que llevar el manteo, una capa negra y no muy gruesa que nos cubría desde los hombros hasta los tobillos y que algunos novicios y profesores manejaban con mucha habilidad, dándole un vuelo muy artístico y elegante. El hermano Nicolás tenía la costumbre de llevarlo «a la francesa», con el corchete del cuello abrochado y la prenda echada hacia la espalda, de forma que no cubriera los hombros, y remetida luego bajo los brazos y recogida junto a la cintura con las manos entrelazadas; así era como llevaban el manteo, en efecto, unos hermanos franceses que fueron una vez al aspirantado a hablarnos de las misiones de la Congregación en Senegal y el Camerún, y todos dimos por sentado que aquélla era la última moda. Por lo general, el hermano Nicolás se apretaba mucho el manteo contra el cuerpo, y así se le notaban más la anchura de la espalda y los cachetes del culo, pero desde aquel día, siempre que estábamos el uno al lado del otro, se lo dejaba más desahogado, porque eso le permitía recogérselo junto a la cintura con una sola mano y meter la otra en el bolsillo de la sotana para dejar que yo se la cogiera. En cambio, yo prefería llevar el manteo «a la española», aunque no fuera tan moderno, cubriéndome los hombros, y cruzaba los brazos a la altura del pecho, lo que facilitaba la circulación del aire y que la prenda revolotease a mi alrededor como la capa de los obispos, de los capitanes y de las artistas de las películas de amor y lujo. Pero desde aquel día, y siempre que el hermano Nicolás y yo estábamos juntos, también yo prefería llevar el manteo «a la francesa», porque así también podía meter la mano en el bolsillo de la sotana y, protegidos los dos por los frunces de las prendas, cogerle la mano al hermano Nicolás.

Hasta que no llegamos a campo abierto no nos dijimos nada. Mientras cruzábamos el pueblo, mientras caminábamos temerariamente de dos en dos por el borde de aquella carretera de —por fortuna para la supervivencia de las vocaciones de los Hermanos de la Verdad de Cristo— poca circulación, el hermano Nicolás y yo nos mirábamos de reojo de vez en cuando, y entonces yo le apretaba a él la mano y le pedía en silencio, sólo con aflojar después el apretón y despegar la mano un poco, que él me la cogiese y me la apretase a mí. Estaba prohibido hablar hasta el cruce de un lugar que se llamaba el Refugio del Santo, nadie sabía por qué, puesto que no había ninguna ermita o nada parecido, ni se conocía ninguna historia sobre algún bienaventurado varón que se hubiera retirado a aquellos parajes a vivir en una choza y a consagrarse al ayuno y la meditación hasta alcanzar la santidad. Sólo se podía hablar en caso de peligro grave y para dar la voz de alarma, y esa salvedad quedó muy clara cuando, al parecer, años atrás, un novicio se dio cuenta una vez de que un camión se iba a llevar por delante a uno de sus hermanos en un cruce de carretera, pero, por cumplir estrictamente la consigna de silencio, se abstuvo de avisar y no evitó el atropello de su compañero, que permaneció cuatro horas malherido y en medio de espantosos dolores sobre el asfalto, hasta que llegó una ambulancia y lo trasladó al hospital más cercano, donde los médicos no pudieron hacer nada para salvarle la vida; así lo contaba exactamente el *Libro del novicio*, como ejemplo de que el voto de obediencia admite a veces excepciones por alcanzar un bien superior. Lo que no contaba el *Libro del novicio*, pero se transmitía de tanda en tanda sin que nadie lo pudiera remediar, era que aquel novicio que había llevado la obediencia hasta el borde del homicidio involuntario acabó perdiendo la razón por culpa de la pena y de los remordimientos, estuvo ingresado durante una temporada en un manicomio, y al final acabaron empaquetándolo porque, en aquellas condiciones, no servía para trabajar por la causa de Dios, de la Iglesia y de la educación de los niños. Así que yo, siempre que salíamos de excursión y teníamos que ir por la carretera, guardaba estricto silencio como todos, pero, aunque atentase contra la modestia, iba todo el tiempo con la cabeza levantada y los ojos bien abiertos, por lo que pudiera pasar. Sin embargo, aquella tarde, si un camión hubiera perdido de repente la dirección y los frenos y se hubiera precipitado a toda velocidad contra la fila de novicios, hasta dejarnos a todos espachurrados, ni me habría dado cuenta, porque era como si el hermano Nicolás me llevase flotando entre las nubes, cogido de la mano.

Cuando dejábamos la carretera y nos metíamos campo a través, camino de la orilla del río, ya podíamos desperdigarnos y hablar y formar grupos entre nosotros como quisiéramos, y si una pareja no se unía a los demás y se separaba un poco del resto de los novicios, una de dos: o tenía que hablar de cosas profundas, o era una parejita que no sólo no había seguido la recomendación del hermano Estanislao de elegir para el camino a un compañero que nos cayera mal, sino que se había dejado llevar por afectos desordenados.

—Vamos por aquí —me dijo el hermano Nicolás, y me empujó un poco con el hombro para que fuéramos en dirección a unas grandes piedras que el Guadarrama casi cubría cuando bajaba crecido.

Seguíamos cogidos de la mano y tan seguros de que nadie se daba cuenta que ni pensábamos en eso. La música armoniosa de la naturaleza, como decía el hermano Lázaro, seguramente era como para quitarse el solideo —el mío era pequeño y nuevo y me encajaba en la coronilla estupendamente, pero el del hermano Nicolás, que había perdido el que le dieron cuando llegamos al noviciado mayor, era de segunda mano y enorme, de forma que parecía que llevaba encasquetada en la cabeza una cacerola—, y la belleza de la creación sin duda resplandecía en aquella tarde de marzo, pero yo tenía todos mis sentidos puestos en la mano que apretaba con la mía, en aquel calor que yo no había sentido nunca, en aquellos dedos que intentaba entrelazar con los dedos del hermano Nicolás a pesar del estorbo de la tela de las sotanas. Tal vez las miradas de muchos novicios estaban clavadas en nosotros —el hermano José Benigno, desde luego, seguro que no nos perdía de vista–, seguían nuestros pasos, quizás adivinaban lo que ocurría debajo de nuestros manteos, entre los bolsillos de nuestras sotanas, o se imaginaban algo peor, y quizás el hermano Estanislao y el hermano Lázaro, que era el profesor que solía ir con nosotros a las excursiones, estaban tomando nota de lo que ocurría entre el hermano Nicolás y yo, aunque a lo mejor dudaban, a lo mejor les costaba creer que entre nosotros, que nos llevábamos como el perro y el gato, hubieran aparecido de pronto afectos desordenados, a lo mejor pensaban que estábamos teniendo una conversación profunda, a fin de cuentas caminábamos muy pegados el uno al otro y se veía que hablábamos en voz muy baja, casi con unción, los dos concentradísimos, eso sí, que cualquiera diría que la música armoniosa de la naturaleza y toda la hermosura de la creación nos importaban un bledo. A mí no es que no me importasen, sólo que no me daba cuenta de tanta armonía y tanta belleza y no me quedaba boquiabierto, yo sólo me daba cuenta de que iba cogido de la mano del hermano Nicolás.

—El río trae poca agua –dijo él.

Por lo visto, él sí que se daba cuenta de toda la armonía y toda la belleza que nos rodeaba, y eso me dio un poco de rabia, era como si no estuviera prestándome toda la atención que yo a él le estaba prestando.

Habíamos llegado junto a las piedras que el agua cubría casi por completo cuando el Guadarrama bajaba crecido, y, en efecto, la orilla del río quedaba a casi dos metros.

—Ha llovido poco –dijo el hermano Nicolás–. Para la uva es malo.

Sentí que su mano, aquella mano que yo apretaba con todas mis fuerzas, se había destemplado un poco de repente. Y la verdad es que él no había hecho nada, no me había dado a entender que ya empezaba a estar un poco harto de tanto manoseo ni nada por el estilo, pero aquello de fijarse tanto en el río, y de pensar de pronto en la lluvia y la uva –con lo que todavía quedaba para la vendimia–, cuando yo sólo era capaz de fijarme y de pensar en él, era como decirme que lo que yo sentía tampoco era para tanto. Claro que el hermano Nicolás había nacido en un pueblo, sabía cosas del campo de las que yo no tenía ni idea, y a lo mejor él les prestaba atención por instinto natural, como decía siempre el hermano Lázaro –«los apetitos desordenados hay que aprender a dominarlos, aunque muchos los tengamos por instinto natural»–, o a lo mejor hasta se fijaba más en aquellas cosas, en lo bonito y armonioso que era todo, a pesar de la sequía, precisamente porque yo y él íbamos cogidos de la mano.

–Hasta a los chopos se les nota –dijo entonces el hermano Nicolás, echándoles un vistazo a las copas y los troncos de los árboles–. Están tristones.

Miré los chopos y, la verdad, no vi yo que estuvieran tristes, quiero decir más tristes de lo corriente, porque a mí los chopos siempre me habían parecido unos árboles un poco lacios, no como los magnolios, por ejemplo, que en mi opinión eran unos árboles mucho más bonitos y daban unas flores preciosas, aunque eso también era motivo de discusión entre el hermano Nicolás y yo, como casi todo, porque el hermano Nicolás se ponía un poco faltoso y rozaba el pecado contra la caridad cuando decía que los chopos a lo mejor no me gustaban porque no les salían lacitos de colores ni campanitas de purpurina –y es que una vez yo había escrito una redacción, alabadísima por el hermano Lázaro, en la que a unos árboles les salían cosas así–, los chopos eran serios y dignos, aunque, según el hermano Nicolás, para árboles como Dios manda, recios y viriles, las encinas o los algarrobos, no los magnolios, que eran una pamplina. Aquella tarde, a orillas del Guadarrama, ya digo, miré los chopos, y bueno, es verdad que los encontré bonitos, y sólo tuve que fijarme un poco más para encontrarlos también la mar de románticos, suavemente mecidos por la brisa de la tarde, con las ramas cubiertas por un polvillo dorado que el vibrante sol casi primaveral había depositado en ellas, y acunados por el rumor saltarín del río que, a pesar de no traer mucha agua, sí la traía ligera y limpia, como si, en lugar de venir de lejos, estuviera brotando allí mismo, a nuestro lado, y brincara junto a nosotros como una manada transparente de cervatillos...

—El agua está fría —dijo el hermano Nicolás, sin mirarme.

Nos habíamos sentado sobre la yerba, entre las piedras y la orilla, a buen resguardo de las miradas de los novicios y del hermano Estanislao y el hermano Lázaro, todavía cogidos de la mano con las manos metidas en el bolsillo de la sotana, y el hermano Nicolás se mojaba la mano libre en la corriente. Parecía muy interesado en las filigranas que el agua hacía entre sus dedos, porque no apartaba la vista de aquel entretenimiento tan tonto. Yo, en cambio, cuando me cansé de mirar los chopos —que me cansé enseguida, porque tampoco aquello era el colmo de la amenidad y, a fin de cuentas, los chopos no eran más que una parte de la inabarcable armonía del mundo—, me puse a mirar al hermano Nicolás como si no existiera otra cosa en toda la creación. El hermano Regino —el hermano de la Sagrada Familia que hacía de enfermero y de barbero en el noviciado mayor— acababa de cortarle el pelo y le había dejado la cabeza como una sandía —como una sandía con chapela, que eso le decía yo cada vez que, después de caer en las manos del hermano Regino, se encasquetaba aquel solideo gigantesco que le dio el hermano Basilio, el pequeño tirano encargado de la sastrería y la lavandería, yo creo que como penitencia por haber perdido el nuevo, a los pocos días de que nos entregaran a todos un equipo completo que tenía que durarnos hasta salir a comunidad–, pero era una sandía maravillosa, una sandía que encajaba estupendamente en la inabarcable armonía de la naturaleza, una sandía a la que yo le habría dado sin pestañear el primer premio en la feria de productos agrícolas que, por lo visto, se celebraba todos los años en el pueblo del hermano Nicolás, y que también era motivo de discusión continua entre él y yo, porque yo decía que no había nada como las ferias de ganado andaluzas, a las que iba con mis padres antes de entrar en el aspirantado, aquellas ferias con montones de preciosas muchachas vestidas de flamenca y montones de muchachos la mar de guapos en traje corto y a caballo. Seguro que en la feria de productos agrícolas del pueblo del hermano Nicolás sólo había catetitos a pie y vestidos de cualquier forma.

—Como sigas con la mano metida en el agua te va a entrar angurria —le dije al hermano Nicolás.

—¿Eso qué es?

—No parar de tener ganas de orinar. Como la diarrea, pero por delante.

El hermano Nicolás sonrió como si la angurria fuera para él una enemiga de tres al cuarto. Por supuesto, no sacó la mano del agua, incluso empezó a hacer cabriolitas con los dedos, como para demostrarme que no sólo no le tenía miedo a la angurria, sino que con las manos se podían hacer cosas tan divertidas, o más, que cogerle la mano a un compañero. Claro que a lo mejor lo hacía para compensar, porque la mano que yo le tenía cogida dentro del bolsillo de la sotana estaba caliente y tranquila y hasta se le podía quedar dormida por falta de movimiento. Entonces, se la solté —en parte porque me daba coraje que él se empeñara tanto en parecer que se lo tomaba con poco interés, y en parte porque también yo tenía de pronto ganas de refrescarme la mano, o al menos de airearla— y no le noté en la cara que aquello le disgustase o lo contrario, que estuviera deseándolo, él siguió haciendo tranquilamente salpicaduras y remolinos con los dedos de la mano que tenía metida en el agua, como si su otra mano ni la sintiera.

Allí, bajo los chopos, a orillas del Guadarrama, hacía fresquito, y la mano que saqué del bolsillo de la sotana, aquella mano que llevaba tanto tiempo agarrada a la del hermano Nicolás como si fuera a secárseme si se la soltaba, la sentí de pronto desabrigada e inservible, como si se me hubiera olvidado de repente todo lo que se puede hacer con una mano, como si aquella mano —mi mano derecha— ya no me sirviera de allí en adelante sino para cogerle la mano al hermano Nicolás. Así que me puse enseguida a buscar su mano entre los pliegues de los manteos que no nos habíamos quitado ni para sentarnos en la yerba, y la encontré donde la había dejado, como la había dejado, quieta y calentita, tranquila, como si estuviera segura de que yo no tardaría nada en cogerla de nuevo, y la verdad es que me resultó antipático ver mi mano agarrando aquel bulto que debajo de tanta tela lo mismo podía ser una mano que un gazapillo que se hubiera metido allí a echar un sueñecito, o una seta de las que se daban en aquel sitio que no había manera de saber por qué se llamaba el Refugio del Santo, o un mojón de vaca, me pareció como si estuviera cogiendo una mano vendada, o escayolada, me pareció que al hermano Nicolás sólo le gustaba sentir lo fría que estaba el agua, sólo le gustaba sentir su otra mano, por eso le pedí que sacara él también la mano del bolsillo de la sotana, y él sonrió como si aquello no entrase aquella tarde en sus planes, y entonces yo le pedí que no sonriera así, que no se pusiera tan creído, que a mí sólo me gustaba cogerle la mano si también le gustaba a él, que seguro que más de medio noviciado mayor se moría de ganas en aquel momento de cogerme la mano a mí, y a él a lo mejor también, que sobre gustos no había nada escrito, así que podíamos irnos cada uno por su lado a ver quién era el primero que se ponía a cogernos las manos sin parar, aunque después lo acribillaran en la advertencia de defectos, a ver cuál de los dos coleccionaba más novicios locos por manosearnos, pero que yo sólo quería estar con él, cogiéndole la mano, si él también quería lo mismo. El hermano Nicolás no sacó la mano del bolsillo de la sotana, ni la movió para que yo comprobase que era su mano y no el bocadillo de la merienda cena o cualquier otra cosa, pero sí que sacó la otra mano del agua, y la llevó mojada hasta mi cara, y me tocó los labios con los dedos helados y chorreando, y me miró a los ojos como si le asustara un poco que yo siguiera diciendo aquellas cosas, y murmuró:

−Shhhhh...

Se puso a recorrerme los labios con los dedos mojados y fríos, sin dejar de mirarme a los ojos.

No sólo me callé, sino que de golpe me di cuenta de que también parecía que me había quedado sordo. No se oía nada. Hasta la música armoniosa de la naturaleza se había borrado del todo. Y tampoco me puse a calcular el tiempo que estuvimos así, callados, en medio de tanto silencio, como si todos los sonidos del mundo hubieran desaparecido para siempre.

−¿Puedo meter la mano otra vez en el bolsillo de tu sotana? −le pregunté de pronto al hermano Nicolás, en voz muy baja, en un tono raro, como si alguien hablara por mí, sin apartar la mirada de sus ojos, sin que él apartase los dedos de mi boca. Él aún tenía los dedos helados, pero era como hablar con los labios muy cerca de la llama de una vela.

Dijo que sí con la cabeza.

Los bolsillos de las sotanas tenían una abertura que permitía meter las manos también en los bolsillos de los pantalones, aunque eso era algo que mejor no hacer salvo en caso de verdadera necesidad, porque ponía a los novicios en peligro de caer en la tentación de manipularse, de ahí que muchos novicios se cosieran esa abertura, o se cosieran incluso los bolsillos de los pantalones.

Al principio pensé que él ya no tenía la mano dentro del bolsillo de la sotana, o que me había equivocado de bolsillo. Ya no le miraba a los ojos, ni él tenía ya los dedos mojados junto a mis labios, y tampoco él me miraba, había vuelto a meter la otra mano en el agua, y jugaba otra vez a hacer filigranas acuáticas, y cualquiera que le hubiese visto en aquel momento pensaría que aquello era poco menos que un descubrimiento de los que pasan a la Historia, algo así como aquella manzana que se cayó del árbol y le permitió a Newton descubrir la ley de la gravedad, tantísima era la concentración del hermano Nicolás en las piruetas que hacía el agua entre sus dedos, así que yo me puse a mirar los troncos y las ramas de los chopos mientras buscaba a tientas su mano dentro de aquel bolsillo que —me di cuenta enseguida— no tenía cosida la abertura que le permitía llegar al bolsillo del pantalón.

De pronto, mi mano tropezó con aquello. Enorme. Realmente enorme. Lo más enorme con lo que yo he tropezado en mi vida. Y no creo que sea una cuestión de perspectiva, no creo que sea algo así como lo que nos pasa cuando volvemos de mayores a una casa que, cuando éramos pequeños, nos parecía inmensa y resulta que es completamente normal, o ese árbol del parque cuyo tronco abrazábamos de chicos a duras penas y ahora, en cambio, nos cabe entre los brazos más que de sobra. Nada de eso. Era enorme. Eso sí, yo no moví un músculo de la cara, ni empecé a babear, ni me puse a bailar una danza ritual de agradecimiento a los dioses por semejante tamaño, ni nada por el estilo. Si el hermano Nicolás esperaba que perdiera el conocimiento, o que se me desatara la inspiración como al hermano Francisco de María cuando lo vio en calzoncillos en el aspirantado, o que por lo menos le hiciera algún comentario que halagara su vanidad, apañado iba. Lo mío era amor, una emoción preciosa, un sentimiento puro, no un apetito desordenado, de modo que, sin soltarlo, porque la verdad es que no lo solté, me puse a decirle que teníamos toda la vida por delante, que sería muy bonito que los dos fuéramos juntos a las misiones, que teníamos que hablar con quien fuese necesario para que no lo enviaran a él a Fernando Poo y a mí a Groenlandia, pero que la vocación era lo primero, como decía el maestro de novicios, un don del Señor que no teníamos derecho a pisotear por placeres efímeros o por ambiciones terrenales, ni siquiera por aquellas ganas que teníamos de decirnos tantas cosas que ninguno de los dos se imaginaba, que seguramente ni él ni yo teníamos vocación, lo que se dice vocación, cuando entramos en el aspirantado, que él entró para estudiar gratis y llegar a Papa después de la revolución que había hecho en la Iglesia el papa Juan XXIII —porque desde el Vaticano II podía ser Papa cualquiera—, y yo entré para no darle un disgusto al director de mi colegio, que había depositado en mí tantas ilusiones, y, ya puesto, para subir algún día a los altares con una túnica blanca con muchos bordados de oro y en medio de un coro de ángeles rubios tocando la trompeta, pero ninguna de las dos cosas era verdadera vocación, que no nos engañásemos, la verdadera vocación nos vino después y teníamos que serles fieles, los dos juntos, eso sí, y empecé a arrancar yerba con mi mano libre, arrancaba la yerba y la trituraba con los dedos sin dejar de hablar, me ponía los dedos pringosos por culpa de la yerba estrujada y seguía diciendo que la vocación era lo primero, pero que podíamos seguir la llamada del Señor sin tener que separarnos nunca, y él seguía sin apartar la vista de sus dedos en el agua, pero sonreía como si dentro de nada fuésemos a entrar juntos en el Paraíso, y a mí ni se me ocurrió pensar que resultaría un poco raro entrar juntos en el Paraíso de aquella manera, él con el cuenco de una mano lleno de agua y yo con una mano llena de yerba, y la otra mano dentro de la sotana del hermano Nicolás, sin hacer ningún aspaviento, como si aquella enormidad fuera la cosa más corriente del mundo, sin parar de hablar ni de cortar yerba, sin perder el hilo de lo que decía, aunque me costó un poco de trabajo, sin ni siquiera pestañear algo más de la cuenta al sentir de pronto sobre mi mano la mano que el hermano Nicolás no había sacado del bolsillo de su sotana.

—Más despacio —dijo—. Y no hables tan alto que se van a enterar hasta en Fernando Poo.

Me paré. No solté la enormidad porque el hermano Nicolás no me dejó, pero él se dio cuenta de que me había tocado el amor propio.

—Eso se lo dices al hermano Ángel Valentín. —De pronto me había cambiado la voz, como cuando estaba recitando una poesía y se me olvidaban los versos y tenía que pararme y pedir permiso para volver a empezar—. Seguro que se lo has dicho más de una vez.

—Eres idiota —dijo él—. Parece mentira que no te hayas enterado todavía. Lo del hermano Ángel Valentín no era verdad.

Puso aquella sonrisa burlona que a mí me gustaba tanto.

—No seas imbécil —dije yo—. Lo pusiste en tu diario.

Y entonces él se echó a reír como lo hacía siempre delante de alguien a quien iba a dejar inmediatamente en ridículo, y entonces sí que quise soltarlo de verdad, pero el hermano Nicolás hasta me hizo daño para que no lo hiciera, y no pude hacerlo porque él era más fuerte que yo, y entonces el hermano Nicolás me dijo, de una manera tan cariñosa que no parecía que lo dijese él, que yo era el único compañero por el que había sentido una debilidad inconveniente, que en su diario no hablaba de nadie más que de mí, que sabía que yo lo leía todas las tardes, cuando íbamos camino del refectorio y yo me salía de la fila y me pasaba por la sala de estudios, y que, cuando se propuso de verdad acabar con aquella debilidad, porque lo intentó con toda su alma, escribió el nombre del hermano Ángel Valentín sólo para que yo lo leyese, para castigarme y dejarme hecho polvo. Me sentó tan mal que intenté levantarme de golpe y casi me caí encima del hermano Nicolás, y además lo hice con tanto coraje que hasta se me olvidó en qué tenía ocupada mi mano derecha, y él dio un respingo porque le dolió, y yo le dije que me soltase de una vez, pero él seguía agarrándome la mano con mucha fuerza y me miró como si estuviera en un apuro grandísimo y necesitase ayuda.

—Sigue así, por favor —me dijo—. No te vayas.

Entonces le dije que se fuese a la mierda, y él me soltó la mano sin rechistar y dejó que me levantara y que me marchase.

No volvimos a juntarnos en toda la tarde. Yo me fui a zascandilear un poco entre los novicios, para no pensar en lo que había pasado, y el hermano Nicolás desapareció, se fue a dar un paseo solitario, y eso que estaba prohibido alejarse mucho del resto de los compañeros. Luego, durante la merienda cena, lo vi, él estaba con dos novicios que seguro que terminaban en la Sagrada Familia porque sólo sabían hacer el trabajo manual, y yo me junté con el hermano Santos Tadeo y con el hermano Patricio, que se creían los más inteligentes de la tanda, pero no perdía de vista al hermano Nicolás, aunque hacía todo lo posible para que nadie se diera cuenta. De pronto, vi que el hermano José Benigno, que estaba con otro grupo de novicios al lado del fuego en el que el hermano Cirilo hacía el chocolate caliente, sí que se daba cuenta de todo lo que estaba pasando. Seguro que pensaba en cómo arreglárselas para hacer pareja conmigo durante el camino de regreso.

Pero, cuando llegó la hora de volver, el maestro de novicios dijo que lo hiciéramos con el mismo compañero con el que habíamos hecho el camino de ida, y en el mismo orden, así que al hermano José Benigno se le fastidiaron los planes y el hermano Nicolás y yo tuvimos que ponernos de nuevo el uno al lado del otro, a mitad de la fila. Fuimos todo el tiempo no sólo en silencio, como era obligatorio, sino sin mirarnos, yo con el manteo a la española y los brazos cruzados sobre el pecho, y él, a mi izquierda, con el manteo a la francesa y con la mano derecha metida en el bolsillo de la sotana. De vez en cuando, sentía su mano rozándome la pierna, y se notaba mucho que lo hacía aposta, pero yo no di mi brazo a torcer.

Al llegar al noviciado, el hermano Nicolás desapareció. En la sala de estudio, durante la media hora que tuvimos de lectura espiritual, no ocupó su sitio, y luego, en la capilla, me levanté con la excusa de que me había arrodillado mal encima de la sotana y me di la vuelta con muy poco disimulo y comprobé que tampoco estaba en su banco. Al terminar las oraciones de la noche, si habíamos salido de excursión, podíamos ir voluntariamente al refectorio a tomar un caldo caliente, antes de subir al dormitorio, y los que no quisieran caldo podían dedicarse a tareas particulares como escribir cartas a la familia o estudiar un poco o leer las revistas que se permitían en el noviciado mayor. Yo me fui derecho al hermano José Benigno y, aunque no estaba permitido hablar salvo en caso de ineludible necesidad, le pregunté:

—¿Sabe dónde está el hermano Nicolás?

Él puso cara de preocupación y me dio a entender que faltaba a la regla de silencio sólo por hacerme un favor.

—Le pidió permiso al hermano Estanislao para acostarse enseguida. Le dijo que no se encontraba bien.

Me lo dijo sin mirarme y en voz muy baja, como si faltar más o menos a la regla de silencio dependiera de hablar más o menos alto. O como si le diera vergüenza reconocer que a él no se le escapaba detalle de lo que hacíamos el hermano Nicolás y yo. Pero, de pronto, me miró a los ojos, y no parecía avergonzado, parecía con ganas de faltar gravemente a la caridad.

—Ha vuelto de la excursión con muy mala cara —seguía hablando con la voz apagada, pero con mucho retintín—. Por lo visto, algo no le ha sentado muy bien.

Yo sabía a qué se estaba refiriendo el hermano José Benigno. Al hermano Nicolás no le había sentado mal el bocadillo de tortilla o el chocolate caliente; yo tenía la culpa, por haberle mandado a la mierda, de que él hubiera tenido que acostarse, indispuesto o tristísimo por el disgusto. Y creí que también a mí se me iba a descomponer la barriga o iba a subirme la fiebre sólo de pensar que todo aquello se había terminado, que el hermano Nicolás nunca más volvería a contarme que le gustaría decirme muchas cosas que a lo mejor ni me imaginaba, que nunca volvería a cogerme la mano, que volvería a tratarme en todas partes como si le diese grima o coraje verme o hablar conmigo. Por eso subí corriendo al dormitorio sin importarme que estuviera prohibido hacerlo antes de la hora de acostarse o sin autorización, sin pensar en que podían verme los compañeros y los profesores y el maestro de novicios, comido por los nervios porque tenía que pedirle al hermano Nicolás cuanto antes que me perdonara, que no me importaba si era verdad o mentira que durante el noviciado menor hubiera sentido una debilidad inconveniente por el hermano Ángel Valentín, que la culpa la tenía yo por haber estado leyendo su diario a escondidas, sin importarme que él lo supiera, que iba a solicitar permiso al maestro de novicios para ponerme un cilicio durante una semana como penitencia por haber mandado a la mierda a un compañero, por haberle tratado mal a él, que me perdonase y me pidiese todo lo que quisiera.

El hermano Nicolás estaba medio adormilado, encogido bajo los cobertores, con la cabeza metida bajo la almohada y sudando y tiritando como si llorase a mares por todo el cuerpo. La cama del hermano Nicolás era la primera de la fila de la izquierda, según se entraba en el dormitorio, pero no se veía desde la puerta ni desde los lavabos porque estaba pegada a la pared de la celda del hermano Lázaro, aunque a mí no me habría importado que se viese desde cualquier sitio del noviciado mayor. Ni lo pensé. Ni se me ocurrió que alguien pudiese vernos. Me eché encima del hermano Nicolás y me puse a abrazarlo y a besarlo en la frente, que fue lo único que conseguí que se le viera de la cara, y, a pesar de tanta almohada y tanto pijama y tanta sotana y tantos cobertores, me di cuenta de que estaba ardiendo.

—A ver si te voy a pegar este catarrazo —dijo él.

—Pero dime que me perdonas. No quiero que estés así. Dímelo.

Dejó que le viese toda la cara, me miró con los ojos medio cerrados, sonrió y entreabrió un poco los labios para respirar mejor. Yo aproveché para acercarle mi boca a su boca y él me besó.

—Ten cuidado —dijo él—. Qué más quisiera yo que no estar así.

—Tienes fiebre, es verdad —tuve que reconocer.

Y él dijo:

—De tanto meter la mano en el agua, seguro.

Me dejó un poco desfondado que me dijese que tenía un resfriado, no un montón de pena, pero aquella misma noche, antes de volver al dormitorio con todos los demás, escribí en el diario del noviciado mayor: *Sábado, 27 de marzo de 1965. Hoy hemos estado de excursión en el Refugio del Santo. La naturaleza nos acompaña siempre, está dentro de no-*

sotros, aunque a veces no nos demos cuenta. La yerba, el río, los chopos, la brisa son cosas que llevamos cosidas a nuestra alma, disueltas en nuestras venas, pegadas a nuestros recuerdos, y es la yerba la que se mueve cuando reímos, los chopos los que se mecen cuando soñamos, la brisa la que se levanta cuando suspiramos, el río el que se agita cuando tenemos fiebre. Por eso lo malo no es que haga frío, sino que el frío se nos meta en el corazón.

Cuando el hermano Lázaro, que a veces me pedía el diario para comprobar cómo iba, leyó aquello, me felicitó por lo bien que había sabido captar la música armoniosa de la naturaleza.

Llamé a Nicolás Camacho y quedamos para comer dos días más tarde, pero él anuló la cita un par de horas antes de encontrarnos, a causa de un imprevisto que le obligaba a viajar fuera de Madrid. Era jueves. Me prometió llamarme el martes o el miércoles, sin falta, y no lo hizo hasta el viernes; me explicó que el viaje se le había complicado y tuvo que empalmarlo con otro, que acababa de llegar a su oficina y que, teniendo en cuenta que entrábamos en el fin de semana, era preferible dejar la comida para mediados de la semana siguiente. Nos pusimos de acuerdo para vernos el miércoles y en que, esta vez, él haría la reserva en un restaurante cuyo nombre y dirección me comunicaría su secretaria en cuanto le confirmasen que la mesa estaba reservada, pero el martes, antes de que su secretaria me hubiese llamado, le telefoneé yo para excusarme; no era posible que nos viésemos porque me habían adelantado una reunión que me interesaba mucho, aunque dudaba de que diese resultados prácticos, y que tendríamos que dejarlo para la otra semana. Le pareció bien. Me dijo, además, que prefería que la cita no fuera tan formal, que él no tenía horarios muy establecidos con antelación y que en cualquier momento, un día cualquiera, a lo mejor a última hora de la tarde, podíamos llamarnos y vernos para tomar una copa en cualquier sitio que nos cayera a los dos a mano. Quedamos, en efecto, en llamarnos, y ese plural acabó por convertirlo todo en indefinidamente impreciso, y no podría decir que fuese una argucia de Nicolás para evitar un encuentro que, conforme pasaba el tiempo, cada vez le resultaría más incómodo, un engorro absolutamente innecesario a esas alturas de su vida, a tanta distancia de aquellos días que tampoco le parecería lo más divertido del mundo recordar, o negarse a recordar; no podría decir que se tratase de eso, o no sólo de eso, porque a mí mismo me aquejaba una especie de pereza protectora cada vez que pensaba en enfrentarme de nuevo, al cabo de tantos años, al desdeñoso carisma y a la acartonada majadería de Nicolás Camacho —tan lejos del muchacho que fue, tan lejos también yo del muchacho que fui—, al empeño de Nicolás por demostrarme que aquel amor lejano y primerizo, torpe y temerario, desvergonzado y candoroso —aquel amor que ninguno de los dos podía olvidar— ni le emocionaba ni le mortificaba. Durante los dos meses siguientes, no volvimos a saber nada el uno del otro.

Por eso aquellos días de la primavera de 1965, libres de toda mirada despectiva que intentase repudiarlos, me parecieron de pronto tan recientes, como si el tiempo se hubiera plegado igual que un acordeón y yo pudiera tocar con mis dedos el libro de oraciones, las obras de espiritualidad que leíamos cada tarde mientras paseábamos en silencio por el jardín o por la galería del noviciado mayor, el trozo de pan y los higos secos de la merienda, el tazón de leche caliente apenas manchada de café que nos daban para desayunar, la mano mullida y tibia del hermano Nicolás dentro del bolsillo de su sotana... Seguían intactos aquellos días de principios de abril, cuando, aprovechando el final de la cuaresma y la proximidad de la Semana Santa –que era la época de mayor penitencia y mortificación–, volví a ponerme a régimen porque tenía que adelgazar un par de kilos, si no quería que los mofletes se me hincharan de nuevo como piñatas.

–En el momento de cantar, que nadie lleve el cilicio puesto –nos advirtió el hermano Wenceslao–. Ni durante los ensayos, ni durante los oficios. No quiero que nadie cante con miedo, y mucho menos que nadie coja una gangrena por mi culpa.

Teníamos que preparar las músicas para los salmos y las letanías que había compuesto un hermano de la Congregación que estudiaba teología en Salamanca, y que ya habían recibido, a pesar de que a mí me sonaban a los anuncios que se canturreaban por la radio antes de que yo entrase en el aspirantado, el visto bueno de las autoridades eclesiásticas. Del Concilio Vaticano II salió la orden de que ya nada se rezara ni se cantara en latín, de modo que había que olvidarse de todo el gregoriano que sabíamos y aprender aquellas musiquillas que, en general, eran demasiado pizpiretas, excepto las de Semana Santa, monótonas y aburridas como un duelo: uno cantaba aquellas cosas y era tan entretenido como pasar ante los familiares y demás allegados de un difunto importante y repetir una y otra vez, en un tono apesadumbrado y monocorde, «le acompaño en el sentimiento». Para colmo, los textos litúrgicos, traducidos al castellano, desembocaban constantemente en unos ripios nada compatibles con el recogimiento y la devoción, así que uno trataba de concentrarse con la adecuada congoja en las salmodias de tinieblas y, sin embargo, aquellas rimas desternillantes echaban a perder toda la unción y toda la pena que exigían las circunstancias. El hermano Wenceslao, un hombre enorme y guapo al que se le notaba mucho lo mal que sobrellevaba la renuncia al latín y al gregoriano, inventó un curioso método para evitar que nos entrara la risa inoportuna y contagiosa en mitad del oficio del Viernes Santo.

–No piensen en lo que dicen, concéntrense sólo en la música. Y respiren bien. Con el cilicio puesto nadie se atreve a respirar como es debido, a menos que haya decidido servirse de la gangrena para entregar pronto su alma al Señor.

La amenaza de la gangrena era tan típica de la Semana Santa como las torrijas o el larguísimo viacrucis de la madrugada del viernes al sábado, cuando sólo dormíamos tres horas y había novicios que se desmayaban de sueño o de cansancio antes de llegar a la primera caída de Jesús. Aquello de caer redondo en medio del viacrucis, que a todos los novicios les parecía el colmo de la vergonzosa debilidad, a mí se me antojaba de lo más elegante, aunque lo cierto es que sólo una vez, durante el noviciado menor, me atreví a desmayarme aposta, pero luego no fui capaz de reivindicar aquel gesto de rebelde coquetería y tuve que flagelarme un poco en un retrete, con la cadena de la cisterna, antes de ir a la enfermería a enseñar las heridas y decir que a lo mejor la culpa de mi desmayo la había tenido un principio de gangrena. El hermano Tomás de la Cruz me echó un rapapolvo tan aparatoso –llegó a preguntarme que si pretendía que acusaran a la Congregación de los Hermanos de la Verdad de Cristo de asesinato– que consiguió que se me saltaran las lágrimas. Luego, me castigó a copiar diez veces el capítulo del *Libro del novicio* dedicado a los apetitos desordenados. Y es que el *Libro del novicio* enseñaba que había apetitos desordenados que eran como lobos con piel de cordero, que la vanidad podía esconderse debajo de un inconveniente afán de penitencia, y que eso no sólo era dañino para el alma sino también para el cuerpo –el tabernáculo de nuestro espíritu–, como le ocurrió a un hermano que, llevado por una soberbia que confundió con el anhelo de santidad y por la furtiva concupiscencia que algunos corazones equivocados encuentran en el sufrimiento, no hizo caso de los consejos de sus superiores, abusó del cilicio y la flagelación, y acabó contrayendo una gangrena que le llevó a la tumba en menos de veinticuatro horas. A mí, la verdad, la idea de estropearle a todo el noviciado mayor el Domingo de Resurrección con mi entierro me resultaba a veces tentadora.

—Hermano Rafael —me dijo el hermano Wenceslao–, usted cantará el Salmo 62, *En Dios sólo descansa el alma mía*, en la liturgia del Jueves Santo. Es muy sencillo, puede usted ensayarlo sin ayuda de nadie en el piano.

El hermano Wenceslao estaba convencido, sin duda, de que mis progresos con el piano eran los típicos de los niños prodigio, ese milagro que brota de repente en unas manos infantiles capaces de tocar con un virtuosismo deslumbrante las sonatas más complicadas, o en el inquietante cerebro de una criatura que ejecuta sin pestañear, y en cuestión de segundos, descomunales y vertiginosos cálculos matemáticos. Pero yo me sentaba frente al teclado, ante la partitura abierta por la primera lección de solfeo, y siempre me quedaba durante unos segundos paralizado por el estupor y la incredulidad, incapaz de imaginar siquiera que pudiese arrancar sonidos mínimamente sensatos de aquella especie de baúl enorme y oscuro, pero enseguida me asaltaba el firme convencimiento de que era preferible intentarlo a pasar la hora de trabajo manual recogiendo lechugas o tomates en la huerta o hirviendo la ropa interior de los novicios, así que me armaba de valor y golpeaba cuidadosamente con el dedo índice una tecla cualquiera, y dejaba que el sonido escueto y efímero se fuera disolviendo en el aire siempre saturado de la pequeña sala sin ventanas en la que estaba el piano, y luego elegía otra tecla al azar y la golpeaba sin tantos miramientos tres o cuatro veces seguidas, y entonces me sentía invadido por una misteriosa energía interior, por una euforia musical de lo más prodigioso, y me ponía a utilizar todos los dedos de las dos manos sobre las teclas blancas y negras con mucha decisión y soltura, aunque procurando dominar los ímpetus para que aquel galimatías sonoro no se escuchase en el noviciado entero y el hermano Wenceslao me llevara por las orejas a la cocina a pelar patatas, si bien no siempre era capaz de imponerme prudencia, y en ocasiones me las tenía que ver con el hermano Sebastián –que era un novicio que sabía de música casi más que el hermano Wenceslao y le ayudaba en los ensayos generales o con los solistas, y solía dirigir el coro cuando el hermano Wenceslao tocaba el órgano en la capilla–, porque alguna vez el hermano Sebastián aparecía de pronto a mi lado sin que yo me diese cuenta hasta que ya era tarde, y es que se movía con la suavidad silenciosa y un poquito repelente de un gato, y me preguntaba de sopetón que qué demonios hacía aporreando el teclado de aquella forma, y yo entonces le decía que estaba experimentando, y un viernes, en la advertencia de defectos, se levantó para decirme que le parecía que experimentaba demasiado en mis clases de piano, como si alguien me hubiera dado una sola clase desde que el hermano Wenceslao decidió que yo tenía sensibilidad y manos de pianista y me eligiese como uno de los tres novicios mayores de mi tanda que podía terminar siendo no sólo un intérprete de categoría, sino también un importante compositor, lo cual a lo mejor hasta terminaba siendo verdad, porque el caso es que, mientras aporreaba las teclas con la mayor de las desenvolturas y con los resultados más demoledores, una maravillosa sinfonía iba creciendo dentro de mí como una enredadera frondosa y fulgurante, y todo resultaba tan armonioso y espectacular en mis adentros, y la sinfonía se repetía tanto, que cuando el maestro de novicios me preguntó, una tarde en que tuvimos una charla improvisada mientras paseábamos bajo las acacias del jardín, a qué tipo de tareas musicales pensaba dedicarme en el futuro, una vez que saliese a comunidad o si me destinaban a misiones, yo le respondí, con una seguridad que desbarataba la menor duda sobre mis progresos con el piano, que a mí la música que más me interesaba era la música mental. Claro que, en el caso de aquel Salmo 62 que tenía que cantar en el oficio del Jueves Santo, con la música mental no bastaba.

—Hermano Rafael, tiene que mantener este tono durante los dos primeros versículos de cada estrofa, y después pasar a este otro —me dijo el hermano Sebastián—. Con cuidado, porque no es tan sencillo como parece.

Se había puesto a mi espalda y, con la cara pegada a la mía y alargando los brazos alrededor de mis hombros, tocaba en el piano unos acordes simples y lúgubres que, conociéndome, tenían poquísimas posibilidades de crecer en mi interior como una emocionante enredadera sinfónica.

A los novicios encargados de cantar como solistas los salmos de los oficios de Semana Santa les enseñaban el hermano Wenceslao y el hermano Sebastián cómo tenían que hacerlo, y alguno de esos novicios se lo enseñaba a su vez a los más torpes o a los que no podían ensayar cuando el hermano Wenceslao y el hermano Sebastián estaban libres, de modo que, durante los días previos a la Semana Santa, por todo el noviciado mayor sonaba un continuo murmullo de recitados litúrgicos que a mí, aquel año, terminó por desesperarme.

—No haga gorgoritos, hermano Rafael —me dijo el hermano Sebastián, mientras apretaba cada vez más su cara contra aquellos mofletes míos que yo estaba intentando mantener bajo control a fuerza de no comer pan, no merendar y no echarle azúcar al café con leche del desayuno–. Esto no es una jota aragonesa, esto tiene que sonar sobrio y triste, como corresponde a la Semana Santa.

Pero a mí los gorgoritos me salían solos. Mientras el hermano Sebastián estaba a mi espalda, apretándome mucho la cara con su cara y dándome achuchones cada dos por tres con el cuento de que yo necesitaba ánimos siempre que me equivocaba o que se me iba el tono por los cerros de Úbeda, intentaba controlarme y repetir una y otra vez, sin ninguna aportación personal, aquella monserga del Salmo 62, seco y fúnebre como un toque de agonía. Pero en mi interior empezó a crecer una enredadera acústica de lo más vistosa y el firme propósito de darle un poco de colorido musical a aquellas estrofas cuando llegase el momento, porque la gravedad de los días que conmemoraban la Pasión del Señor no tenía por qué ser incompatible con un poco de imaginación artística y de buen gusto.

–Me parece que ese hermano Sebastián se te echa encima más de la cuenta –me dijo el hermano Nicolás, el Viernes de Dolores por la tarde, la primera vez que conseguimos estar a solas durante toda la semana–. Ayer os vi mientras ensayabais.

Yo sonreí, porque me gustaba verle celoso, y alargué la mano para acariciarle la cintura. Pero, antes de que llegara a tocarle, el hermano Nicolás hizo un gesto de alarma y dio un paso atrás para impedirlo. Me quedé durante unos segundos con la mano extendida en el aire y después miré a nuestro alrededor, por si había alguien espiándonos. Estábamos solos. Faltaba poco para las oraciones de la noche y él acababa de volver del dormitorio, con el pelo chorreando y repeinado, después de asearse porque le había tocado la hora de trabajo manual en el huerto y se había puesto perdido. Por un momento, temí que se hubiera impuesto como penitencia de cuaresma el no dejar que yo le tocase, pero me cogió la mano y me dijo:

—Vamos a pasear un poco.

Nos pusimos el uno junto al otro y echamos a andar lentamente por el camino que había entre la tapia de la finca y la pared de las cocinas. Se oía el ajetreo de cacerolas y platos y al hermano Cirilo, el cocinero, dando instrucciones sobre cómo poner las hojas de escarola, las rodajas de tomate y las sardinas en aceite en las bandejas de aluminio para la cena. Pasamos junto a la poceta a la que a veces, a las seis de la mañana, incluso en pleno invierno, bajaban algunos novicios mayores a lavarse, porque del grifo que allí había nunca dejaba de salir agua abundante, aunque siempre estaba helada, mientras que de los grifos de los lavabos del dormitorio lo normal era que apenas saliese, por falta de presión, un chorrito con el que costaba trabajo hasta lavarse los dientes y enjuagarse la boca. El hermano Nicolás, de pronto, hizo que yo metiese la mano en el bolsillo de su sotana y me la apretó contra su muslo.

—Pero no te acerques demasiado —me advirtió.

Entonces comprendí que lo que le pasaba al hermano Nicolás era que llevaba puesto un cilicio.

Estuve un rato en silencio y con la mano quieta, pero, cuando ya no pude más, le pregunté:

—¿Duele mucho?

—Lo puedo soportar —dijo él—. No es para tanto.

El tono de su voz, seco y monótono, era el de siempre que quería demostrar que tendría que hundirse el mundo para que él perdiese la compostura, y no me pareció que cojease un poco o que caminara demasiado tieso. Y es que cuando alguien de la comunidad —novicios, profesores o hermanos de la Sagrada Familia— llevaba un cilicio, contando desde luego con autorización expresa de sus superiores y obligándose a cumplir de manera estricta las normas sobre a qué horas y durante cuánto tiempo podía usarlo, se le notaba a la legua. Sobre todo, si lo llevaba en la cintura o en el muslo, porque llevarlo en el brazo tenía menos mérito y era más fácil de disimular, aunque siempre había alguien que rozaba por el hombro al penitente o le pasaba la mano por el brazo –faltando a la modestia de obra, que incluía entre sus mandamientos no tocar a los hermanos ni dejarse tocar por ellos, no sólo con turbia intención, sino tampoco por descuido, como decía el *Libro del novicio*–, y entonces el pobre novicio, al que se le clavaban las púas metálicas en la carne como recordatorio de las penas del infierno, daba un respingo muy poco espiritual, cuando no un grito nada piadoso, o las dos cosas a la vez, y el noviciado entero se enteraba de su presuntuoso afán de mortificación, no lo bastante fuerte, eso sí, como para amarrarse el cilicio al muslo o a la cintura. Porque los que lo llevaban en la cintura o en el muslo lo pasaban peor, no había más que ver la rigidez con que caminaban, los aspavientos mal aguantados que hacían cuando se sentaban, los sacudiones que les entraban de pronto si daban un paso más largo que otro o se volvían a mirar algo, o si se les escapaba cualquier movimiento normal y corriente, pero fuera de control. El hermano Nicolás, en cambio, tuvo que decirme que no me acercara demasiado a él para que yo me diese cuenta de que llevaba atado a la cintura un cilicio.

–A lo mejor yo también tengo que ponerme uno –le dije, y le apreté un poco la mano para que comprendiese a qué me refería.

Él no dijo nada, así que yo le solté la mano y empecé a mover la mía como si de verdad estuviera dispuesto a sacarla enseguida del bolsillo de su sotana. El hermano Nicolás no hizo nada para impedirme que yo sacara la mano, seguramente porque sabía la mar de bien que no tenía ninguna gana de hacerlo.

—A lo mejor yo tengo más motivos que tú para hacer penitencia —insistí—. Después de todo, yo soy siempre el que mete la mano en el bolsillo de tu sotana. Todavía estoy esperando a que tú metas una vez la mano en mi bolsillo.

—Si quieres sacarla, sácala —dijo él, sin cambiar lo más mínimo el tono de voz, y sin mirarme—. Pero lo del cilicio no tiene nada que ver con eso.

Entonces yo volví a cogerle la mano, y lo hice con mucha fuerza, y él empezó a restregarme la mano contra su muslo, cada vez más arriba, que yo enseguida me di cuenta de que tenía abierta la bragueta del pantalón, como si todo lo tuviera perfectamente pensado, y allí estaba otra vez aquella enormidad, que casi estuve a punto de echarme a reír, y el hermano Nicolás me preguntó si me pasaba algo porque se dio cuenta, y yo le dije que nada, pero entonces no pude evitarlo y me reí un poco, muy poco, con esa risita medio ahogada y medio temblona que yo sabía que a él le molestaba tanto porque pensaba que me estaba burlando de sus cosas, y volvió a preguntarme que qué me pasaba, y yo le repetí que no me pasaba nada, tonterías mías, y así tres o cuatro veces, y él dijo que me fuera al infierno si no me dejaba de risitas y no le decía en qué estaba pensando, que le dejase en paz, pero estaba clarísimo que él no tenía el menor deseo de que yo le dejase en paz, y yo me reí un poco más que antes y le dije que no se enfadara, que sólo estaba pensando en una cosa, y él quería saber qué cosa, y entonces se lo dije, que por qué no te pones aquí el cilicio, le dije, y que me daba risa pensar en eso, que en lugar de ponerse el cilicio en la cintura a lo mejor tenía que ponérselo allí, en la enormidad, y volví a reírme, pero él me dijo que no tenía ninguna gracia, que fuera a ponerle el cilicio ahí al hermano Sebastián que tanto se me echaba encima mientras ensayábamos, y yo le dije que no se pusiera pesado, que a mí el hermano Sebastián sólo me daba repelús, y le pregunté que si me creía, y él no me contestó porque seguramente le daba coraje decirme que me creía, o a lo mejor porque ni siquiera sabía lo que le había preguntado, porque de pronto parecía que estaba meditando sobre algo muy importante y al mismo tiempo aguantando la respiración, como si estuviera haciendo mucho esfuerzo para no quejarse, como si el cilicio fuera encogiendo poco a poco y le hiciera cada vez más daño y estuviera a punto de provocarle una gangrena, o como si le ocurriera algo que le impedía pensar en otra cosa, y a mí empezaba a dolerme el brazo, como si estuviera levantando sacos de arena o algo así, y a él se le escapó de pronto un gruñido, y a mí me pareció que era un gruñido de dolor, pero también me pareció que era un gruñido de gusto, una cosa rara, y entonces le miré a la cara y me acordé al instante del hermano Manuel Ireneo, mi mártir preferido, con aquella cara de éxtasis mientras el miliciano que lo había cogido por su cuenta le atravesaba con una bala el corazón, y nunca había podido ni imaginarme que el hermano Nicolás y el hermano Manuel Ireneo pudieran parecerse, eran como el día y la noche, y también éramos como el día y la noche el miliciano que le proporcionó la palma del martirio al hermano Manuel Ireneo y yo, pero allí estaba yo, como un miliciano arremangado y musculoso, haciendo que el hermano Nicolás se clavara en la cintura las púas del cilicio con aquellos movimientos que no podía controlar, y allí estaba el hermano Nicolás, con los ojos en blanco, sufriendo mucho, y disfrutando. Apenas fueron unos segundos, y el hermano Nicolás, cuando se le pasó el martirio, se tomó un respiro y luego me preguntó, con aquel tono de voz seco y monótono, si ya me sabía bien el Salmo 62, *En Dios sólo descansa el alma mía*, para el Jueves Santo. Yo también me tomé un respiro y después le dije ya verás el Jueves Santo lo bien que me lo sé, y me entró un poco de apuro porque no sabía cuánto iba a tardar aquello en secarse.

Y era verdad que el Salmo 62 me lo sabía estupendamente. Por eso el día anterior le había dicho al hermano Sebastián:

—Ya está, no hace falta que sigamos ensayando.

El hermano Sebastián no se privó de darme un achuchón, aprovechando que seguía con los brazos alargados alrededor de mis hombros, y apretó con tantas ganas su cara contra la mía que consiguió rozar mis labios con los suyos. El hermano Sebastián era otro de los novicios que me daban lástima, como el hermano José Benigno, pero él no llegaba a las manipulaciones y, sin embargo, me costaba más trabajo tomarme sus manoseos y sus achuchones como una obra de caridad.

El oficio del Jueves Santo se celebraba a las seis de la tarde. A partir de ese momento empezaban los días de ayuno, abstinencia, silencio y oración continua, hasta el Domingo de Resurrección. De jueves a domingo no había clases de magisterio ni de otras asignaturas profanas, sólo de exégesis, apologética, patrística y escolástica. Tampoco se celebraba la advertencia de defectos, y eso que yo aquel año le propuse al maestro de novicios que la tuviéramos el Viernes Santo, como todos los viernes, porque, después de todo, aquél era un gran acto de penitencia, pero yo creo que el hermano Estanislao sabía de sobra que la advertencia de defectos era lo más entretenido, con diferencia, que pasaba en el noviciado mayor las semanas normales y corrientes, así que la verdadera penitencia era que no se celebrase. Tampoco había recreos ni hacíamos deportes, aunque sí trabajo manual, porque el noviciado tenía que estar limpio, había que seguir comiendo —aunque fuera poco y siempre lo mismo: mucha escarola, mucho tomate, mucha caballa y mucha sardinilla en aceite— y fregando los platos, había que seguir lavando y planchando la ropa. Quitando eso, el resto del tiempo se dedicaba a la oración por cuenta propia, a la lectura espiritual y, sobre todo, a los oficios, que duraban horas y horas.

Nada más empezar el oficio del Jueves Santo, la nave principal de la capilla se quedó casi vacía. Tras las primeras oraciones de los celebrantes —nuestro capellán, el párroco del pueblo y el de otro pueblo cercano—, y de un primer salmo recitado por toda la comunidad, los novicios nos fuimos al coro para cantar desde allí el resto de la liturgia. En los bancos quedaron solamente los profesores, los hermanos de la Sagrada Familia y gente del pueblo, la mayoría mujeres vestidas de negro y con un velo espeso tapándoles la cara, que ocupaba los reclinatorios de las naves laterales. El hermano Sebastián empezó a tocar el órgano y nosotros nos agrupamos por voces, mientras el hermano Wenceslao, sobre la tarima desde la que nos dirigía, parecía comprobar en el atril que no le faltaba ninguna partitura. Luego, cuando los celebrantes se sentaron a la derecha del altar, empezamos a cantar aquellas piezas polifónicas que había compuesto, de acuerdo con el espíritu del Vaticano II, aquel hermano de la Verdad de Cristo que estudiaba teología en Salamanca, y toda la capilla se inundó de una música apesadumbrada y parsimoniosa que llenaba las almas de devota congoja por la Pasión de Cristo.

Yo lo único que hice, cuando me tocó el turno de solista, fue poner un poco de variedad y algo de salero en tanta pena y tanta monotonía. Canté el Salmo 62 como un jabato, con potencia, impostando bien la voz, pronunciando perfectamente todas las palabras de los versículos y, eso sí, metiendo gorgoritos a troche y moche. Improvisé mucho. Muchísimo. Improvisé tanto que al hermano Wenceslao casi se le atasca la respiración, porque se había quedado boquiabierto e incapaz de mover un solo músculo de la cara, y el hermano Sebastián tuvo que dejar de acompañarme al órgano con aquel fondo monocorde que había tratado de meterme en la mollera mientras ensayábamos, pero que no pegaba nada con mis briosos y surtidos arpegios. Al principio, después de dos o tres filigranas vocales dignas de pasar a la historia de la música sacra, recuperaba, más o menos, el tono de la salmodia, pero de pronto me encontré con que no lo conseguía, que los gorgoritos tiraban de mi voz hacia trémolos y piruetas ingobernables, que el salmo se me iba por tonadillas, que la garganta se me ponía aguda o ronca según le daba a mi inspiración, que el salmo subía y bajaba como si mis cuerdas vocales fueran los raíles de una montaña rusa. Hasta el final. Porque llegué hasta el final, la mar de orgulloso de estar contribuyendo con mi granito de arena al espíritu renovador del Vaticano II.

Cuando terminé, los novicios se retorcían intentando aguantarse la risa, y algunos no paraban de hacer al mismo tiempo muecas de dolor, señal de que no habían hecho caso a las recomendaciones sobre el uso del cilicio y, por su culpa, y por la mía, en el noviciado mayor estaba a punto de declararse una epidemia de gangrena. El hermano Wenceslao, muy serio, me mandó con un gesto de lo más antipático ponerme en la última fila del coro y se cosió durante unos segundos los labios con los dedos para indicarme que me prohibía cantar durante el resto de la liturgia. Fue como si me condenara al destierro, pero allí estaba el hermano Nicolás para echarme una mano.

Literalmente. Se cambió de grupo, porque él estaba con los bajos y yo con los tenores. Se puso a mi lado y no hizo nada hasta que yo me di cuenta de que tampoco él estaba cantando. Acercó su cara a la mía y me dijo:

—No hagas caso. No sé de qué se reían esos imbéciles. A ningún solista se le entiende nunca tan bien como se te ha entendido a ti.

Noté que metía la mano en el bolsillo de mi sotana. Fue la primera vez que lo hizo. Por eso el Domingo de Resurrección escribí en el diario del noviciado mayor que en el sufrimiento siempre debe haber alegría, como en la comunicación con el Señor siempre hay una música que no tiene nada que ver con la que se compone ni en Roma ni en Salamanca, aunque lo que importa al final no es la música sino las palabras, y si el Señor las entiende acaba apareciendo para arrancar al alma de la injusticia y la incomprensión y llevarla hasta su Domingo de Gloria.

Inmediatamente después del Domingo de Gloria empezaron los preparativos de la festividad del fundador de la Congregación, san Karol Obrisky, que se celebraba el 26 de abril, y aquel año el hermano Lázaro, que debía de tener la vena artística de lo más atrevida, se empeñó en que yo abriese la cabalgata montado en un caballo blanco. Un caballo de carne y hueso, y sin narcotizar ni nada.

—Seguro que usted monta con mucho estilo a caballo, hermano Rafael —me dijo el hermano Lázaro, y por la expresión de su cara adiviné lo que se estaba imaginando, un corcel blanquísimo airosamente montado por un elegante jinete —yo— que nada tendría que envidiarle, en estampa y garbo, al mismísimo Alvarito Domecq.

Le dije que sí con la cabeza, y no pude evitar que le quedase claro que no faltaría más, como si, antes de ingresar en el aspirantado, yo no hubiese hecho otra cosa en mi vida que ir de un lado para otro, vestido de corto y con sombrero de ala ancha, a lomos de un cartujano níveo, como el propio hermano Lázaro habría escrito en uno de aquellos poemas que publicaba en la revista ciclostilada del noviciado mayor. A fin de cuentas, no podía esperarse otra cosa de un alumno andaluz de un colegio de pago.

—¿Y de dónde va a sacar el caballo? —le pregunté al hermano Lázaro, confiando en que aquello fuera una dificultad insuperable.

—En el pueblo hay uno. Precioso. Blanco, con un lunar negro en la frente. El hermano Casimiro me ha dicho que él puede conseguir que nos lo presten.

Entonces me dije que lo sentía muchísimo por el hermano Nicolás, pero tenía que hablar sin pérdida de tiempo con el hermano Casimiro, y si, para convencerle de que le jurase al hermano Lázaro que el dueño del caballo no lo prestaba por nada del mundo, tenía que ceder un poco a sus apetitos desordenados, pues cedería, qué remedio. Y es que, desde hacía algún tiempo, el hermano Casimiro —que era el hermano de la Sagrada Familia que se encargaba de la albañilería, la fontanería y la electricidad— me miraba con un apetito desordenadísimo, y el hermano Nicolás se había dado cuenta, me lo dijo cuando yo le pregunté si se había fijado en cómo me miraba el hermano Casimiro, y se lo pregunté para que no se pensase que me estaba haciendo un favor por tenerme como compañero preferido —el hermano José Benigno ya se lo había soltado una vez en la advertencia de defectos: «Me parece querido hermano que tiene un compañero preferido»—, que si él no estaba por la labor yo no iba a quedarme para vestir santos, por así decirlo, que yo tenía mucho donde elegir. El hermano Casimiro apenas tendría cinco o seis años más que nosotros, era el más joven de la comunidad de la Sagrada Familia y a mí me parecía casi tan guapo como el hermano Nicolás, aunque la verdad es que, durante un tiempo, antes de leer en el diario del hermano Nicolás que le gustaría decirme cosas que a lo mejor ni me imaginaba, me parecía incluso más guapo que él.

De todas formas, si bien utilizar al hermano Casimiro para boicotear la vena artística del hermano Lázaro parecía fácil, y aunque no me iba a suponer un mal trago —teniendo en cuenta lo guapo que era el hermano Casimiro—, ni un cargo de conciencia, ya que lo haría por causa de fuerza mayor —seguro que me caía del caballo en cuanto le pusiera el culo encima, y podía romperme la crisma—, había que seguir intentando que el hermano Lázaro se olvidase de su ocurrencia y sacar a relucir todos los inconvenientes.

—Pero, hermano Lázaro, ¿cómo voy a montar a caballo con sotana? —Me parecía imposible que la vena artística estuviera tan reñida con el sentido común—. No voy a ir de lado, como las muchachas vestidas de flamenca...

Me reí sólo de imaginármelo, pero al hermano Lázaro no le hizo ninguna gracia, seguro que pensó que me estaba chufleando de su vena artística.

—La cabalgata del día del fundador es como una obra de teatro al aire libre —dijo él, muy serio—. Y si, cuando hacemos una obra de teatro, los personajes salen vestidos como corresponde, usted puede ir perfectamente vestido de jinete.

No lo pude remediar y se me escapó la risa otra vez, pero se notó que en el último momento había intentado aguantármela, y además ahora no me reía por imaginarme despatarrado encima del caballo y con la sotana hecha una rebujina en la cintura, sino porque de pronto me parecía mucho más divertido ir a caballo sentado de lado y con la sotana desplegada sobre la grupa del animal, como si fuera un traje de volantes. Aunque, por otro lado, el hermano Lázaro tenía razón. Para hacer una obra de teatro nos poníamos la ropa de calle o de época que la obra exigiese, si bien en aquella ocasión la obra que habían elegido para la víspera del día del fundador era *El divino impaciente*, de Pemán, una función sobre san Francisco Javier en las misiones y en la que san Ignacio de Loyola tenía un papel pequeño pero importante, de manera que ni había que disfrazarse de nada –sólo procurar que la sotana y el manteo de los protagonistas pareciesen de jesuitas antiguos–, ni había que suprimir o cambiar de sexo a algún personaje femenino importante. El hermano Nicolás hacía de san Francisco Javier, el protagonista, y yo hacía de san Ignacio de Loyola, en plan estrella invitada. Una vez, en el aspirantado, él había hecho de Macbeth y yo del hermano menor de Macbeth, un hermano menor que, aparte de traicionar al primogénito de la familia no se sabía muy bien por qué ni con quién, le decía cosas rarísimas, cosas que, según el hermano Fulgencio, el director del aspirantado –y director también de aquella curiosa versión de la obra de Shakespeare en la que Lady Macbeth no aparecía por ninguna parte–, eran las que se decían antiguamente unos hermanos a otros. Bermúdez, un aspirante de Cartagena que se fue antes de tomar los hábitos porque había entrado en el aspirantado sólo para estudiar y que hacía el papel de un soldado, dijo de pronto que el hermano menor de Macbeth hablaba como una mujer, y el hermano Fulgencio me miró como si yo tuviera la culpa, y a lo mejor un poco de culpa sí que tenía, pero no porque imitara a Marilyn Monroe o algo así, sino porque sabía perfectamente, aunque no lo comentase con nadie, que mi papel era el de Lady Macbeth y, como aquello no se me iba de la cabeza y en el texto se habían limitado a cambiar los femeninos por masculinos y mis diálogos quedaban de lo más extraños en boca de un señor, no conseguía quedar en el escenario como un hermano menor hecho y derecho.

Naturalmente, me faltó tiempo para informar al hermano Nicolás de los planes ecuestres que el hermano Lázaro me tenía reservados.

–Valiente patochada –dijo el hermano Nicolás–. Seguro que no montas a caballo ni la mitad de bien de lo que el hermano Lázaro se piensa.

Después de tantos años de buscarle y encontrarle las malas intenciones y de llevarle la contraria, y de adivinar lo que de verdad quería decir cuando muchas veces decía algo que parecía propio de un novicio con personalidad y que no pierde el tiempo con niñerías ni menudencias, conocía al hermano Nicolás mejor que si fuera su confesor, así que comprendí que lo que le molestaba no era que yo pudiese hacer el ridículo, sino que el hermano Lázaro hubiera pensado en mí y no en él para abrir a caballo la cabalgata del santo fundador. De acuerdo, me dije, si te pones en ese plan estoy dispuesto a romperme la crisma. Porque yo al hermano Nicolás lo quería mucho, lo quería como nunca me había imaginado que se pudiese querer a nadie, y no me importaba decírselo cada dos por tres, pero me daba cuenta perfectamente de que con eso él daba por hecho que me tenía en el bote, que me podía manejar a su antojo, que yo estaría siempre dispuesto a hacer lo que él quisiera y a reconocer que lo que él pensaba era siempre lo más inteligente y que todo lo que decía siempre iba a misa, y, desde luego, a admitir de una vez por todas que él se merecía mejores notas que yo, mejor puesto que yo en la lista de aspirantes a ir a las misiones, más pretendientes llenos de apetitos desordenados, el papel protagonista de todas las obras de teatro que representáramos en el noviciado mayor y, por supuesto, abrir a lomos de un caballo blanco la cabalgata del día de san Karol Obrisky. Vas listo, pensé. En aquel caballo iría yo, aunque se me saliera el hígado por los ojos.

—El hermano Lázaro sabe que en la finca de mi abuelo había caballos y que yo empecé a montar solo a los siete años —le dije—. Mi caballo favorito se llamaba *El Cordobés,* como el torero.

Se me ocurrió de pronto el nombre de mi supuesto

caballo favorito porque a mí me gustaba mucho El Cordobés, que ya armaba la marimorena en todas las plazas de toros de España cuando yo entré en el aspirantado, y que tenía una sonrisa que quitaba el hipo y un flequillo que a mí me parecía el colmo de lo bonito, de lo llamativo y de lo moderno; en cuanto el papa Juan XXIII se atreviera a «agiornar» la Iglesia católica un poco más, yo pensaba llevar un flequillo como el de El Cordobés, incluso si por fin me mandaban a misiones.

—El Cordobés no existía cuando tú tenías siete años —dijo el hermano Nicolás, y a mí me dio rabia haber metido la pata con una cosa tan tonta, pero hice todo lo posible para que no se me notase—. Quiero decir que no había empezado a torear ni se había puesto ese nombre.

—A ver si te crees que El Cordobés es el único cordobés que ha habido en este mundo, imbécil.

El hermano Nicolás hizo un gesto que quería decir que él no se chupaba el dedo y que ya era tarde para arreglar el patinazo, pero me di cuenta de que en el fondo no estaba seguro de haberme cazado en un grandísimo embuste, y eso significaba que yo había sabido reaccionar y darle la vuelta a la tortilla. También sabía cómo darle en la línea de flotación.

—A lo mejor tengo que hablar con el hermano Casimiro para que nos presten el caballo —dije—. El hermano Lázaro dice que el hermano Casimiro conoce a uno del pueblo que tiene un caballo blanco.

El hermano Nicolás se descompuso. Al principio no se le notó, porque él sabía disimular las pasiones y los contratiempos como nadie, no como yo, que las pasiones y los contratiempos se me notaban a la legua y, además, me daba lo mismo que se me notaran. Aquel día, sin embargo, cuando nombré al hermano Casimiro, el hermano Nicolás puso cara de importarle un bledo lo que yo acababa de decir, pero aquella cara le duró menos que a los milicianos que mataron a nuestros mártires la salvaje alegría con que se vanagloriaban de haber cometido la sangrienta vesania —cuando volvían a su lugar de origen, ebrios de alcohol y de maldad, el camión en el que viajaban volcó y cayó dando vueltas por un escarpado terraplén, pereciendo todos sus ocupantes, lo que podía considerarse, de cara a la beatificación de nuestros mártires, como su primer milagro, pues no se trató de venganza, sino de un acto de justicia por el que libraron a España de un peligroso puñado de canallas; así lo contaba la *Historia de la Congregación de la Verdad de Cristo en España*, cuyos fragmentos más emocionantes no se me olvidarán nunca—, la cara de palo no fue capaz de mantenerla aquella vez el hermano Nicolás ni dos minutos, enseguida me di cuenta de cómo se le subía el coraje a los ojos, que se le ponían más verdes cuando ya no podía más y se empeñaba en no perder la compostura.

—Con el hermano Casimiro hablo yo —dijo—. Si quiere algo, que lo intente conmigo.

Y es que el hermano Casimiro me miraba, siempre que coincidíamos, con ojos de cordero degollado —que era la expresión que el hermano Estanislao usaba como una muletilla para burlarse de los que se quedaban embobados mirándole la cara bonita a algún compañero—, y el hermano Nicolás me dijo que no le extrañaba, que también a él le había mirado muchas veces con el apetito desordenado saliéndosele de las órbitas, lo cual a lo mejor no era cierto, pero a lo mejor sí, y a mí me sentó tan mal cuando me lo dijo que me puse a discutir con él, le dije que aquello del «apetito desordenado saliéndosele de las órbitas», aparte de ser una cursilada como la copa de un pino, estaba mal dicho, que los apetitos desordenados no tenían órbitas, y nos pasamos un montón de tiempo haciéndonos rabiar el uno al otro, que yo me lo tomé muy a pecho, como si me importara de verdad que los apetitos tuvieran órbitas o no las tuvieran, y yo creo que el hermano Nicolás no se dio cuenta de qué era lo que a mí me pasaba. Por eso tampoco me gustó nada que decidiera de pronto que él se encargaría de hablar con el hermano Casimiro para que el dueño del caballo se lo prestara a la comunidad.

—No hace falta —dije muy serio—. Voy a decirle al hermano Lázaro que no quiero hacerlo. Si quiere que alguien abra a caballo la cabalgata, que lo haga él.

—Puedo hacerlo yo. —No sé cómo se las arregló para no dar la impresión de que tenía tantas ganas de abrir la cabalgata del santo fundador a caballo que, en cuanto se descuidase un poco, a él sí que se le iban a salir las ganas de las órbitas—. Yo sí que sé montar.

—En burro. Siempre has tenido pinta de eso, de montar en burro.

No debí decirlo. Me di cuenta cuando ya no tenía remedio. Me había prometido, y le había prometido a él, no decirle nunca más que, por mucho que pusiera cara de doctor de la Santa Madre Iglesia, de aquella pinta de pueblo que tenía no iba a librarle nada ni nadie, y decirle lo del burro era, más o menos, lo mismo, o peor todavía. Pero no se enfadó. Me sentí fatal porque no se enfadó, no puso aquella cara de persona mayor muerta de asco que ponía cuando se enfadaba, no se dio media vuelta después de mirarme como si yo fuese una verdulera o una gallina sarnosa. Me miró para decirme, sin abrir la boca, que le había hecho daño.

—Lo siento —dije, pero no estaba seguro de haberlo dicho, no estaba seguro de que me hubieran salido las palabras.

El hermano Nicolás no se movió. Por un momento pensé que lo estaba haciendo para castigarme, porque sabía que a mí me afectaba mucho verle sufrir, sobre todo si sufría por mi culpa, como cuando se metió en la cama después de volver de la excursión al Refugio del Santo, que pensó que yo me iba a poner otra vez a disposición de los apetitos desordenados de todo el noviciado mayor, como la Magdalena antes de convertirse. Aquel día yo llegué a estar convencido de que el disgusto que le había dado tenía efectos psicosomáticos. Eso de los efectos psicosomáticos se había puesto de moda entre los novicios desde que el hermano Lázaro, que también nos daba nociones de psicología, nos habló de cómo a veces los trastornos de la psique se notan en el cuerpo, que eso estaba estudiadísimo, que a lo mejor no comprendíamos por qué de pronto nos salían unos granos la mar de molestos y desagradables en la cara o en el pecho y, sin embargo, si nos poníamos a pensarlo un poco, descubríamos que algo en nuestra psique no marchaba bien. Yo entonces dije, en voz alta, que allí más de uno tenía que tener la psique como un sonajero, y muchos novicios se pusieron colorados, aunque trataron de disimularlo riéndose mucho, porque daba penita ver cómo algunos tenían la cara de puntos rojos y de barrillos con pus, y el hermano Lázaro me castigó a besarle los pies en la cena al hermano José Benigno, que era uno de los que tenían más granos, y a tomar el primer plato de rodillas. Cierto que a mí también me salían de vez en cuando granos en la cara, sobre todo en la barbilla, pero que yo tenía la psique trastornada era una cosa que daba por hecha y me parecía mucho más interesante que tenerla como una balsa de aceite. Por eso en aquel momento, con el hermano Nicolás muy quieto y muy serio delante de mí, con la vista baja, como un chiquillo al que el profesor acabara de avergonzar delante de toda la clase, empecé a notar picores en la barbilla y pensé: ahora me van a salir unos granos como bolindres, con lo feo que me pongo y el asco que me da cuando me pasa eso, y me estará bien empleado por haber lastimado a mala idea a quien más quiero en el mundo. Claro que a lo mejor él se había puesto tan triste sólo para hacerme sufrir a mí, pero no me importaba, me lo tenía merecido por no ser capaz de aguantarme ni siquiera con él, a quien quería tanto, aquella lengua tan viperina que se me escapaba cada dos por tres.

—Lo siento —le dije otra vez, y esta vez sí que lo dije con mucha claridad, y poniendo en ello toda mi alma—. Perdóname. Perdóname, por favor.

Lo tuve que repetir porque él parecía no querer enterarse. Me estaba castigando, eso ya era seguro. Pero también se había puesto triste de verdad, y cuando por fin me miró me di cuenta de que los ojos los tenía de pronto menos verdes, sin duda porque yo le había trastornado la psique con mi falta de caridad y eso le había producido aquel efecto psicosomático. Le cogí las manos, sin importarme si alguien nos estaba viendo, y las tenía heladas.

—De verdad que no quería decir eso. —La voz me temblaba porque de pronto se me había puesto un nudo en la garganta y estaba a punto de echarme a llorar—. Sólo quería decir que seguro que tú montas a caballo de otra manera, que cada uno tiene su estilo.

Me imaginé de repente cuál sería mi estilo montando a caballo y entonces sí que me faltó poco para ponerme a llorar a lágrima viva.

—Pero yo sé cuál es el estilo que tú crees que tengo yo —dijo por fin el hermano Nicolás, y le salió una voz tristísima—. Tú crees que yo monto a caballo como un gañán.

Con los ojos llenos de lágrimas, me cruzó por la cabeza la visión del hermano Nicolás sin sotana, con aquellos vaqueros apretados que se ponía en el aspirantado, a lomos de un caballo precioso —aunque no era blanco, no sé por qué, sino marrón—, con aquel cuerpo de gañán que él tenía, y tuve inmediatamente una reacción psicosomática.

—No digas eso. —Las ganas de llorar se me habían pasado un poco, después de imaginarme al hermano Nicolás galopando a su estilo sobre un purasangre—. Seguro que montas a caballo la mar de bien. Me encantaría verte.

El hermano Nicolás se dio cuenta de que se lo decía de verdad, porque sonrió un poco. Aunque también pensé que a lo mejor sonreía porque ya estaba seguro de que yo haría lo que él quisiera.

—Seguro que tú montas mucho mejor —dijo—. Con escuela. Mi abuelo no tenía una finca con caballos ni a mí me enseñó nadie a montar. Con once o doce añillos yo cogía el mulo de mi tío y montaba de cualquier manera, pero me lo pasaba en grande. Algunas veces bajaba con el mulo hasta el río, me desnudaba, me montaba en el animal y nos bañábamos así, los dos juntos.

El hermano Nicolás sabía que con aquella historia la psique se me estaba saliendo de las órbitas, y que acabaría teniendo granos hasta en el solideo. El hermano Nicolás, cuando quería, contaba las cosas muy bien, con mucha tranquilidad y sin muchos detalles, pero poniendo mucha intención en la voz, con eso le sobraba para que uno se lo imaginara todo como si lo estuviera viendo, y además se notaba que lo que él contaba era verdad. Nos pusimos a caminar el uno al lado del otro y con los dedos de mi mano izquierda jugaba con los dedos de su mano derecha.

—A mí me castigaban si no montaba correctamente —dije, mirando al frente, y yo también sabía contar las cosas muy bien, incluso cuando contaba historias que no eran ciertas—. Me obligaban a vestirme como un figurín, como en las películas, y tenía dos horas diarias de clase de equitación, después del colegio, con un entrenador que no me perdonaba una. Me habría encantado montar a mi aire, como tú, y bañarme desnudo en un río, o en el mar, sin bajarme del caballo.

De pronto me entraron dudas sobre si a los que enseñaban a montar a caballo se les podía llamar entrenadores, pero al hermano Nicolás no le pareció raro, y eso era lo que contaba. Me cogió la mano y la metió en el bolsillo de su sotana.

—No creo que yo hubiese aguantado eso —dijo el hermano Nicolás, y ya se encargó él de que se le volviese a notar la personalidad tan fuerte que tenía—. No me veo vestido como un figurín.

Yo tampoco le veía. Sólo de pensar en el hermano Nicolás hecho un litri, con el traje corto cayéndole como un guante, muy repeinado, meciéndose encima del caballo como un Osborne o un Domecq, me entraba un repelús. El hermano Nicolás me soltó la mano, dentro del bolsillo de su sotana, y me cogió la muñeca, para que yo tuviera la mano libre.

—Algún día montaremos los dos juntos a caballo, a lo mejor en tierras de misiones, tú con tu estilo y yo con el mío, y seguro que llamamos mucho la atención —le dije, y me di cuenta de que el hermano Nicolás tenía una reacción psicosomática de aquí te espero.

Y entonces el hermano Nicolás, sin mirarme, con aquella voz de ordeno y mando que le salía cuando no podía consentir que alguien le llevara la contraria, con su fuerte personalidad ya en plena forma y con la reacción psicosomática por las nubes, dijo:

—Ni tú ni yo vamos a hablar con el hermano Casimiro. Que el hermano Lázaro se las arregle con él.

A lo mejor por eso los planes ecuestres que me tenía reservado el hermano Lázaro para la cabalgata de nuestro santo fundador se fueron al garete.

Durante cuatro o cinco días, por culpa de la vena artística del hermano Lázaro, lo pasé fatal y, al mismo tiempo, lo pasé la mar de bien. El hermano Lázaro decía que el hermano Casimiro estaba hablando con el dueño del caballo y que, mientras tanto, ensayara por mi cuenta las posturas y el empaque delante de un espejo, cuando sabía perfectamente que eso era imposible; los únicos espejos que había en el noviciado mayor eran los que estaban en los baños, encima de los lavabos, tan altos y tan estrechos, aquellos espejos raquíticos en los que ni siquiera podíamos vernos la cara y el pelo a la vez –un día encontré al hermano Tomás Armando, un novicio mayor que ya parecía un hombre, desnudo de cintura para arriba y dando saltos, porque quería verse en uno de aquellos espejos, pensados para evitar las tentaciones, los pelos que le estaban saliendo en el pecho–, y tampoco era cosa de ensayar posturitas de jinete fino mirándome en los cristales de las puertas y de las ventanas, en los que yo sí me miraba mucho, pero cuando pensaba que no me veía nadie. Por culpa de la vena artística del hermano Lázaro me distraía durante las oraciones, y durante la lectura espiritual, y mientras trataba de aprenderme el papel de san Ignacio de Loyola en *El divino impaciente*, y en las horas de estudio, y en clase, y no digamos durante las horas de meditación, sin parar de darle vueltas a cómo me las iba a apañar cuando el hermano Casimiro apareciera por fin con el caballo blanco y el hermano Lázaro me dijese hala, hermano Rafael, a lucirse, como si yo fuera una de las hermanas Terry, que montaban a caballo estupendamente. Una noche tuve una pesadilla horrorosa, soñé que nos empaquetaban juntos al caballo y a mí, sin contemplaciones –y sin tener en cuenta que a principios de septiembre del año anterior yo había hecho por un año votos de pobreza, castidad y obediencia, y de sumisión al Sumo Pontífice y de enseñar gratuitamente a los pobres, y que para empaquetarme antes de que el año se cumpliese hacía falta un permiso especial de Roma–, por haber echado a perder la cabalgata del santo fundador, y que al hermano Nicolás lo sujetaban entre el maestro de novicios y el hermano Casimiro, para que no se viniera con nosotros, y yo sabía que ya nunca volvería a verle, y me despertó el hermano Marcelo, que dormía a mi lado, porque yo estaba llorando y pegando gritos, como una de esas mujeres indias contratadas para llorar como posesas cuando se muere alguien. Menos mal que el hermano Casimiro al final no consiguió que nos prestaran el caballo blanco y el hermano Lázaro se llevó un disgusto de muerte por no poder sacarle provecho a su vena artística.

Los que sí nos lucimos la víspera de la festividad de san Karol Obrisky fuimos el hermano Nicolás y yo. *El divino impaciente* nos quedó bordado. Él hizo un san Francisco Javier de pueblo a más no poder, y a mí me salió un san Ignacio de Loyola al que sólo le faltaba montar a caballo como una Terry.

El hermano Estanislao me miró para que todo el mundo se diese cuenta. El hermano Estanislao presumía mucho de eso, de no andarse con chiquitas, siempre decía que de él podíamos esperar cualquier cosa menos paños calientes. La verdad es que a mí aún me parecía que en el fondo era un pedazo de pan –y me lo demostró cuando, para aliviarme el cargo de conciencia, me dijo aquello de que Dios también creó a los chicos guapos–, pero, como si le diera coraje parecer demasiado bueno, no dejaba de repetir que ser caritativo no significaba ser un blando, y que mejor era ponerse una vez colorado que cien veces amarillo, que era una cosa que también decía mucho, y tiraba a matar.

Aquel día, la plática de los lunes por la tarde la dedicó a los afectos inconvenientes, que había que distinguir de los afectos limpios por almas predilectas, y puso como ejemplo el amor de Jesús por el apóstol san Juan, un amor que era un modelo de pureza, una comunión espiritual con la que el maestro distinguía de modo especial al discípulo amado, un afecto, dijo el hermano Estanislao sin andarse de pronto por las ramas, que no tenía nada que ver con que san Juan fuese el más jovencito y el más guapito de los doce apóstoles. Según el hermano Estanislao, Jesús amaba por igual a los otros once, empezando por san Pedro, que no era un niño bonito precisamente, con aquellas arrugas y aquellas barbas, pero la juventud de san Juan era un símbolo de la inocencia, y por eso lo había elegido a él para distinguirlo con un afecto especial, para demostrarnos a todos que el amor puede ser muy casto y muy místico.

A partir de ahí, el hermano Estanislao se hizo un lío, porque se puso a explicar que, de todos modos, la inocencia tampoco era una cuestión de edad y de tener un cutis de porcelana, que se podía conservar el alma como la de un niño chico y tener los años y las arrugas y las barbas de san Pedro, y cuando dijo eso me miró, esa primera vez sin mala intención, quiero decir que me miró como antes había mirado a otros novicios, porque ésa era la forma que él tenía de dar las pláticas, mirándonos a los ojos uno por uno, que muchos se ponían nerviosos si el hermano Estanislao los miraba más tiempo que a los demás, y cuando me miró a mí, aunque entonces lo hiciera de refilón, seguro que adivinó lo que yo estaba pensando, y eso que lo que yo estaba pensando se le podía ocurrir a cualquiera: si san Pedro podía ser también el símbolo de la inocencia, a pesar de su edad y de sus arrugas y sus barbas, a ver por qué era precisamente san Juan el discípulo amado. Y entonces el hermano Estanislao empezó a darle vueltas a la idea de que la belleza interior y la exterior no eran incompatibles, pero que tampoco tenían por qué ser compatibles del todo, o ser compatibles del todo pero sin que la belleza externa se convirtiese en una cuestión esencial, o sea, no tener una importancia capital —más aún: no tener la menor importancia—, que todo era un conjunto, que en la predilección de Jesús por san Juan la belleza de dentro y la belleza de fuera del discípulo amado no es que fuesen ni compatibles ni incompatibles, eran otra cosa, la belleza de dentro y de fuera de san Juan, unidas, eran como un símbolo de la inocencia, una imagen de la inocencia, una encarnación de la inocencia, un galimatías que no se podía comprender, y el hermano Estanislao no me miró ni una vez mientras trataba de explicarnos por qué san Juan era el discípulo amado, y yo miré a los novicios que tenía cerca y todos ponían cara de entenderlo estupendamente, lo de la inocencia estaba clarísimo, no había más que fijarse en el cuadro de la Santa Cena que teníamos en el refectorio. De todos los apóstoles, san Juan era el único que tenía cara de botijo de verano.

—Dios también creó a los discípulos guapos —dijo de pronto el hermano Estanislao, y entonces sí que me miró con mala idea, y se quedó mirándome sin pestañear, para que todo el mundo se diera cuenta, y se quedó callado de pronto, y cuando yo empezaba a pensar que aquel silencio era uno de los trucos que el maestro de novicios empleaba a veces para terminar la plática como si fuera una obra de teatro moderna, añadió—: Pero sería conveniente que algunos no se lo creyesen tanto y no fueran por ahí engatusando a sus compañeros con su cara de botijo de verano.

Se escucharon risitas. No podía verle la cara al hermano Nicolás, que se sentaba un par de filas delante de mí y ni a cambio de la mismísima silla de san Pedro hubiese vuelto en aquel momento la cabeza, pero vi cómo los novicios que estaban cerca de él le miraban de reojo, y seguro que notaba muchas miradas clavadas en su cogote, como las sentía yo, que tampoco tenía que ser un lince o tener ojos en la nuca para saber que también a mí me miraban, con más o menos descaro, todos los que podían, y seguro que el hermano Nicolás se imaginaba que yo le estaba mirando, pero yo preferí aguantarle la mirada al hermano Estanislao hasta que él no pudo más y se puso a mirar a otros novicios que iban bajando la vista y se quedaban observándose las manos cruzadas sobre el pupitre, que era lo que hacíamos todos cuando queríamos recuperar y mantener el recato. Entonces, el hermano Estanislao tocó la campanilla que tenía sobre su mesa y dio paso a la lectura espiritual.

Aquel año, sólo dos novicios mayores —el hermano Santos Tadeo y el hermano Patricio— consiguieron el permiso del hermano Estanislao para leer *Energía y pureza*. En el noviciado mayor sólo había un ejemplar de aquel libro que trataba sobre cómo mantener la castidad frente a las mayores tentaciones, y que al parecer describía las visiones lujuriosas que habían tenido los santos más grandes con tal abundancia de detalles que había que estar muy preparado para que su lectura no fuese pecaminosa, en lugar de edificante. Así y todo, la mayoría de los que obtenían autorización para leerlo —había que solicitarlo sólo cuando uno se sentía de verdad con fuerzas para dominar los envites de la lascivia— empezaban de pronto a confesarse a todo meter, a diario, y muchos teníamos que aguantarnos la risa cuando los veíamos a los pobres correr al confesionario con los pecados contra el sexto mandamiento saliéndoles por las orejas, que ésa era la impresión que daban, y es que ya decía el hermano Estanislao que el pecado contra la castidad se notaba más que cualquier otro. De todas formas, aquel aspecto gelatinoso que se les ponía a casi todos los contadísimos lectores de *Energía y pureza*, y aquel frenesí penitencial que les entraba a las criaturas, no eran obstáculo para que al maestro de novicios se le amontonaran encima de la mesa de su despacho las solicitudes de lectura, sino todo lo contrario, raro era el novicio que no intentaba superar aquella dificilísima prueba, como los trapecistas que se empeñan en dar el triple salto mortal sin red, aunque antes que ellos se hayan desnucado un montón de colegas al intentarlo, o como los corredores de fondo que están decididos a ganar como sea la maratón, aun sabiendo que el primero que corrió todos esos kilómetros cayó desplomado, por un ataque de corazón, al llegar a la meta. Por supuesto, el hermano Nicolás y yo habíamos presentado, al poco tiempo de llegar del noviciado menor, la petición para leer el libro, pero yo estaba convencido de que ya ninguno de los dos teníamos la menor oportunidad de ponernos morados de visiones lujuriosas y de romper el récord de días sin correr al confesionario con el rabo entre las piernas. Es verdad que el hermano Santos Tadeo se confesó sólo tres o cuatro veces mientras estuvo leyendo *Energía y pureza*, pero aquel novicio era capaz de comulgar en pecado mortal sólo para que todos creyésemos que él no caía en tentaciones cada dos por tres, y para convencernos de que era el más preparado de la tanda para convertirse, en un día no lejano, en prepósito general de la Congregación. El hermano Patricio, en cambio, había empezado la lectura del libro después de la fiesta de nuestro fundador y ya se había confesado por lo menos nueve veces.

—Te apuesto el solideo a que el hermano Patricio no llega hasta el final —me dijo el hermano Nicolás aquel día, durante el asueto, después de la lectura espiritual y antes de la hora de trabajo manual—. O se da por vencido, o el hermano Estanislao le quita el libro antes de que tenga que confesarse seis veces al día y caiga enfermo de tuberculosis.

El hermano Nicolás todavía estaba seguro de que, una vez que el hermano Patricio terminase la lectura, por las buenas o por las malas, el hermano Estanislao le daría el libro a él.

—Tú no te confiesas nunca —le dije yo—. Así no tiene mérito.

Y es que, en efecto, el hermano Nicolás jamás se confesaba. A veces, al principio de aquel amor que por lo visto se parecía poquísimo al que le tenía Jesús al apóstol san Juan, yo pensaba que lo normal era que nos entrasen escrúpulos de conciencia, porque después de todo con el voto de castidad no se jugaba, era un voto que no admitía medias tintas y al que no se le escapaba ningún acto o pensamiento impuro, no como el voto de obediencia, por ejemplo, que para romperlo era necesario desobedecer a un superior reconocido que ordenase cumplir una orden en virtud del voto, de forma que uno podía escaquearse del trabajo manual, o dedicarse a pensar en las musarañas durante el tiempo que debía emplear en aprender a tocar el piano, o no hacer caso deliberada y hasta frecuentemente de los mandatos e instrucciones del maestro de novicios, y sólo cometía faltas veniales, el voto de obediencia no contaba para nada. En cambio, cualquier pecado contra el sexto mandamiento —los pensamientos impuros, los roces inconvenientes, los deseos desordenados, las manipulaciones lascivas sobre uno mismo o sobre otros— era, al mismo tiempo, un quebranto grave del voto de castidad que nos obligaba a todos los novicios mayores durante un año. Por eso, al principio, yo pensaba que tenía que confesarme, al menos de los roces inconvenientes y de las manipulaciones, aunque sólo fuera porque confesarse con una frecuencia normal era, según el hermano Estanislao, prueba de delicadeza de alma —confesarse sin parar podía ser, sin embargo, cosa de maniáticos, salvo en caso de pecadores incorregibles—, pero el hermano Nicolás, que había cometido o consentido conmigo montones de roces y manipulaciones inconvenientes, no se confesaba nunca.

—Yo me confieso cuando me tengo que confesar —me dijo el hermano Nicolás en un tono muy destemplado—, lo que no hago es confesarme por tonterías.

Los maniáticos de la confesión habrían apuntado en su lista de pecados para el día siguiente aquella contestación a un compañero en un tono tan destemplado. Pero el hermano Nicolás no se confesaba por tonterías, y mucho menos por faltar a la caridad en la manera de hablarle a un compañero. El hermano Nicolás, con aquella personalidad que llamaba la atención en cuanto él entraba en cualquier parte —el hermano Estanislao contó que el procurador de misiones, cuando visitó el noviciado menor, sólo se había fijado en un novicio, y todos los admiradores del carisma del hermano Nicolás dieron por hecho que se trataba de él—, tampoco se dejaba engatusar por un compañero sólo por su cara de botijo de verano. Aquello de la cara de botijo de verano era una ocurrencia que había tenido el hermano Fulgencio, el director del aspirantado, para mortificar a los aspirantes que, según él, sólo destacaban por ser guapitos de cara y fuente de tentaciones para sus compañeros, y un día, en cuarto de bachillerato, entre clase y clase, un grupo de aspirantes nos pusimos a dibujarnos unos a otros el perfil de las caras en la pizarra, siguiendo con la tiza las sombras que producía sobre el encerado el sol que entraba por el ventanal, y salían una caricaturas horrorosas, unas narices muy largas y unas barbillas engurruñidas, hasta que el hermano José Benigno —que no se llamaba todavía hermano José Benigno, claro, se llamaba José Morejón— me dijo anda, Lacave, ponte tú, y yo me puse junto a la pizarra de forma que me daba el sol en la cara y proyectaba sobre el tablero verde una sombra de nariz larguísima y afilada y mentón encogido como un altramuz, y el flequillo rubio que, cuando tenía el pelo seco, me caía lacio y me tapaba casi toda la frente, y oí cómo Morejón dibujaba mi perfil en la pizarra, el sonido arenoso de la tiza, las risas de los aspirantes, y me volví de pronto y miré la pizarra y vi que Morejón no había pintado mi perfil, había pintado un botijo. Nicolás Camacho fue el único que no se rió con aquella gansada de Morejón, pero no puso aquella cara que ponía cuando algo le parecía una pamplina o una inconveniencia, parecía que ni se había fijado en lo que Morejón acababa de pintar en la pizarra, pero yo sabía perfectamente que eso no era verdad.

—Lo que yo siento por ti no es ninguna tontería —le dije al hermano Nicolás, y le aguanté la mirada como se la había aguantado al maestro de novicios durante la plática, sólo que, cuando se la aguanté al maestro de novicios, no noté que estuvieran a punto de saltárseme las lágrimas.

—Yo no he dicho eso —dijo él, muy serio—. Pero no tengo por qué confesarme de lo que tú sientas por mí.

Me metí las manos en los bolsillos de la sotana, aunque sabía que si el hermano José Benigno nos estaba espiando me lo reprocharía el viernes en la advertencia de defectos, y me separé un poco del hermano Nicolás para que viera que no quería que se contagiase de lo que yo sentía por él. Los ojos ya me escocían como si en ellos me hubieran metido tierra, pero no iba a darle al hermano Nicolás el gusto de ver cómo me los restregaba. Estábamos en el paseo de las acacias y en aquella época del año, en primavera, algunos novicios eran alérgicos al polen de aquellos árboles que nunca se podaban, y se les ponían los ojos como tomates.

—No seas tonto, hermano Rafael —dijo el hermano Nicolás, y se acercó tanto a mí que por un momento pensé que iba a darme un beso—. No me gusta verte llorar.

Yo dejé de aguantarle la mirada y levanté la vista hacia las copas de las acacias y dije:

—Es la alergia.

Después, no pude mirarle de nuevo a los ojos. Bajé la vista y me quedé mirándole el pecho, que se le marcaba en la sotana como si con el buen tiempo se le hinchase un poco, y cuando él volvió a hablar me di cuenta de que ya no estaba serio, aunque tampoco sonreía. Me dijo:

—Yo no creo que tenga que confesarme por esto. Y no creo que tengas que confesarte tú.

Yo sí que sonreí.

—Ni Jesús ni el apóstol san Juan se confesaban por quererse tanto, ¿verdad? —dije—. Claro que lo que no se sabe es si era Jesús el que quería más a san Juan, o era san Juan el que quería más a Jesús.

Entonces volví a mirar al hermano Nicolás a los ojos. No sé por qué me pareció que estaba un poco asustado, algo que no encajaba nada con su fuerte personalidad. Noté que me cogía el borde de uno de los bolsillos de la sotana y me rozaba la muñeca con los dedos. Yo me apreté un poco la mano contra el muslo, para hacer sitio y que él pudiese meter su mano hasta el fondo del bolsillo de mi sotana. Su mano estaba muy fría y empecé a estrujársela para contagiarle un poco de calor.

—Los dos se querían lo mismo —dijo él, pero su voz no era la misma que cuando hacía alardes de su fuerte personalidad. A mí otra vez empezaron a escocerme los ojos, y es que me moría de ganas de que aquello que había querido decirme el hermano Nicolás fuese verdad.

Lo que dijo después, por la forma en que lo dijo, sí que lo era:

—No sabes cómo me gustaría darte un beso...

Sonó la campana del patio llamando al trabajo manual. Aquel día, mientras casi todos los novicios mayores estaban en el huerto, yo escribí en el diario del noviciado mayor: *Lunes, 10 de mayo de 1965. Nunca podan las acacias del patio. Habrán visto muchas lágrimas a lo largo de sus vidas, y no sólo porque hay muchas personas que son alérgicas al polen de esos árboles, sino porque llorar es propio del ser humano y esas acacias han cobijado bajo sus sombras muchos sentimientos que se notan o que no se notan, y no porque no se noten valen menos que si se notaran, todo lo contrario. Pero hay lágrimas de dolor y lágrimas de felicidad, y a veces son de dolor y de felicidad al mismo tiempo. Seguro que esas acacias conservan en su memoria de ramas retorcidas y hojas verdes el dolor feliz de nuestros mártires de la Cruzada, por ejemplo. Y el dolor feliz, o el dolor a secas, de cada hermano de la Congregación, de cada hermano de la Sagrada Familia, de cada novicio que haya paseado en silencio bajo sus ramajes. Las acacias son como el álbum de fotos de nuestras almas. Yo creo que por eso las acacias del jardín nunca se podan.*

A la mañana siguiente, sólo para que el hermano Nicolás no se creyese con derecho a decirme a mí de qué tenía o no tenía que confesarme, fui a confesarme de lo que sentía por él. Fue la última vez que lo hice.

—El hermano Wenceslao miraba muchas fotos de turistas —me susurró al oído el hermano Ángel Valentín.

Estábamos en el coro y el maestro de novicios acababa de comunicarnos que el hermano Wenceslao había dejado aquella misma mañana la Congregación.

Una semana antes, el hermano Estanislao ya nos había dicho que el hermano Sebastián se haría cargo de la música temporalmente, porque el hermano Wenceslao había tenido que irse a Madrid para arreglar unos asuntos. Enseguida se corrió la voz de que el asunto que tenía que arreglar el hermano Wenceslao era su enamoramiento de una muchacha del pueblo, una de las chicas que formaban parte del coro de la parroquia que él dirigía todos los domingos en misa de doce y dos veces por semana, cuando ensayaban, a última hora de la tarde.

Lo de aquella novia que se había echado el hermano profesor de música lo sabíamos todos desde hacía tiempo, desde que el hermano Casimiro se lo contó al hermano Ángel Valentín mientras trabajaban en la reparación de una parte de la tapia del noviciado en la que un camión, al hacer mal una maniobra, había abierto una grieta del tamaño de la maldad de Herodes, como decía siempre el hermano Cirilo, el cocinero, cuando quería comparar con algo un desavío grandísimo. Algunos camiones iban de noche a coger tierra a los terraplenes que había junto al noviciado, y no había forma de remediarlo por muchas denuncias que pusiera la comunidad. Llegaban cinco o seis hombres en un camión y escarbaban con palas en la tierra, trabajaban intentando no hacer mucho ruido, como si estuvieran sepultando muertos a escondidas, y cargaban en el camión toda la tierra que podían, y el hermano Estanislao, que era quien firmaba las denuncias, decía con razón que aquello terminaría afectando a los cimientos del edificio, que no había más que ver las humedades que, en cuanto se ponía a llover, salían en las duchas y en los trasteros, que estaban en el sótano. Y además había que tener en cuenta el peligro de que alguno de aquellos hombres desenterrase y golpease con su pala alguna de las bombas que los nacionales habían tirado durante la guerra civil y que habían quedado sin explotar, y que esa bomba de pronto explotase.

—El hermano Sebastián seguirá ocupándose de la música, al menos hasta el final del curso —dijo el hermano Estanislao—. Deberán tratarle a partir de ahora como si fuese un profesor más.

Entonces el hermano Estanislao le hizo una señal al hermano Sebastián para que saliera del coro y se subiera al taburete desde el que dirigía el hermano Wenceslao. El hermano Sebastián siempre estaba pálido y daba la impresión de aguantarse todo el tiempo algún dolor, y a lo mejor eran los labios los que le dolían sin parar, por lo mucho que le costaba sonreír. Cada vez que yo me acordaba de lo fría y húmeda que tenía la cara el hermano Sebastián cuando la pegaba a la mía, mientras intentaba enseñarme cómo había que cantar el Salmo 62, me daba un repelús. Aquel día, subido al taburete del director del coro, el hermano Sebastián parecía de pronto veinte años más viejo que el resto de los novicios mayores y tener un principio de peritonitis, una enfermedad de la que había estado a punto de morir, en el aspirantado, Jesús Acosta, que se salvó gracias a la intuición profesional del hermano Francisco de María, el enfermero, que se dio cuenta a tiempo de lo gravísimo que estaba.

—A éste —me dijo al oído el hermano Ángel Valentín— no le saldría novia aunque no hiciera otra cosa que ver fotos de turistas.

Para que no se me escapase la risa, mantuve fija la vista en la partitura que acababan de repartirnos. Estaba seguro de que el hermano Nicolás, a pesar de que siempre se colocaba en la última fila de los bajos, y a pesar de que se estaría esmerando en demostrar que la partitura le interesaba bastante, se daba cuenta perfectamente del cuchicheo que nos traíamos el hermano Ángel Valentín y yo. El hermano Ángel Valentín se había puesto en la tercera fila de los tenores, porque allí estaba la escalera y nos poníamos por estatura, los más altos delante y los más pequeñajos detrás, sobre el tercer escalón, de forma que el grupo quedaba muy bien ordenado. Yo, que no era ni de los más bajos ni de los más altos, estaba en la fila de en medio, justo delante del hermano Ángel Valentín, y él sólo tenía que inclinar un poco la cabeza, como si entrara en recogimiento, para susurrarme cosas al oído. El hermano Ángel Valentín tenía cuerpo de niño, cara de niño y voz de niño y por eso también él gustaba mucho, sobre todo a los novicios mayores que tenían cuerpo, cara y voz de hombre, y al hermano Lázaro, que no sabía cómo disimular lo mucho que le gustaba el hermano Ángel Valentín, y al hermano Casimiro, el hermano de la Sagrada Familia que se ocupaba de la albañilería y de la electricidad y de la fontanería y que fue el que le contó que el hermano Wenceslao se había echado una novia en el pueblo. El hermano Casimiro, siempre que tenía que elegir a un novicio mayor como ayudante, elegía al hermano Ángel Valentín, y un día el hermano Ángel Valentín volvió de la hora de trabajo manual con cara de pillín y con toda la sotana llena de huellas blancas de manos, unas manos enormes, las manos del hermano Casimiro, y así el hermano Ángel Valentín nos demostró a todos que era verdad lo que él decía, que el hermano Casimiro, entre ladrillo y ladrillo, o entre cable y cable, o entre grifo y grifo, no paraba de manosearle. A mí me gustaba mucho chismorrear con el hermano Ángel Valentín porque era muy gracioso y nos entendíamos a las mil maravillas, pero no me provocaba apetitos desordenados, aunque aquel día, en el coro, al sentir su aliento en mi oreja y al notar cómo rozaba mi espalda con su cuerpo, algo parecido a un apetito desordenado sí que me entró, pero yo creo que fue porque sabía que el hermano Nicolás nos estaba viendo y a lo mejor nos imaginaba al hermano Ángel Valentín y a mí haciéndonos manipulaciones allí mismo.

—Yo tengo fotos de turistas —añadió el hermano Ángel Valentín—. Después se las enseño.

El hermano Sebastián dio un golpe seco con la batuta en el atril y comprendí que nos había descubierto cuchicheando.

—Hermano Ángel Valentín y hermano Rafael Gregorio —dijo el hermano Sebastián, con aquella voz que se le había puesto de pronto de hombre de treinta años, por lo menos–, esta noche cenen de rodillas el primer plato. Y si quieren seguir de tertulia, es mejor que salgan al patio y así podrán hablar a gusto.

Yo mantuve la vista baja y estoy seguro de que el hermano Ángel Valentín hizo lo mismo. Pero al cabo de unos segundos miré al hermano Nicolás y le sorprendí mirándome a mí. El hermano José Benigno, que estaba en la tercera fila del grupo de los barítonos, tenía una manera dificilísima de mirar a un lado y a otro, sin mover la cabeza y con los ojos entrecerrados, como los camaleones, y cuando yo le miré vi que me estaba mirando, aunque apenas se notase, y no hacía falta ser adivino para saber que antes había mirado al hermano Nicolás y al hermano Ángel Valentín. El hermano Sebastián no se dio cuenta de nada de eso porque se había enfrascado en la partitura.

Aquel día ensayamos el *Ave María* de Schubert, que ya ni era de Schubert ni nada. El hermano de la Congregación que estudiaba teología en Salamanca y era compositor le había puesto al *Ave María* unos arreglos modernos, muy en consonancia con el Vaticano II, y unos coros a tres voces que, en mi opinión –una opinión que escandalizó muchísimo al hermano Wenceslao–, recordaban demasiado a una canción gallega que cantábamos en casi todas las festividades, porque nos salía bordada, y que hablaba de una negra sombra que se iba y que dejaba al protagonista de la canción llorando una barbaridad. Además, el *Ave María* de Schubert ya no la cantábamos en latín, sino traducida al castellano por los mismos hermanos de Salamanca que habían traducido todos los *kiries* y todos los *oremus* de la misa, y todos los gregorianos habidos y por haber, a un español, en mi opinión, patatero. Porque yo tenía dieciséis años, pero eso no estaba reñido en absoluto, como le dije una vez al hermano Lázaro, con tener las ideas claras y muy buen gusto en cuestiones gramaticales, literarias y artísticas.

Naturalmente, cuando terminamos el ensayo me faltó tiempo para pedirle al hermano Ángel Valentín que me enseñara las fotos que tenía de turistas.

—Vamos a la sala de estudio —me dijo—. O mejor, espéreme en los lavaderos, allí podremos verlas tranquilamente. Voy a buscarlas.

Yo lo primero que hice fue ir corriendo al servicio, porque era la mejor forma de evitar que el hermano Nicolás sospechase algo. El hermano Nicolás estaba tan seguro de que yo iría a juntarme con él en cuanto saliéramos de la capilla que se puso a charlar con el hermano Patricio y con el hermano Santos Tadeo —a los tres los llamaba el hermano Estanislao el trío de intelectuales de la tanda—, y no empezaría a escamarse hasta ver cómo pasaba el tiempo y yo no aparecía. La verdad es que tuve que hacer un grandísimo esfuerzo de voluntad para no juntarme con ellos, porque a aquel trío de intelectuales siempre les venía bien que alguien tan intelectual como ellos —o más, aunque el hermano Estanislao pensase que yo sólo brillaba por mis cualidades literarias y artísticas—, les bajara los humos de vez en cuando, pero, si me entretenía bajándoles los humos a aquellos filosofillos de pacotilla, el hermano Ángel Valentín podía perder la paciencia y decirme que las fotos de turistas me las iba a enseñar mi abuela; al hermano Ángel Valentín se le escapaban muchas veces cosas así —y, encima, tuteando de pronto a los compañeros, claro—, como si en vez de estar en el noviciado mayor estuviera todavía en su pueblo. Además, si yo me enredaba llevándoles la contraria a aquellos tres intelectuales de madera apolillada y chufleándome de sus filosofías, que es lo que siempre hacía cuando me juntaba con ellos, después no iba a ser capaz de librarme del hermano Nicolás, porque yo tenía muy poca voluntad para eso, y reunirme a solas en los lavaderos con el hermano Ángel Valentín.

La puerta de los lavaderos siempre estaba abierta, porque era la única forma de que se mantuvieran aireados y de que no se formase olor a humedad. Estaba prohibido entrar allí fuera de las horas de lavandería, salvo en caso de necesidad manifiesta, como decía el *Libro del novicio* para explicar que no sólo el interesado, sino cualquiera con dos dedos de frente podía comprender si algo era de verdad necesario. Si un novicio sufría un percance y se manchaba los pantalones, o la ropa interior, o la sotana, y no tenía con qué mudarse, o no quería esperar a la colada general de los martes, podía ir a los lavaderos en las horas de expansión y lavarse la ropa. Las prendas menudas –los calzoncillos, las camisetas, los calcetines, incluso las camisas– se podían lavar en los lavabos del dormitorio, pero luego había que bajar a los lavaderos a tenderlas, porque el hermano Estanislao no quería que el dormitorio pareciera una casa de vecinos, con todas las ventanas llenas de ropa tendida. Todas las semanas nos daban a cada novicio mayor una bolsita de plástico con detergente, y con eso teníamos que apañarnos para nuestros lavados particulares.

Como me entretuve un poco más de la cuenta en los servicios, por aquello de estar dudando si pasarme o no pasarme por el corrillo de los tres intelectuales de la tanda, cuando llegué a los lavaderos el hermano Ángel Valentín ya estaba allí.

—Voy a poner a remojo los pantalones, por si viene alguien —me dijo—. ¿No ha traído usted nada para lavar?

No se me había ocurrido, pero el hermano Ángel Valentín llevaba razón, si alguien nos encontraba en los lavaderos era mejor que tuviésemos una excusa.

El hermano Ángel Valentín traía una de aquellas carpetas de cartulina de color calabaza en las que guardábamos los apuntes de clase por asignaturas, pero estuvo sujetándola debajo del brazo mientras ponía a remojo aquellos pantalones de color caqui que siempre le asomaban un poco por debajo de la sotana cuando los llevaba puestos, porque le estaban muy largos, o porque le estaban muy anchos y no se los sujetaba bien en la cintura. Siempre que el hermano Ángel Valentín llevaba aquellos pantalones —y los llevaba muchas veces, porque sólo tenía dos pares, como yo y como el resto de los novicios—, en la advertencia de defectos de los viernes, en cuanto él se arrodillaba frente a todos y suplicaba con las manos unidas que tuviésemos la caridad de decirle sus defectos y faltas, el hermano José Benigno se levantaba con muchas prisas, como si le hubieran metido fuego a su silla, o como si temiera que alguien se le adelantase, y le decía «me parece querido hermano que se le ven los pantalones por debajo de la sotana». Luego, lo primero que hacía el hermano Ángel Valentín, cuando se ponía de pie, era meterse las manos en los bolsillos, agarrarse los pantalones por la cintura y tirar hacia arriba, igual que Cantinflas en las películas que nos ponían algunos jueves por la tarde, y a todos nos daba la risa.

—Me lavaré los calcetines, que nunca viene mal —dije yo, pero sabía perfectamente que lo de lavarme los calcetines no era una necesidad manifiesta, porque a mí los pies nunca me olían a perro muerto, como les pasaba a otros.

El suelo de los lavaderos, que era de adoquines, estaba muy frío, y me puse enseguida los zapatos. Era la primera vez desde hacía muchos años —desde que era chico, en verano— que me ponía los zapatos sin calcetines, y de pronto me acordé de mis padres, de mis hermanas, de mi casa, de los días de playa y de las tardes en las dunas, y me dio un vuelco el corazón, pero me puse a pensar con todas mis ganas que ya mi única familia era la Congregación de los Hermanos de la Verdad de Cristo, que me había entregado por entero al Señor y a la Santa Madre Iglesia y a la educación de los niños pobres, que con la toma de hábitos y los votos de pobreza, castidad y obediencia había empezado una nueva vida, que tenía que pensar que había vuelto a nacer, como decía el guía de novicios, y que había que luchar contra los buenos recuerdos de mi otra vida y mi otra familia, si esos recuerdos eran un obstáculo para la entrega completa a la causa que había abrazado voluntariamente, que a veces el demonio se servía de bonitos recuerdos familiares y de sentimientos que parecían puros para debilitar e incluso destruir los cimientos de la vocación. Respiré hondo, que era lo primero que había que hacer, según el guía de novicios, cuando uno sufría un ataque de morriña, y apreté los calcetines que acababa de quitarme como si me estuviera ahogando y los calcetines fuesen flotadores.

—Venga, hermano Rafael, dese prisa —me dijo el hermano Ángel Valentín—. Sólo quedan veinte minutos para la clase de apologética.

Me acerqué a una de las pilas del lavadero y abrí el grifo y empecé a mojar los calcetines. El agua salía helada, pero dejé las manos quietas hasta que empezaron a dolerme los dedos. Entonces me di cuenta de que el hermano Ángel Valentín me estaba mirando.

—¿Qué le pasa? —me preguntó—. ¿No se encuentra bien? Se ha quedado medio traspuesto.

Me eché a reír para disimular, no quería decirle que, al dejar que el agua fría me lastimara los dedos, estaba haciendo penitencia por haberme abandonado a la morriña y a los engaños que podían destruir mi vocación.

—No deje los calcetines en agua —dijo el hermano Ángel Valentín—. Cuélguelos, a ver si da tiempo a que se sequen.

Colgué los calcetines en uno de los cordeles que había en los lavaderos para tender la ropa. Las ventanas estaban abiertas, pero el sol no entraba por ninguna de ellas, daba en los terraplenes que había al otro lado de la tapia y que, vistos desde los lavaderos, parecían las dunas de un desierto de color azafrán. El hermano Ángel Valentín se sentó en uno de los bancos corridos de madera que servían para distribuir la ropa una vez lavada y planchada y me hizo un gesto para que me sentara junto a él.

La carpeta que llevaba estaba llena de recortes de periódicos. Eran, sobre todo, fotografías. Había muchas fotos de playas de Canarias repletas de bañistas extranjeros que aprovechaban el clima privilegiado de nuestras Islas Afortunadas, como ponía debajo de las fotografías. Se notaba que los bañistas eran extranjeros porque casi toda las mujeres iban en biquini, y casi todas eran rubias, y también eran rubios casi todos los hombres, y casi todos llevaban unos bañadores tan pequeños que daba apuro mirarlos. También había recortes de fotos de El Cordobés, siempre sonriendo con aquella boca enorme que tenía, y con el traje de torero que le caía sólo regular, porque de cuerpo a mí me parecía un poco destartalado, un poco caído de culo, y por delante un poco hundido de ingles, y a lo mejor por eso a mí no me daba tanto apuro mirarle la delantera. A mí lo que más me gustaba de El Cordobés, con diferencia, era el flequillo. Me gustaba casi tanto como el flequillo de los Beatles, y es que el hermano Ángel Valentín también guardaba en la carpeta una página de un periódico con una foto enorme del cuarteto de Liverpool, como decía el titular del reportaje —EL CUARTETO DE LIVERPOOL ACTUARÁ EN MADRID EN JULIO—, y allí aparecían los cuatro Beatles con unos flequillos que casi les tapaban los ojos, un flequillo que a Paul le ponía cara de niña, y a Ringo le sentaba como un tiro, y a John la verdad es que le favorecía, porque el pobre era tan feo que cualquier cosa que le tapase un poco la cara le sentaba bien, y el que estaba más guapo con aquel flequillo era George, a lo mejor porque a mí George me parecía el más guapo de los cuatro, y me lo seguiría pareciendo se peinase como se peinase. Pero a mí lo que de veras me gustaba del flequillo de los Beatles es que era un flequillo exagerado, moderno, escandaloso, un flequillo que a casi todo el mundo le parecía cosa de degenerados, porque los hombres de verdad no llevaban el pelo así, pero yo pensaba que meterse con los Beatles por peinarse con aquel flequillo era cosa de catetos, yo prefería mil veces ser un degenerado, yo quería peinarme como ellos.

El hermano Ángel Valentín revolvió un poco los recortes que llevaba en la cartera, eligió una foto de una pareja de turistas ni jóvenes ni viejos, pero que jugaban en la orilla como si fuesen niños, y me preguntó:

—¿A usted quién le gusta más, hermano Rafael? ¿La turista o el turista?

Miré al hermano Ángel Valentín y vi que él ya me estaba mirando a mí, como si me hubiera hecho la pregunta sin mirar a la fotografía, atento a cómo reaccionaba yo. Por la manera en que me miraba, con una sonrisita idéntica a las de las frívolas mujeres romanas cuando tentaban con sus encantos a los jóvenes y fuertes centuriones cristianos que se resistían a entregarse con ellas a la lujuria —según una lámina a todo color del libro sobre historia del cristianismo que se estudiaba en el noviciado mayor— me di cuenta de que quería engatusarme.

—A mí los que me gustan son los Beatles —le dije, y le sonreí con ánimo caritativo, con una sonrisa que intenté que fuera idéntica a la del más joven, más fuerte y más guapo de los centuriones de la lámina a todo color, una sonrisa que era más de pena que de otra cosa, de preocupación por el peligro que corría el alma de la mujer que le estaba incitando a pecar, una sonrisa que ni alentaba ni ofendía al hermano Ángel Valentín, una manera muy cristiana y muy elegante de rechazar la tentación.

Pero el hermano Ángel Valentín, como las frívolas mujeres romanas, no se daba fácilmente por vencido.

—Se la regalo —me dijo, y me dio la página del periódico con la foto de los Beatles. Luego, apretó su pierna contra mi pierna y noté que el tobillo de su pie derecho rozaba el tobillo de mi pie izquierdo. Hasta entonces no me había dado cuenta de que tampoco el hermano Ángel Valentín llevaba calcetines.

—Deberíamos irnos ya —dije yo, aunque de pronto no estaba seguro de querer que nos fuésemos—. Estará a punto de empezar la clase de apologética.

—Guárdela bien. —El hermano Ángel Valentín seguía sonriendo como si mi sonrisa caritativa no le hubiera causado el menor efecto—. Es mejor que no la vea nadie, ya sabe que está prohibido recortar los periódicos.

Me puse a doblar muy despacio la página con la foto de los Beatles y moví el pie como si quisiera separar mi tobillo del tobillo del hermano Ángel Valentín, pero él apretó un poco más su tobillo contra el mío y a mí me pareció que era poco caritativo demostrarle de un modo tajante que no quería que lo hiciera.

—El hermano Wenceslao tenía montones de recortes con fotos de turistas —dijo el hermano Ángel Valentín—. Yo creo que por eso acabó echándose novia.

Fui a guardarme la página con la foto de los Beatles, bien doblada, en el bolsillo izquierdo de la sotana, pero entonces me di cuenta de que, para hacerlo, tendría que separar la pierna de la pierna del hermano Ángel Valentín, así que me pasé el recorte en la otra mano y la guardé en el otro bolsillo. El hermano Ángel Valentín empezó a mover el tobillo muy despacio, y yo no me atreví a respirar hondo para que él no lo notase.

—Seguro que se veían de noche en los terraplenes. —Fue como si el hermano Ángel Valentín hubiera adivinado la pregunta que estaba a punto de hacerle—. Es donde se ven las parejitas del pueblo.

Aquello de que las parejitas del pueblo se veían allí de

noche también se lo había dicho el hermano Casimiro al hermano Ángel Valentín, y enseguida nos enteramos todos, y una vez el hermano Lázaro sorprendió a dos novicios asomados de madrugada a una de las ventanas del dormitorio, sin apartar la vista de los terraplenes, y los novicios dijeron que estaban un poco mareados y querían tomar el fresco.

—Los periódicos tienen que quedar en la biblioteca —dije yo, y moví el tobillo muy despacio, y entonces me di cuenta de que había querido decir otra cosa, había querido preguntarle al hermano Ángel Valentín cómo se las arreglaba para arrancar páginas de los periódicos o recortar las fotos sin que nadie lo descubriese.

—Si se cogen las páginas enteras casi nadie lo nota —dijo el hermano Ángel Valentín, que seguía adivinando todo lo que yo quería preguntarle—. Además, si alguien me dice algo, le echo la culpa al Vaticano II.

Los dos nos reímos, y los dos aprovechamos para apretar un poco más la pierna del uno contra la pierna del otro, y para rozarnos con un poco más de fuerza los tobillos. Pero el hermano Ángel Valentín tenía razón. El papa Juan XXIII y el Vaticano II habían dicho que era necesario modernizar la Iglesia, acercarla al mundo, abrirla a todos, y que los hombres y las mujeres que se consagraban al Señor tenían que conocer bien lo que ocurría a su alrededor para que el mensaje de Cristo no quedara al margen de los nuevos tiempos, por eso nuestro provincial había autorizado que en las casas de formación entrasen algunos periódicos y algunas revistas, y así los novicios empezábamos ya a conocer la vida moderna, las turistas en biquini, las *misses*, El Cordobés, los Beatles y las películas de Marisol. El hermano Ángel Valentín tenía los tobillos tibios y muy suaves, y yo de pronto miré mis calcetines, colgados en el tendedero, y vi que seguían chorreando.

—Usted tampoco lleva calcetines, hermano Ángel Valentín —dije, y no sé por qué separé de pronto mi pierna de la suya, como si acabara de descubrir que no llevar calcetines era un acto pecaminoso. Seguro que no se había puesto los calcetines a propósito, para engatusarme.

—Sí los llevo —dijo él—. Es que me los como.

Se arremangó un poco la sotana y me enseñó el pie derecho. Se había comido el calcetín, era verdad, y tenía todo el tobillo al aire. Los pantalones que llevaba, los de repuesto, eran azul marino y le quedaban demasiado cortos, todo lo contrario que los de color caqui, que todavía estaban a remojo en una de las pilas del lavadero. Levantó un poco la pierna, hasta que pudo tocarse el tobillo con la mano, y se lo empezó a acariciar. Yo me acordé en aquel momento del hermano Nicolás y me imaginé que me estaba mirando con los ojos muy brillantes, como el día en que se puso malo después de la excursión, y me sentí mucho peor que cuando el hermano José Benigno se ponía delante de mí con las manos a la espalda y se dedicaba a hacerme manipulaciones. Nunca me había fijado en los tobillos del hermano Nicolás, nunca me había fijado en mis tobillos. Nunca se me había ocurrido mirarme los tobillos en el cristal de una puerta, ni mucho menos en los espejos altos y estrechos de los lavabos del dormitorio, que tendría que haberme descoyuntado —o haberme desgarrado por las ingles como los mártires a los que descuartizaban amarrándoles las manos y los pies a unos caballos que echaban a correr cada uno para un sitio— para hacerme una idea de cómo me veían los tobillos los demás. Empecé a imaginarme los tobillos del hermano Wenceslao, y los de la muchacha del pueblo que se había echado de novia, y los del hermano Casimiro, que seguro que no usaba calcetines cuando le pedía al hermano Ángel Valentín que le ayudase a encalar una tapia o a desatascar una tubería. Empecé a imaginarme los tobillos del hermano Estanislao, y del hermano Lázaro, y del hermano Sebastián, que enseñaba las canillas cada vez que levantaba los brazos para dirigir el coro. Me los imaginé todos muy deprisa, casi todos a la vez, y tampoco podía quitarme de la cabeza los ojos brillantes del hermano Nicolás, y no podía seguir así por más tiempo, tenía que ponerme enseguida los calcetines. Me levanté y fui con mucho apuro a cogerlos al cordel en el que estaban colgados.

–No se los ponga así –dijo el hermano Ángel Valentín–. Va a coger una pulmonía.

No me importaba coger una pulmonía.

–Ayúdeme a escurrir un poco el pantalón –me pidió–. Es que, si no, tardará un siglo en secarse.

No me importaba nada que los pantalones del hermano Ángel Valentín no se secasen nunca.

Los calcetines estaban empapados y fríos y me costó mucho trabajo ponerme después los zapatos. De un momento a otro sonaría la campana para la clase de apologética. No le dije nada al hermano Ángel Valentín antes de irme, ni siquiera me volví a mirarle, y lo primero que hice cuando salí de los lavaderos fue mirar a todas partes por si estaba cerca el hermano Nicolás.

En el jardín no había nadie, a lo mejor ya había sonado la campana y dentro de los lavaderos no la habíamos oído. Eché a andar camino de la sala de estudios y noté que los zapatos se me estaban encharcando, pero pensé que era una buena penitencia.

Cuando la bomba explotó, no quedó una sola ventana con cristales en todo el noviciado mayor. Sólo las vidrieras de la capilla aguantaron, porque eran antiguas y estaban hechas a conciencia, como dijo el hermano Estanislao, que siempre se quejaba de que las cosas modernas las hacían de cualquier forma, eran muy endebles y se estropeaban enseguida, así que no tenía nada de raro que no aguantasen la explosión de una bomba. Yo creí que había explotado el mundo.

El edificio entero tembló como si fuera de juguete y algún energúmeno le hubiese pegado una patada, y el ruido nos dejó a todos completamente sordos durante por lo menos tres minutos, yo nunca me había imaginado que el silencio pudiese dar tanto miedo, era como si me hubiesen dejado de pronto la cabeza vacía. Tampoco se veía nada, porque se fue la luz y desde fuera no entraba ni una gota de claridad, parecía que la noche se había hundido como un gran manto negro y espeso que lo tapaba todo. Eran las doce y veinte cuando explotó la bomba, porque el reloj de la sala de estudio y el del refectorio se quedaron parados a esa hora —el del dormitorio lo encontraron destrozado contra el tabique que separaba las hileras de camas del centro, fue un milagro que no alcanzara al hermano Generoso ni al hermano Calixto, que eran los que dormían en las primeras camas—, pero nos acostábamos a las diez de la noche y todos teníamos el sueño muy cogido; yo sentí como si me sacasen de un tirón de dentro de un estanque de goma derretida, no supe explicarlo mejor cuando me lo preguntaron. No oí a nadie, y nadie me oyó a mí, y eso que me puse a decir cosas sin ton ni son, y los demás novicios me dijeron después que ellos habían hecho lo mismo, que a todos se nos ocurrieron las cosas más raras, como preguntar quién se había llevado los apuntes de pedagogía de las matemáticas o pedir jabón de afeitar, porque la verdad es que nadie sabía dónde estaba ni qué había ocurrido. Nadie recordaba haber pedido socorro, yo creo que no lo hice porque durante tres minutos por lo menos se me antojó que todo había desaparecido, que estaba solo y que no había quien pudiera ayudarme. Luego, lo primero que vi fue la llama de una vela, y después empecé a escuchar algunas voces que sonaban a trompicones, como cuando una radio no cogía bien la emisora, y me puse a buscar a tientas la sotana dentro de la taquilla y me di cuenta de que todo estaba lleno de polvo, y por fin distinguí la voz del hermano Lázaro que decía, muy asustado:

—Salgan como están. No se entretengan, vayan todos al jardín. Dense prisa, no se preocupen por la sotana. Cuidado con la escalera...

Algunos bajaron descalzos y se cortaron con los cristales de las ventanas que habían saltado hechos añicos. El hermano enfermero tuvo que improvisar un tenderete junto a las cocinas, porque no se fiaba de las paredes y el techo de la enfermería, que estaba en la parte nueva, igual que las celdas para los hermanos que venían de visita o a hacer ejercicios espirituales, pero gracias a Dios, como repetía él sin parar, todo lo que los novicios tenían se podía curar con agua oxigenada, mercromina, algodón y esparadrapos. En cambio, reparar los destrozos del edificio llevaría tiempo y mucho dinero, que a saber de dónde se sacaba, a lo mejor sólo podíamos cenar cada dos días y, en lugar de ponernos de primer plato tres sardinas con escarola, nos ponían dos sardinas con escarola, y sólo de segundo plato. Hacía una noche tibia y muy tranquila, sin nada de aire, pero el cielo parecía medio tapado por un velo amarillento que flotaba entre las acacias. Luego nos dijeron que era la arena que había levantado la explosión.

—Ha sido en los terraplenes —me dijo el hermano Nicolás—. Seguro.

Otros decían que a lo mejor lo que había explotado era la caldera del agua caliente, que se había quedado encendida durante toda la noche, hasta que reventó. Todos teníamos cara de susto, y además cualquiera diría que estábamos en Agadir y que nos había cogido allí el terremoto, que había que ver cómo íbamos vestidos, la mayoría sólo con el pijama o el esquijama, aunque tampoco era el momento de andar preocupándose por la modestia, como dijo el hermano Estanislao al ver que los novicios más vergonzosos intentaban taparse como fuera hasta las rodillas. Yo al menos había conseguido echarme el manteo por los hombros, porque siempre lo dejaba sobre la puerta de la taquilla, por si de noche tenía que ir al servicio, y lo cogí de manera automática, y el hermano Nicolás llevaba puesta la sotana y miraba a todo el mundo como si fuera poco viril y hasta poco religioso asustarse tanto por una explosión.

Al día siguiente supimos que, como dijo el hermano Nicolás, lo que explotó fue una bomba en los terraplenes. Nos lo dijo el hermano Estanislao al terminar el desayuno, y nos pidió que procurásemos concentrarnos en las oraciones, los estudios y la lectura espiritual, aunque comprendía que era difícil con todo lo que se había organizado. El resto de la noche había sido un jubileo con panderetas, como decía el hermano Ángel Valentín cuando todo andaba manga por hombro, y eso que estuvimos rezando el rosario en la capilla después de subir al dormitorio a vestirnos en condiciones, aunque tuvimos que hacerlo muy deprisa, sin tiempo ni siquiera para asearnos un poco, porque no se sabía si aún había peligro de que hubiese otra explosión o de que el edificio se hundiese, y el hermano Lázaro castigó sin horas de expansión durante tres días a por lo menos seis novicios que se dejaron llevar por la curiosidad malsana y se asomaron a las ventanas sin cristales, y algunas con el marco arrancado de cuajo, a ver lo que pasaba. A mí el hermano Lázaro no pudo castigarme porque no me vio, y eso que me asomé a una de las ventanas de la escalera y vi que los terraplenes ya se habían llenado de gente, casi todos los hombres del pueblo estaban allí hablando en voz muy alta pero sin hacer nada de provecho, y también había un jeep de la Benemérita con los guardias civiles del cuartelillo de Húmera, que tampoco parecían saber en qué tenían que ocuparse. El hermano Patricio dijo que había oído a unas mujeres llorando a gritos, pero eso lo dijo al cabo de dos o tres días, cuando la noticia ya había salido en todos los periódicos, que hablaban también de nuestro noviciado mayor –porque el hermano Estanislao había permitido a algunos reporteros entrar a conocerlo y a comprobar los efectos de la explosión, y en uno de los periódicos hablaban de nuestros mártires de la Cruzada y decían que ya era la tercera bomba de la guerra civil que estallaba junto al convento desde 1945–, y daban los nombres y las fotografías de los muertos: Jacinto López Cuenca, de diecisiete años, y María del Carmen Rubio González, de catorce. Porque en la explosión hubo dos muertos, y nosotros lo supimos antes de que el hermano Estanislao nos lo contara oficialmente por la tarde, al finalizar la lectura espiritual.

–Era una parejita –me había dicho el hermano Ángel Valentín, mientras nos enjabonábamos las manos antes de acudir al refectorio para la comida, y eso que estaba rigurosamente prohibido hablar en los lavabos–. Me lo ha contado el hermano Casimiro.

Después de comer, todos los novicios sabían ya lo de la parejita muerta. Eran un chico y una chica del pueblo y por lo visto nadie sabía que fueran novios. A lo mejor sus madres eran las que lloraban a gritos aquella noche, aunque yo creo que el hermano Patricio eso se lo inventó para darse importancia. El hermano Estanislao nos pidió que rezásemos por las almas de aquel chico y aquella chica, pero la verdad es que nos lo pidió como si estuviera convencido de que nuestras oraciones no iban a dar mucho resultado, como si fuera muy difícil que se salvara aquella parejita que se iba a las doce de la noche a los terraplenes.

Allí estaban, en el periódico, en dos fotografías pequeñas y borrosas que parecían sacadas de la basura, de lo mal que salieron. La de María del Carmen era de cuando hizo la primera comunión, de medio cuerpo, con las manitas juntas a la altura del pecho y un rosario de cuentas blancas entre los dedos; una niña rubia y de ojos claros y un poco tristes, como si supiera desde pequeñita que su vida iba a ser muy corta y su muerte muy trágica, como dijo el hermano Cirilo, el cocinero, cuando la vio. La de Jacinto era de cuerpo entero y en ella el chico, muy moreno y muy delgado, tenía por lo menos quince años, si es que no tenía ya los diecisiete, una edad tan prematura para morir, como dijo el lunes siguiente el hermano Estanislao durante la plática, lo repitió tres o cuatro veces mientras nos miraba a todos uno por uno, y nos pidió que nos imaginásemos por un momento que ya estábamos muertos, que pensáramos que podríamos estarlo si explotara una bomba, o algo por el estilo, cada vez que bajábamos la guardia y buscábamos a escondidas –y no hacía falta que fuera en los terraplenes–, solos o con algún compañero, unos minutos de pecaminosa concupiscencia. A mí en aquel momento se me cortó la respiración, porque ya me veía yo hecho papilla, con los sesos espachurrados, porque los sesos de la parejita habían aparecido pegados a la tapia del noviciado, según le dijo el hermano Casimiro al hermano Ángel Valentín, y también me imaginé los sesos del hermano Nicolás chorreando por la pared, o entrando por una de las ventanas del dormitorio, y me entró tanta fatiga que tuve que salir corriendo a un excusado y no me quedé tranquilo hasta que vomité.

—Cuando tú saliste, el hermano Estanislao me miró a mí –me dijo después el hermano Nicolás–. Estaba muy ufano por haberte dado en la línea de flotación.

Y era verdad. Me había acertado de lleno y no podía quitarme de la cabeza lo espeluznante que podía ser una muerte prematura por bajar la guardia y dejarme arrastrar, en compañía del hermano Nicolás, por los afectos desordenados y la concupiscencia. El hermano Wenceslao y su novia —que también iban a los terraplenes en busca de unos minutos de placeres pecaminosos, por lo que había contado el hermano Casimiro— se habían salvado de chiripa, o a lo mejor porque la suya no habría sido una muerte prematura y no habría servido tanto para tomarla como escarmiento, pero el hermano Nicolás y yo teníamos dieciséis años y el escarmiento para todos los novicios de la Congregación, durante años y años, sería desde luego, como decía el hermano Cirilo, del tamaño de la maldad del que degolló a los Inocentes.

Estuve más de una semana sin poder pensar en otra cosa. En el diario del noviciado era incapaz de escribir de algo que no tuviera que ver con la explosión de la bomba en los terraplenes, pero sin mencionar nunca a la parejita, aunque tampoco me podía olvidar de Jacinto y María del Carmen. El 18 de mayo, el 21 de mayo, el 22 de mayo, el 26 de mayo, el 27 de mayo escribí una y otra vez lo mismo, a veces con palabras diferentes, porque me esforzaba en no repetirme, pero al final casi nunca lo podía remediar y terminaba contando las cosas que ya había contado el día anterior, y el anterior del anterior, casi con las mismas palabras: que una bomba, como la huella del odio fratricida que había conducido a la guerra civil, había estallado otra vez junto a nuestro noviciado, tal vez para recordarnos que era preciso extirpar para siempre la semilla de la terrible discordia, y que aquellas bombas sin activar que permanecían escondidas en los terraplenes de color azafrán debían servirnos para mantenernos alertas en la justicia y la caridad, que son las virtudes que permiten la paz entre los hombres. También escribí que las ventanas sin cristales y los muros desconchados y la tapia caída por culpa de la explosión eran como las llagas que dejan en un cuerpo la penitencia, los castigos por faltas y delitos cometidos, o el martirio, y que servirían como recordatorio de que sólo el mutuo entendimiento y el perdón podían conseguir que todos los humanos viviesen en armonía, igual que la sangre de nuestros mártires —que, según el hermano Estanislao, permanecía coagulada en el suelo y las paredes de las duchas del sótano— nos recordaba que el sacrificio de los justos nos ayudaría en todo momento a conservarnos fieles a nuestra vocación.

Pero escribir eso, y sólo eso, una vez y otra, no me servía de nada. Me acordaba de Jacinto y María del Carmen a todas horas: en el dormitorio, en el refectorio, en la capilla, en la sala de estudios... A veces, me escapaba un momento antes de la comida, o antes de las oraciones de la tarde, como hacía cuando me iba a leer a escondidas el diario del hermano Nicolás, y subía al dormitorio, sólo para mirar por la ventana y fijarme mucho en los terraplenes, y trataba de adivinar dónde habían estado Jacinto y María del Carmen, dónde les había cogido la explosión de la bomba, si se estaban besando, si se habían quedado desnudos, si en alguna parte habría aún trozos de sus ropas, o pedazos de sus brazos o de sus piernas, porque decían que sus cuerpos casi habían desaparecido, que sus familiares sólo consiguieron enterrar, en unos féretros casi vacíos, lo poco que encontraron, que ni siquiera estaban seguros de que aquellos despojos fueran de ellos, que a lo mejor eran de algún bicho que había tenido la mala suerte de andar por allí cuando la bomba explotó.

El hermano Nicolás se dio cuenta de que yo estaba todo el tiempo, hiciera lo que hiciera, con la cabeza en otra parte, y no hacía más que preguntarme que qué me pasaba. Y llegó a preocuparse de verdad, porque a veces me cogía las manos, sin importarle que le viera el hermano José Benigno y se lo dijese en la advertencia de defectos, y me pedía que fuera sincero con él, y me miraba a los ojos como no me había mirado antes casi nunca y empezó a repetir sin parar que a lo mejor él tenía la culpa de algo, y yo le decía que no, que me creyese, que él no tenía la culpa de nada, pero estaba claro que no me creía, y pensé que a lo mejor lo echaba todo a perder por mi falta de sinceridad, que él podía acabar figurándose lo que no era, que yo había empezado a tener debilidad desordenada por otro compañero o algo por el estilo, y al final se lo dije:

—No hago más que pensar en la parejita.

Yo creo que por eso no se extrañó tanto como intentó aparentar cuando, la noche del último domingo del mes, a las dos de la madrugada, ya no pude más y me levanté con mucho sigilo y fui a su cama y lo zarandeé un poco, y cuando se despertó —que se despertó enseguida, como si estuviera esperando que aquello pasara en cualquier momento, y abrió tanto los ojos que a mí me pareció que estaba exagerando mucho— le advertí, poniéndome un dedo delante de los labios, que no hiciese ruido.

—Voy a los terraplenes.
—¿Qué dices?

Yo lo había dicho en voz muy baja, pero el silencio era tan grande que temí que lo hubieran oído hasta los novicios que dormían en las camas pegadas a la pared del fondo. Por eso no quise repetirlo, porque sabía que el hermano Nicolás me había oído muy bien. Sólo me estuve un momento mirándole a los ojos para que comprendiese que hablaba en serio, y luego me di media vuelta en silencio, y él tampoco dijo nada.

Aquel año, a finales de mayo, hizo unos días de mucho calor. Me había acostado con una camiseta de tirantas y los pantalones del esquijama, y me había destapado sin querer, y así y todo, cuando me levanté, vi que estaba sudando. De todas formas, me eché el manteo sobre los hombros y procuré taparme con él lo mejor posible, más que nada para que costase trabajo verme en medio de la oscuridad, a aquellas horas de la noche, si alguien se despertaba y tenía que ir al servicio o a beber agua en los grifos de los lavabos y le daba por asomarse a una ventana y se quedaba mirando los terraplenes. Todas las ventanas del dormitorio estaban abiertas, y también las de los descansillos de la escalera, y la noche tenía ese brillo que tienen los zapatos cuando se les echa mucho betún pero después se les da poco con el cepillo, que es como si el cuero se hubiese mojado y lo hubieran puesto a secar, pero todavía estuviese húmedo. La puerta trasera del ala del noviciado donde estaban la sala de estudios y las aulas sólo se cerraba con un pestillo, y cuando salí al callejón que había entre el muro del noviciado y la tapia eché a andar deprisa y pegado al muro, pero sin rozarlo, para no hacer ruido. Luego, no me costó ningún trabajo abrir el portillón que daba a los terraplenes, y eso que el cerrojo estaba mohoso y empezó a quejarse en cuanto me puse a moverlo, pero tiré con fuerza y el golpe sonó como si el cerrojo estuviese forrado de una tela gruesa como la franela. Y nada más atravesar el portillón lo primero que hice fue quitarme aquellos zapatos viejos y de suela de goma que ya sólo me ponía en el dormitorio, cuando me levantaba de noche, porque con ellos no se oían las pisadas, no como hacían otros, que se ponían los zapatos de diario y andaban como si fueran siempre las tres de la tarde y no les importaba despertar a los compañeros. La tierra estaba seca y templada, pero me pareció que se movía un poco, como si respirase. Me quedé un rato quieto del todo, aguantando la respiración, y era verdad que la tierra crujía con mucho cuidado, como si no quisiera que nadie lo notara. Se distinguían muy bien los hoyos y los montones que formaban los hombres que venían con camiones y no se llevaban toda la tierra que querían de un solo viaje, y a veces no volvían por la que habían dejado. Pero también pensé que no era seguro que aquellos hoyos y aquellos montones de tierra fuesen de verdad, que a lo mejor no eran más que sombras en las que nadie podía esconderse. Pensé en Jacinto y en María del Carmen, en el hermano Wenceslao y en su novia, en todas las parejitas del pueblo que iban de noche a los terraplenes. Me puse a mirar para todas partes, a ver si adivinaba dónde se escondían cada vez que iban por allí. Empecé a andar muy despacio, como si estuviera en un desierto de arenas movedizas que podían tragarme en cualquier momento, y a cada paso que daba, antes de apoyar el pie, aguantaba la respiración por si lo ponía encima de una bomba. Y de pronto noté que no estaba solo. Y antes de volverme supe quién estaba detrás de mí. Y no me volví, dejé que el hermano Nicolás se pusiera a mi lado y me cogiese la mano y me mirase con los ojos brillantes, como si todavía pensara que había estado a punto de perderme. A lo mejor seguía pensándolo, y por eso, de repente, me abrazó. Él también llevaba una camiseta, pero de manga corta y unos pantalones de pijama corriente, mucho más frescos que los míos. A mí se me cayó el manteo de los hombros y entonces comprendí que el hermano Nicolás se lo había quitado antes de abrazarme. Él me abrazó más fuerte, y noté sus manos en mi espalda, por debajo de la camiseta, y él también estaba sudando, porque su espalda estaba húmeda, y yo empecé a subirle muy despacio la camiseta y él empezó a subirme a mí la mía, y los dos nos quedamos con la camiseta enrollada por encima del pecho, y sudábamos tanto y nos abrazábamos con tanta fuerza que era como si nos estuviéramos bañando en medio del mar y tratásemos de salvarnos el uno al otro, y él empezó a tirar para abajo de la cintura del pantalón de mi esquijama, y yo solté el nudo de la cinta de su pantalón, y nunca había estado tan cerca del hermano Nicolás, nunca me había apretado tanto contra él, nunca había soñado con estar así, en los terraplenes, los dos medio desnudos, que él tenía el pantalón del pijama amontonado en los tobillos, y a mí, por culpa del elástico, el pantalón del esquijama se me quedó por las rodillas, y en aquel momento ni se me ocurrió que alguien pudiese vernos desde las ventanas del dormitorio, era como si en el mundo sólo estuviéramos el hermano Nicolás y yo, en medio de la noche, abrazados, arrodillados, tendidos sobre los manteos, acurrucados, como Jacinto y María del Carmen, como el hermano Wenceslao y su novia, sin saber cómo éramos, sin un espejo en el que mirarnos, sin miedo a que explotara una bomba, sin querer separarnos nunca, sin querer movernos, aunque el hermano Nicolás me dijo vamos, tenemos que irnos, y se notaba que lo decía sin querer decirlo, queriendo que aquello durase toda la vida...

Jueves, 10 de junio de 1965. Las acacias del jardín se han vestido de verano, y eso que el verano todavía no ha empezado de verdad. Pero hace mucho calor y el edificio del noviciado parece un turista con muchas ganas de irse a la playa: los muros brillan como si sudaran un poco, las ventanas abiertas son los poros por los que todos respiramos ese aire calentito que parece el aliento de un príncipe con la boca muy limpia y por los que recibimos el sol que llega también al fondo del alma, porque ni el recogimiento, ni la piedad, ni el recato ni la modestia tienen que estar reñidos con la belleza y la plenitud del mundo. El tejado de la capilla, que en invierno parece la capucha negra de un peregrino, en verano es como el flequillo de los Beatles. El cielo es tan azul que se diría que canta. El agua fría hace cosquillas como un gatito al que le han cortado las uñas. Todo huele como si lo estuvieran tostando. En verano dan muchas más ganas de vestir de seglar y de irse a misiones.

Yo estaba orgullosísimo de cómo me había quedado aquel apunte en el diario del noviciado mayor, pero el hermano José Benigno, que me preguntó que por qué andaba todo el día como unas castañuelas desde hacía algún tiempo, lo leyó y me hizo una crítica bastante destructiva.

Me dijo que aquello de comparar el edificio del noviciado con un turista era no sólo una irreverencia, sino una majadería, porque los turistas iban siempre muy ligeros de ropa, cuando no casi completamente desnudos, y el edificio del noviciado era en cambio una muestra característica de la arquitectura severa, de inspiración claramente herreriana y de concepción monacal, de don José María Velasco, el gran arquitecto leonés que se había convertido en benefactor perpetuo de la Congregación de los Hermanos de la Verdad de Cristo, tras la curación milagrosa de un cáncer de huesos que, en la persona de su hijo, realizó san Karol Obrisky, nuestro fundador.

Además, según él, en el resto del apunte del diario yo no sólo abusaba de las comparaciones, en lugar de atreverme con las metáforas –lo que debería darme vergüenza, ya que presumía tanto de haber sacado matrícula de honor en literatura durante todo el bachillerato–, sino que dichas comparaciones eran tan caprichosas, cuando no inconvenientes, que podían provocar hasta malos pensamientos. Decir que el tejado de la capilla se parecía al flequillo de los Beatles era, además de fijarse demasiado en el aspecto externo de las personas, abusar del espíritu del Vaticano II, porque el Vaticano II no se podía tomar como una alacena abierta de par en par en la que cabían todas las frivolidades que a mí se me ocurriesen, con el pretexto de que eran cosas modernas, porque la modernidad que el Concilio defendía era más profunda y más auténtica.

Y la frase final, aquello de que en verano daban más ganas de vestir de seglar y de irse a misiones, no sólo no venía a cuento −pero sí que venía, porque en la Congregación ya se empezaba a discutir sobre la conveniencia o no de vestir de seglares y dejar el uso de la sotana para contadas y especiales ocasiones, y los novicios mayores nos dividíamos en dos grupos: los modernos, que queríamos vestirnos de seglar enseguida, y los clásicos, que preferían la sotana−, sino que suponía una verdadera falta de respeto para la vocación misionera, que no era una ventolera que dependiese de si hacía frío o calor. Lo peor, con todo, para el hermano José Benigno, era lo del aliento del príncipe, lo del aire calentito que parecía salir de la boca de un príncipe joven y apuesto −lo de joven y apuesto lo puso el hermano José Benigno por su cuenta, aunque la verdad es que así era como yo me lo había imaginado−, una comparación que, si se pensaba un poco y no tenía uno el alma de cemento armado, llevaba derecho al sacramento de la confesión. Lo único que al hermano José Benigno le gustaba algo de todo lo que yo había escrito en el diario del noviciado mayor aquel 10 de junio era lo del gatito con las uñas cortadas, aquello sí que le parecía bonito y demostraba que, cuando yo me dejaba guiar por la verdadera inspiración y no me empeñaba en ser más moderno que nadie, podía ser un escritor de primera. Después de decir esto último no se pudo contener y me cogió las manos, y el hermano Ángel Valentín lo vio porque se lo dijo en la siguiente advertencia de defectos, y me dio rabia que se me adelantase porque me habría gustado ser yo el que se lo dijera.

−Te está bien empleado por enseñárselo −me dijo el hermano Nicolás, cuando le conté la crítica tan destructiva que me había hecho el hermano José Benigno–. A mí, menos lo del gato, que es muy cursi, todo me gusta mucho.

Se estaba dejando flequillo, y lo tenía tan apelmazado y brillante que parecía que se había puesto fijador.
—¿De verdad que te gusta mucho?
—De verdad.

Lo dijo de una manera que no tuve más remedio que creerle, bajando un poquito la voz y mirándome a los ojos con cara de pastorcito de Fátima, que era lo que decía el hermano Estanislao cuando quería chuflearse de los novicios que se quedaban extasiados mirando a un compañero.

—¿Y de verdad que lo del gato te parece tan cursi?
—Bueno –dudó–, ya sabes, a mí es que lo fino no me gusta mucho. No me hagas caso.

Desde aquella noche en los terraplenes, cuando estuvimos abrazados medio desnudos a la luz de la luna, el hermano Nicolás se andaba con pies de plomo a la hora de criticarme. A lo mejor temía perderme por una tontería. O a lo mejor lo que le ocurría era que tenía miedo a que yo me pusiera de pronto farruco y le recordara delante de todo el mundo lo que había pasado.

Cuando le veía así, un poco apurado conmigo, a mí me gustaba apretarle las tuercas.
—Ya sé que a ti no te gusta mucho lo fino –le dije–. Por eso yo no te gusto casi nada.

Entonces volvió a mirarme con cara de pastorcito de Fátima, pero esta vez como si la Virgen acabara de anunciarle que no se le iba a aparecer más, y estaba claro que eso no sólo le apenaba mucho, sino que también le daba coraje, aunque trataba de disimularlo. Yo también me estaba dejando flequillo, y me lo había recortado un poco por un lado para que no pareciera un trasquilón.

—Si lo que acabas de decir fuera verdad –me dijo el

hermano Nicolás, y no consiguió disimular muy bien el coraje que le había entrado de repente–, si tú no me gustaras casi nada, yo no sería sádico, sería masoquista.

Pero él era sádico, o por lo menos ésa era una tendencia que tenía que vigilar, según el test psicológico que el hermano Lázaro guardaba bajo siete llaves, pero que un día apareció, como por arte de magia, en el archivador donde se guardaban los libros de consulta de la asignatura de nociones de psicología.

–Lo que faltaba –me quejé–. Al final va a resultar que las tendencias masoquistas las tienes tú, y las tendencias sádicas las tengo yo.

–Eso –dijo él entonces, y se le notó mucho que la idea no le gustaba nada–, y las tendencias sodomitas las tiene el hermano Remigio.

El hermano Remigio era un hermano de la Sagrada Familia que apenas podía ya levantarse de la cama y al que la semana anterior le habíamos hecho una fiesta muy emocionante porque cumplía, el mismo día, setenta años de votos perpetuos y noventa años de vida, así que, en cuanto me lo imaginé con tendencias sodomitas, me dio la risa. El hermano Nicolás también se rió un poco, y es que él se ponía bastante contento cuando descubría que a veces podía ser gracioso. Claro que, bien pensado, a mí no me habría extrañado nada que al hermano Remigio, a sus noventa años, le hubiera salido en aquel test que tenía tendencias sodomitas, porque cosas más raras salieron. Al hermano Ángel Valentín, que era la alegría de la huerta, le salió que tenía tendencias depresivas, y el hermano Teodoro José, un pedazo de pan, el novicio más bueno y más pacífico de toda la tanda, era un furioso compulsivo en potencia, según el test. También es cierto que, en otros casos, el test dio en el blanco de lleno: al hermano José Benigno le salió que era un paranoico de tercer grado –un paranoico de aquí te espero, vamos–, y él hasta se puso colorado al comprobar lo bien que le retrataba la psicología. Para hacer el test había que contestar un montón de preguntas, algunas tan retorcidas que uno no sabía qué decir, pero la prueba clave consistía en una serie de fotos de hombres y había que elegir la que a uno más le gustase, o con la que uno se sintiera más identificado; luego, se buscaba el número de la foto en una lista de patologías psíquicas, y te salía la patología psíquica que tenías tú, aunque a lo mejor sólo la tenías en potencia. Elegir resultaba dificilísimo, porque todos los hombres de las fotos eran horrorosos y a casi todos daba fatiga mirarlos —todas aquellas caras parecían contrahechas por culpa de un dolor interior, como dijo el hermano Teodoro José, que tenía un don especial para descubrir el dolor interior de los demás, siempre era el primero en adivinar si un compañero estaba triste o preocupado y enseguida se dedicaba a distraerlo, consolarlo o animarlo—, pero el hermano Nicolás no lo dudó ni un segundo y señaló la foto de un hombre de rostro oscuro y macizo, de ojos tan abiertos que parecía a punto de vomitar por ellos y con tal cara de bruto que le daban a uno ganas de esconderse. En la lista de patologías psíquicas ponía: «Sádico». Yo, en cambio, tardé en decidirme. A mí los únicos que me gustaban un poco, o con los que me podía sentir algo identificados, eran un rubio de mediana edad, rostro alargado, piel muy blanca, ojos muy claros y lánguidos y sonrisa medio estreñida, y un hombre mayor, con grandes arrugas por toda la cara y mirada más desganada que triste, una mirada como la de muchos mendigos. El hermano Ángel Valentín me dijo que no podía elegir a los dos, aunque eso no lo ponía en ninguna parte, y yo al final me decidí por el rubio de los ojos lánguidos y la sonrisa estreñida. En la lista de las patologías psíquicas ponía: «Sodomita». También miré la patología del hombre de las arrugas y la mirada de mendigo: «Masoquista». El hermano Ángel Valentín se hizo el experto en psicopatías, con muchos aspavientos, y dijo: «Ahora comprendo por qué el hermano Nicolás y el hermano Rafael hacen tan buena pareja». A mí se me subió el pavo, pero no de vergüenza, y dije que ya sabía yo que tenía más patologías psíquicas que nadie y que se murieran de envidia los demás, que tenían que conformarse con una sola, pero al hermano Nicolás mi comentario no le hizo ninguna gracia –o a lo mejor el que no le hizo ninguna gracia fue el comentario del hermano Ángel Valentín– y se quitó de en medio con el tiempo justo para que a él no le sorprendiera el hermano Lázaro, que se puso hecho una fiera –él sí que era de vez en cuando un furioso compulsivo, y no el bueno del hermano Teodoro José– al descubrirnos con aquel test que, por lo visto, el hermano Estanislao le había prohibido utilizar en clase. A todos nos castigó con lectura espiritual en las horas de expansión, tres días seguidos.

–He cambiado de santo protector –le dije entonces al hermano Nicolás, y él puso aquella cara de desconcierto exagerado que ponía siempre que yo, según él, salía por peteneras.

No eran peteneras, y además estaba deseando decírselo. Se me había ocurrido el día anterior, durante la oración de la noche, mientras el hermano Santos Tadeo leía en voz alta el Antiguo Testamento y los demás escuchábamos con espíritu de meditación o seguíamos en nuestra Biblia el pasaje elegido por el maestro de novicios. Me acordé de pronto de lo que me había salido en el test de patologías psíquicas y me puse a buscar el episodio de Sodoma y Gomorra, y me costó encontrarlo en el libro del Génesis pero al final lo conseguí, y me puse a releerlo, y entonces se me ocurrió la idea del tercer ángel que envió el Señor para redimir a los sodomitas y decidí cambiar de santo protector.

—¿Se lo has dicho al maestro de novicios? —El hermano Nicolás a veces se ponía muy protocolario.

—En ningún sitio dice que, si se cambia de santo protector, haya que comunicárselo a nuestros superiores.

Lo dije con mucho aplomo, pero en realidad no estaba seguro de que ni siquiera figurase en alguna parte que se pudiera cambiar el santo protector no ya de buenas a primeras, sino por alguna razón justificada. Lo que sí decía el *Libro del novicio* era que, en el momento de tomar los hábitos, cada uno de nosotros se encomendaría de modo especial a un santo de su elección, quien nos ampararía durante el resto de nuestra vida religiosa. Por lo general, todos solíamos elegir el santo de nuestro nombre de pila, que ya entonces conservábamos como primer nombre religioso, pero algunos querían ser originales y se encomendaban a otro santo porque en su familia eran muy devotos de ese bienaventurado, o en agradecimiento por algún favor que les hubieran concedido, o sencillamente porque su nombre les sonaba mejor. El santo protector del hermano Nicolás era san Cristóbal, porque su fortaleza —decía él— no sólo era exterior, sino, sobre todo, interior. Mi santo protector, en cambio, era el ángel Rafael, porque en el momento de elegirlo no se me ocurrió ser original, pero a la hora de cambiarlo por otro iba a ser más original que nadie.

—A lo mejor no es obligatorio comunicárselo al maestro de novicios —admitió el hermano Nicolás—, pero tampoco se puede cambiar de santo protector como quien cambia de peinado.

Entonces me fijé en que al hermano Nicolás, si no movía la frente, el flequillo —que era igualito que el de George, el de los Beatles— le llegaba hasta las cejas. A mí el flequillo aún no me había crecido tanto.

—Leafar —dije yo, para ir derecho al grano, y esta vez al hermano Nicolás se le notó en la cara que le había dejado de verdad descolocado.

—¿Eso qué es?

—Mi nuevo santo protector.

—Ese nombre no lo he oído en mi vida.

—Que tú no lo hayas oído en tu vida, hermano Nicolás, no significa que ese nombre y ese santo no existan.

No se lo dije cacareando, que era como, según el hermano Nicolás, yo se lo decía todo cuando me proponía fastidiarle. Se lo dije con mucha mansedumbre, con una sonrisa amable, como debían decirse siempre, según el *Libro del novicio*, las cosas que no debían callarse, ni siquiera en nombre de la caridad, pero que podían molestar a alguno de nuestros hermanos. Él aceptó el reproche de buen talante, y si el hermano José Benigno lo hubiera visto se habría desmayado de la impresión, porque el hermano Nicolás no había aceptado de buen talante un reproche en toda su vida, dijera lo que dijese el *Libro del novicio*. Así estaba él de cambiado.

—¿Dónde aparece ese santo? —me preguntó, y de pronto parecía más interesado en aprender que en sacarme los colores—. Porque en algún sitio vendrán su vida y milagros, digo yo.

—En ninguna parte. Su vida y milagros no vienen en ninguna parte.

Él sonrió con una mansedumbre digna de san Esteban mientras lo apedreaban.

—Te lo has inventado —dijo, y me sonrió como se sonríe a un niño que acaba de cometer una travesura sin importancia—. Lo sabía.

—Bueno —dije yo, muy desenvuelto—, no me lo he inventado, me lo he imaginado, que no es lo mismo. Tampoco es exactamente un santo, quiero decir un mártir o algo por el estilo, pero eso no significa que no pueda ser mi santo protector. Es un ángel, y mi santo protector hasta ahora, san Rafael, también es un ángel, o un arcángel, la graduación no importa. De hecho, si te fijas, te darás cuenta de que el ángel Leafar y el ángel Rafael a lo mejor son gemelos. —Y entonces me callé y levanté las cejas, una forma de decirle al hermano Nicolás que, ya que era tan listo, adivinase el jeroglífico. El flequillo me hizo cosquillas en la frente.

—Todos los ángeles son gemelos —protestó él, y yo sabía que una buena discusión podía terminar con su recién estrenada mansedumbre en un santiamén—. Un espíritu puro es exactamente igual que cualquier otro espíritu puro.

—Los espíritus puros no tienen nombre —dije yo, improvisando sin el menor problema una lección de metafísica, la asignatura que daba el hermano Serafín dentro de su curso trimestral de filosofía y teología—. Si a un espíritu puro le pones un nombre, le quitas pureza, eso es de cajón.

—A Dios le llamamos Dios, y supongo que no serás capaz de decir que Dios no es completamente puro. —Al hermano Nicolás le gustaba utilizar ese tipo de argumentos que todos, menos yo, enseguida consideraban incontestables.

—Dios no es un nombre, es una categoría —le dije, y me quedé tan pancho—. En cambio, los dioses que tienen nombre, como los de los griegos o los del budismo, de completamente puros no tienen nada.

—Por favor, hermano Rafael... —El hermano Nicolás se sopló el flequillo, pero el pelo, tan fuerte como lo tenía, apenas se le movió—. ¿No querrás decir que hay dos categorías de ángeles, los puros y los impuros?

—Lo que quiero decir es que hay espíritus puros y espíritus un poco menos puros, que son los ángeles que tienen nombre: san Rafael, san Miguel, san Gabriel, todos ésos. Lo cual no significa que sean peores que los otros, sólo son distintos. Y parece mentira que todavía no hayas descubierto por qué te he dicho que el ángel Leafar seguramente es gemelo del ángel Rafael.

El hermano Nicolás se encogió de hombros. A lo mejor quiso darme a entender que le daba pereza ponerse a pensar en una tontería así, aunque yo comprendí que le costaba darse por vencido, pero que no tenía más remedio.

—Imagínate que el ángel Rafael se mira en un espejo —le dije como si le hablara a un niño de parvulario, pero sólo porque me parecía una forma cariñosa de hablarle, no porque le quisiera demostrar que no era tan inteligente como se pensaba—. ¿A quién ve? Al ángel Leafar.

—Los ángeles no se miran en los espejos —dijo él, y se rió.

Yo sabía que se estaba riendo del hermano Estanislao, que un día nos explicó de esa manera tan cursi, con esas mismas palabras, por qué en todo el noviciado sólo había espejos en los lavabos del dormitorio, y por qué estaban tan altos y eran tan estrechos. Los ángeles, según el maestro de novicios, no se miraban en los espejos porque no lo necesitaban y porque, en todo caso, de nada les serviría, al ser espíritus puros. Pero de pronto el hermano Nicolás me miró con ganas de hacerme callar, como si con aquella frase tan tonta del hermano Estanislao hubiera encontrado, sin querer, un argumento definitivo para desmontar toda mi teoría.

—Déjate de monsergas, hermano Nicolás —le dije—. Tú imagínate que el ángel Rafael se pone delante de un espejo. Se vería a sí mismo al revés, ¿no? ¿Y cómo es Rafael al revés?

El hermano Nicolás se concentró un momento, puso mentalmente al revés el nombre de mi antiguo santo protector, y dijo:

—Leafar. —Y miró un momento al cielo, como hacía mi madre cada vez que pensaba que se me había ocurrido una pamplina—. Ya lo decía yo. Te lo has inventado.

—Te he dicho que no me lo he inventado, sólo me lo he imaginado. Leafar fue uno de los tres ángeles que Dios mandó a Sodoma para ver si los sodomitas podían corregirse.

Entonces el hermano Nicolás dijo, con la mansedumbre mezclada con un poco de guasa:

—Dios mandó a Sodoma dos ángeles, no tres.

—Eso es lo que dice la Biblia, pero a la Biblia tampoco hay que tomarla al pie de la letra. Si el Génesis dice que fueron dos, seguro que es porque los números pares, en la antigua cultura hebrea, eran símbolo de decisión o de fraternidad, o por algo así, ya verás como algún día damos eso en la clase de exégesis. Pero lo he pensado bien y estoy convencido de que los ángeles fueron tres. Dos de ellos, ya sabes, se refugiaron en casa de Lot porque los sodomitas casi les echan el guante, y es que tampoco sé lo que pretendían, digo los ángeles, que lo que hicieron fue como si un novillo se mete por las buenas en una plaza de toros, que siempre habrá alguien dispuesto a torearlo, ¿o no?, pero el tercero se descuidó, algún sodomita consiguió engatusarlo y él le dijo a los otros dos ángeles que ya iría a casa de Lot, que no le esperaran. Luego, ya sabes, llegó el fuego y lo quemó todo. Ese tercer ángel era Leafar.

El hermano Nicolás resopló y se quitó con la mano el flequillo de la frente, y el pelo, por el sudor, se le quedó apelotonado en lo alto de la cabeza como un estropajo. Yo me toqué el flequillo y lo tenía suave y suelto, como El Cordobés.

—Los ángeles no arden —dijo el hermano Nicolás, y él mismo tuvo que comprender que, como argumento para llevarme la contraria, lo que había dicho no valía un pimiento.

—Claro que no arden. Nadie ha dicho que el ángel Leafar se quemara con el resto de los sodomitas. Entre otras cosas, porque si todos los sodomitas hubieran desaparecido, achicharrados, se habrían terminado para siempre. Leafar se salvó, y anduvo algún tiempo por ahí engatusando a hombres, como haría la Magdalena muchos siglos después. Luego se arrepintió, o se cansó, se volvió santo y ahora es mi santo protector y el de todos los que tienen la misma patología psíquica.

El hermano Nicolás me miraba como si yo acabara de descubrir la nitroglicerina: un avance para la humanidad, pero un peligro para los humanos.

—El flequillo te sienta muy bien —me dijo, con cara de pastorcito de Fátima, y cambió de tono para añadir—: Pero cualquiera diría que estás contentísimo con tu patología psíquica.

—¿Y por qué no? —A lo mejor pretendía que me pusiera mohíno—. ¿No estás tú contentísimo con la tuya? Sádico, que eres un sádico.

No es que le sentara mal, o por lo menos no perdió la mansedumbre, pero se le pusieron ojitos de pena, una cosa que antes no le pasaba nunca y que ahora le ocurría cada vez más y cuando yo menos me lo esperaba. Por eso bajé la voz como si le hablara al oído y le dije:

—Azadón, que eres un azadón.

Y él, también muy bajito, me dijo:

—Pimpollo, que eres un pimpollo.

Los ojos le seguían brillando, pero ya no era de pena. Yo sabía que estábamos solos, pero él acercó su cara a la mía muy despacio, y empezó a besarme en los labios muy lentamente, sin ponerse antes a mirar si alguien nos estaba viendo. A mí se me puso cara de pascua florida, como decía el hermano Estanislao cuando veía a un novicio demasiado contento, al pensar lo bien que empezaba ya a comportarse conmigo Leafar, el ángel descuidado.

Había un zumbido suave y crujiente, como si el aire se estuviera esponjando. Las copas de los árboles, muy espesas, apenas dejaban que se colasen ardientes medallones de luz entre las sombras a aquella primera hora de la tarde. En el Refugio del Santo, junto al río, todo parecía a punto de despertarse y empezar a saltar. Daba gusto quitarse el alzacuello y abrirse la sotana hasta el ombligo y tumbarse en la yerba y cerrar los ojos y cogerle al hermano Nicolás la mano en silencio y entrelazar los dedos con los suyos. Aunque en aquel momento el sol estaba haciendo la digestión, como decía el hermano Ángel Valentín cuando había que trabajar en la huerta o poner ladrillos en las horas más calurosas del día, había refrescado un poco, después de dos semanas con un calor africano. Lo del calor africano lo decía el hermano Lázaro en cuanto subía un poco la temperatura, porque el calor el hermano Lázaro lo llevaba fatal, alguna vez los novicios nos lo encontrábamos abanicándose con un cuaderno a pesar de que eso estaba prohibido, porque no pegaba nada con la entereza y la capacidad de sufrimiento que debía caracterizar a un religioso, pero es que los sofocos eran superiores a él y no podía resistirse a buscar un poco de alivio echándose aire. Yo me quedé muy quieto y aguanté la respiración y afiné el oído y me pareció que a nuestro alrededor todo vibraba como en un susurro, como si se estuviera llenando poco a poco de electricidad.

—¿Qué hora será? —preguntó el hermano Nicolás en voz tan baja que parecía que tenía miedo de sobresaltar a alguien.

Levanté muy despacio el brazo izquierdo y miré con mucha pachorra el reloj que mis padres me habían regalado el día en que hice mis primeros votos, porque tener un reloj no iba contra la promesa solemne de ser pobres.

—Casi las cuatro menos cuarto —dije.
—El agua tiene que estar buenísima.

Le apreté un poco la mano y volví la cabeza para mirarle el pecho desnudo, porque él no sólo se había abierto la sotana hasta el ombligo, sino que también se había desabotonado por completo la camisa.

—Dentro de veinte minutos podemos bañarnos. —La voz me salió carrasposa, seguramente por la postura—. Terminamos de comer a las dos y cinco.

El hermano Nicolás no dijo nada y siguió muy quieto, pero yo me di cuenta de que algo empezaba a moverse debajo de su sotana. Le solté la mano y él entonces se removió un poco, y se tiró de la sotana hacia los lados como si le molestase porque la tenía arrugada debajo de los riñones, y eso era verdad, y así no podía meterle la mano en el bolsillo y él también lo sabía. Yo deslicé un poco el brazo por la yerba, como una culebra perezosa, como si no supiera muy bien lo que estaba haciendo, y empecé a tantearle la sotana, pero el bolsillo no lo encontraba por ninguna parte. Él entonces se giró, igual que si estuviera en la cama y cambiase de postura medio dormido. Se quedó casi boca abajo, con la cabeza apoyada en el brazo izquierdo, y no tuve más que bajar un poco la mano, y su enormidad desprendía tanto calor y palpitaba con tanta fuerza que cualquiera diría que el corazón lo tenía ahora el hermano Nicolás por debajo de la cintura y se le estaba saliendo a empujones. El hermano Nicolás mantenía los ojos cerrados y la boca entreabierta y respiraba con tanta parsimonia que se notaba que era mentira, que aquella respiración tan sosegada no era más que un paripé con el que intentaba hacerme creer que no estaba despierto. Puse la mano hacia arriba, para apretar un poco, con mucho cuidado, como si acariciase la cabeza de un animalito nervioso, aquel corazón tan enorme que le llegaba al hermano Nicolás hasta el ombligo, y él dijo, sin dejar de hacer el paripé, con la voz estropajosa, como si hablara en sueños:

—Es la digestión.

Entonces yo apreté con muchas ganas, a ver si le estrangulaba al muy farsante aquel gigantesco y calenturiento corazón. Y él dio un grito que sonó como un balonazo contra una puerta metálica. Me agarró por la muñeca, y yo me eché encima de él para que no se saliera con la suya, para que no me obligara a soltarle el corazón medio estrangulado, y él empezó a reírse, y estaba claro que ni le había dolido como para gritar de aquella forma ni de verdad quería que le soltara, y en aquel momento sonó a lo lejos la risa de un novicio, y luego las voces de otros compañeros, como si todos estuvieran espabilándose a la vez. Nosotros nos habíamos apartado como siempre al llegar al Refugio del Santo y estábamos en nuestro paraje favorito, por donde el río se desperdigaba entre una rocas que aparecían y desaparecían en medio del cauce, que era como si el agua de vez en cuando las arrancara del fondo. Parecía que el lecho del Guadarrama era mi mano, y las rocas, la enormidad del hermano Nicolás hecha pedazos después de que yo la estrangulara. Nadie nos veía.

—Vamos al agua —dijo el hermano Nicolás, y se mordió el labio inferior, y yo apreté mi cara contra la suya porque sabía lo que aquello quería decir, pero no me sirvió de nada, porque él me mordió la barbilla y fue apretando el mordisco hasta conseguir que dejara de apretujarle tanto, y entonces me tumbó de espaldas sin que pudiera resistirme y se puso encima de mí y me miró de un modo que creí que iba a comerme a besos, pero se aguantó y lo único que hizo fue repetir:

—Vamos al agua.

Se puso de pie, y se estiró de un modo muy poco acorde con la buena educación y la modestia, y se subió la sotana y empezó a desabrocharse los pantalones. Nos habían dado permiso para llevar el calzón de baño y todos nos lo poníamos debajo del pantalón, aunque yo me había metido unos calzoncillos en el bolsillo de la sotana para poder cambiarme si el bañador no se secaba del todo. El hermano Nicolás sabía desnudarse muy deprisa, nunca supe cómo se las arreglaba para quitárselo todo a la vez, no como yo, que siempre me empeñaba en quitarme la ropa por orden, primero la sotana y después la ropa de paisano, y siempre me hacía un lío con tantos botones y tantas mangas, una encima de otra. Pero lo que el hermano Nicolás no se esperaba era cómo me había arreglado yo el calzón de baño, porque a él le llegaba hasta la rodilla, como a todos los novicios, pero yo me lo había cortado por las buenas por lo alto del muslo, y, encima, los bordes, medio desflecados, se curvaban un poco hacia arriba, porque ni les había hecho dobladillo ni nada. A mi calzón de baño ahora le faltaba poco para ser como aquellos bañadores minúsculos de los turistas.

—¿Qué demonios le has hecho a eso? —Por la forma de preguntármelo, me di cuenta de que quería tirarse del flequillo por no habérsele ocurrido a él—. Se te va a salir todo.

Se echó a reír. Luego se puso a arremangarse el bañador hasta que le quedó casi tan corto como a mí, pero, como la tela era tan gruesa y él tenía los muslos tan fuertes, se le hicieron unos tolondrones que parecían salvavidas. Hizo un gesto de contrariedad.

—A ti te queda mejor que a mí —reconoció—. Pero, si se entera el maestro de novicios, vamos a tener que cenar de rodillas hasta que se conozca el tercer secreto de Fátima.

A él los perniles le estaban ahora tan apretados que era imposible que por allí se le escapara nada, sobre todo teniendo en cuenta que hacía falta mucha holgura para que se le escaparan aquellas enormidades. Empezó a dar saltitos como los boxeadores antes de que el árbitro toque el silbato para que empiece el combate, y yo empecé a hacer lo mismo, y pensé que si a él se le escapaba algo sería por el elástico de la cintura. Nos llegaban tan apagadas las voces y risas de los novicios que era como si el hermano Nicolás y yo estuviéramos solos al otro lado del mundo. Todo brillaba tanto que pensé que el campo entero lo habían limpiado con sidol. El hermano Nicolás hizo ademán de lanzarme un directo a la barbilla, y yo volví un poco la cabeza hacia la izquierda, y después la volví hacia la derecha, y le dije, poniendo cara de san Tarsicio:

—Ahora dame en la otra mejilla.

Avanzó despacio hacia mí, sonriendo y moviendo un poco la cabeza igual que hacía el maestro de novicios cuando quería reñirte por algo que en realidad le hacía mucha gracia, y me restregó el puño por la barbilla, y por los labios, y se lo besé, y abrí poco a poco la boca y le pasé la lengua por lo nudillos y empecé a mordisquearle los dedos y cerré los ojos, y él me quitó el puño de la boca y me besó y echó a correr y gritó:

—¡Al agua!

Yo le advertí:

—¡Faltan cuatro minutos!

Pero él se metió en el río dando patadas y levantando muchos salpicones y gritando como los indios, tan alto que yo temí que algunos novicios le oyesen y vinieran a molestarnos. Me acerqué tranquilamente a la orilla y allí me quedé, mirando al hermano Nicolás hacer el ganso, a la espera de que pasasen aquellos cuatro minutos, porque no tenía ninguna gana de que se me cortara la digestión ni de morir entre estertores y echando espumarajos por la boca, por la tontería de ser tan lanzado y tan numerero como él.

Cuando el hermano Nicolás se cansó de armar jaleo, se zambulló, y el agua, durante unos segundos, se quedó extrañamente quieta donde él había estado.

Parecía que el río también se estaba despertando de la siesta, porque bajaba tranquilo, pero de vez en cuando era como si se frenase un poco, y de pronto era como si se acelerase, y la corriente daba entonces la impresión de ir a trompicones. El sol resbalaba sobre el agua como un manto dorado que iba empapándose lentamente, pero a veces saltaban destellos de luz, como si pequeños peces brillantes jugaran a bucear al revés. El murmullo del agua parecía la alegre caminata de un grupo de mujeres con pulseras en los tobillos: eso escribí aquel día, al regreso de la excursión, en el diario del noviciado, y me aguanté las ganas de enseñárselo al hermano Nicolás, para que no me dijese que a él no le gustaban las cursilerías. También escribí que la tarde entera era una muchacha llena de collares. Yo hasta entonces no había escrito esas cosas —siempre lo comparaba todo, cuando quería hablar de cosas bonitas, con cervatillos que saltaban entre los lentiscos o con gladiolos con el tallo de oro—, y habría que ver lo que decía el hermano Lázaro cuando me pidiese el diario para comprobar si cumplía con mi obligación. Y se me ocurrió que el cielo, tan tirante, era como el pecho robusto y pintado de añil de un miliciano despechugado, pero eso no me atreví a escribirlo, a lo mejor por respeto al hermano Manuel Ireneo y a nuestros demás hermanos mártires.

Cuando el hermano Nicolás sacó la cabeza del agua, se dejó todo el pelo hacia delante y el flequillo le tapaba los ojos. Luego, hizo un movimiento brusco con la cabeza y todo el pelo se le quedó pegado hacia atrás y sonrió y los ojos los tenía más verdes que nunca, por la luz que se reflejaba en el río.

—Vamos —dijo, aunque tuve que adivinarlo por el movimiento de sus labios, y eso significaba que de verdad estaba deseando que me bañase con él y no quería que a mí me diera por llevarle la contraria, que era lo que hacía yo cuando él se ponía a darme órdenes.

Pero eso era antes. Ahora ya no me daba órdenes, ahora todo me lo pedía con mucha mansedumbre, y el truco que utilizaba para que no se le escapase sin querer el tonillo mandón era hablar en voz muy baja, de modo que yo tenía que adivinar montones de cosas por cómo él movía los labios, que cualquiera que nos viese pensaría que de pronto los dos nos habíamos quedado sordomudos.

Me aseguré de que ya eran más de las cuatro y seis minutos, me quité el reloj y lo dejé encima de una piedra que parecía el tronco de un árbol cortado a ras del suelo, y luego me eché al agua elegantemente. No había nadie en todo el noviciado, y estaba seguro de que tampoco en toda la Congregación de los Hermanos de la Verdad de Cristo en España, que nadase tan bien como yo. Nadaba rapidísimo, aunque a mi manera, a base de elasticidad, como decía el hermano Wenceslao –que, además de enseñarnos música, era el monitor de gimnasia y deportes–, sobre todo en el *crawl*, estirando mucho los brazos y sin meter del todo la cabeza en el agua, y por eso el hermano Nicolás, antes de ser tan cuidadoso conmigo, decía que mi estilo no era ortodoxo, que parecía una merluza, pero es que no podía soportar que yo siempre le ganara cuando hacíamos competiciones de natación en la alberca. En el río también yo nadaba la mar de bien, pero de otra manera. En aquel momento, el río no iba crecido y estaba lleno de piedras desperdigadas como icebergs oscuros y relucientes y así no se podía nadar a *crawl*, pero nadando a braza yo era igual de rápido, elástico y elegante, o más.

—Ahora no pareces una merluza, ahora pareces una trucha —dijo el hermano Nicolás, pero no me molestó, sino todo lo contrario, porque sabía que estaba siendo cariñoso.

Tampoco me molestó —al revés— que me hiciera tragar agua cuando se tiró encima de mí. Nos agarramos el uno al otro como si fuéramos a ahogarnos, y eso que casi podíamos sentarnos en los cantos del fondo del río y mantener la cabeza fuera para respirar, pero los dos nos pusimos a hacer el tonto y a jugar a que estábamos en apuros, y él me abrazaba por la cintura como si fuera verdad que allí no había pie y que sólo él podía salvarme, y yo me abrazaba a su cuello para que me salvara aunque el agua sólo nos llegase hasta las costillas, y de pronto él me daba una ahogadilla a traición y lo hacía para que yo, con la excusa de defenderme, lo abrazara con más fuerza, y la corriente nos fue llevando poco a poco hacia la orilla, entre unos cañaverales, hasta que nos dimos cuenta de que ya el agua sólo nos cubría hasta los muslos, y nos quedamos arrodillados el uno frente al otro, con el agua hasta el cuello, y mi pierna izquierda estaba entre sus piernas y la suya estaba entre las mías, y el calzón de baño a él le llegaba otra vez hasta las rodillas, y su roce áspero era como el de la tierra cuando estuvimos abrazados de noche en los terraplenes, y sentí su rodilla como si fuera una mano manipulándome, y mi rodilla también era como una mano manipulándole a él, y todo el temblor del río estaba ahora allí, entre nuestras piernas, y el agua se había llenado de electricidad, y fue como si de repente la punta de un cuchillo me bajara por la espalda y no sabía si me estaba haciendo daño, y el hermano Nicolás cerró los ojos y apretó la boca y yo creí que se iba a asfixiar, y yo también sentí que me asfixiaba, y el hermano Nicolás puso duro todo su cuerpo y de pronto suspiró y era como si se quejase y riese a la vez, y yo me reí y me quejé a la vez, y suspiré, y cuando el hermano Nicolás abrió los ojos yo le seguía mirando como si no le hubiera visto en toda mi vida. A nuestro alrededor todo brillaba tanto que parecía que iba a estallar.

El hermano Nicolás sonrió y sacó un brazo del agua y por un momento me pareció que su brazo era como el mástil de un barco hundido. Luego me alborotó el pelo y me dijo:

—Qué suave lo tienes.

No era la primera vez que me lo decía. Yo también le alboroté el pelo, y él lo tenía tan áspero que parecía que se agarraba a los dedos.

—Tú lo tienes muy fuerte —le dije—. A mí me gustaría tenerlo tan fuerte como tú.

Eso era y no era verdad. A mí me gustaba tener el pelo suave, pero me habría gustado tenerlo un poco más fuerte.

—A mí sí que me gustaría tener un pelo como el tuyo. —Y volvió a alborotármelo, y luego empezó a jugar con él muy despacio y con mucho cuidado, como si mi pelo fuera de oro y le diese miedo estropearlo. Se lo enredaba en los dedos una y otra vez, y a mí me pareció que quería hacerme rizos.

—No me hagas rizos —le pedí, aunque en realidad lo que quería era que me los hiciera y me los deshiciera—. El flequillo tiene que ser liso, como el de Paul el de los Beatles, y como el de El Cordobés.

—Parece de oro —dijo él, porque a veces me adivinaba el pensamiento, y yo estuve a punto de preguntarle si se le había olvidado que no le gustaban las cursilerías, pero me callé porque lo había dicho como si estuviera soñando, como antes nunca decía las cosas—. A mí también me gustaría tenerlo tan fino y tan brillante.

En ese momento supe que le contaría el secreto de mi pelo.

Porque lo que yo quería para mí lo quería también para él, porque los dos tendríamos el flequillo liso y brillante y meciéndose como un banderín sobre la frente mientras paseábamos enfrascados en la lectura espiritual o cuando volvíamos de comulgar, porque éramos los primeros del noviciado en seguir la moda del pelo largo y caído hasta los ojos y yo me moría de ganas de que él lo tuviera tan bonito como yo, porque la gente se iba a quedar boquiabierta cuando nos viera juntos con nuestra sotana y nuestro alzacuello y nuestro manteo y nuestro solideo y aquel flequillo ye-yé, porque hacíamos tan buena pareja —yo rubio y él moreno— que a cualquier artista le entrarían ganas de pintarnos, porque a lo mejor hasta salíamos retratados en los periódicos cuando nos embarcáramos juntos para las misiones y el periodista nos llamaba los misioneros del flequillo, y porque el mundo entero estaba lleno de luz y el hermano Nicolás y yo íbamos a brillar el uno junto al otro para siempre.

Abracé al hermano Nicolás, pegué mi cara a la suya y le susurré al oído:

—Me lo lavo con detergente.

Noté que el abrazo lo aflojaba él un poco, y pensé que a lo mejor le daba un vahído, igual que cuando uno estaba en plena oración a las siete de la mañana y se dejaba dominar durante unos segundos por el sueño y descubría de pronto que se había quedado sin fuerzas y que, de haberse descuidado un segundo más, se habría desplomado. Eso quería decir que se había quedado en blanco, porque no me había entendido o porque no se lo podía creer.

Se apartó un poco de mí, me cogió por los hombros, me miró como si mirase el Sputnik y me preguntó:

—¿Qué es lo que te lavas con detergente?

—El pelo —le dije—. Por eso lo tengo tan fino y tan brillante.

Moví la cabeza como los artistas de cine cuando en una película salían chorreando, después de zambullirse en un lago de aguas de color esmeralda, y el flequillo se me desperdigó en manojos por toda la frente.

—Estás loco —dijo el hermano Nicolás—. Vas a quedarte calvo.

Me eché a reír. Volví a mover la cabeza con mucha

energía, como si así consiguiera librarme del peligro de quedarme calvo. Mi pelo ahora sí que era igual que el de El Cordobés, sólo que un poco más rubio.

—A lo mejor me tienes que prestar un poco —le dije—. Un poco de detergente, digo. Ya se me ha acabado todo el de esta semana.

Aquella misma mañana había tenido que rebañar la bolsita del detergente que nos daban cada lunes.

—¿Te lavas el pelo todos los días con detergente? —Por el modo de preguntármelo, cualquiera diría que me dedicaba a hacerme a diario la circuncisión.

—Claro —dije, y me metí los dedos entre el pelo del flequillo, como si los metiera entre harina—. Tú deberías hacer lo mismo. Mira lo bien que queda.

Me solté del hermano Nicolás y me zambullí en el río de espaldas. Cuando saqué la cabeza para respirar, vi que el hermano Nicolás no se había movido y me miraba con cara de pastorcito de Fátima. Yo me puse a hacer el cristo y abrí los ojos y me pareció que el cielo iba acercándose poco a poco a mí. En aquel momento, hasta el flequillo hubiese dado para que el cielo fuese un espejo en el que nos viésemos el hermano Nicolás y yo juntos en el río. Entonces, el hermano Nicolás se me echó encima y me hizo tragar agua y luego me estuvo abrazando con mucha fuerza hasta que se me pasó la tos, y me dijo:

—Te vas a quedar calvo.

Yo sonreí. El cielo ya estaba tan cerca de nosotros que lo podíamos tocar con la mano.

—Pero a mí no me importa que te quedes calvo —dijo el hermano Nicolás, y lo dijo con la voz tan apagada que lo oí porque tenía la cabeza apoyada en su hombro, que si no habría tenido que adivinarlo por el movimiento de sus labios.

El hermano Nicolás empezó a besarme el pelo muy despacio, mientras decía cosas que ya no podía oír y que no me hacía falta adivinar, y la tarde era —como escribí después en el diario del noviciado, para que el hermano Lázaro no se enfadase mucho— un cofre de plata rebosante de alhajas con perlas y piedras preciosas.

Nicolás Camacho nunca me dirá cómo recuerda él todo aquello. Sé que no ha podido olvidarlo, y eso me lo confirmó la conversación que tuve con Vicente, el locuaz paisano de Nicolás, al que volví a encontrarme en el Tarifa a principios de mayo, tras su regreso de una de aquellas excursiones turísticas incomprensibles que hacía una o dos veces al año y que le llevaban siempre a lugares muy raros y, por lo general, descatalogados en las agencias de viajes. Y sé que lo recuerda con un persistente rencor, porque ese amor lleva treinta y cinco años estorbándole en la memoria. Pero nunca me lo dirá. Y no creo que sea capaz de decírselo alguna vez a alguien.

A Vicente ya le había visto, también en el Tarifa, un par de meses antes, a mediados de marzo, en el puente de San José, que él había aprovechado de nuevo para pasar unos días aventureros en Madrid. Estuvo hablándome mucho tiempo, con su estilo premeditadamente viril, de sus triunfales visitas a dos o tres saunas frecuentadas por gente madura y de sus indecisiones con los chicos que andaban por el bar en busca de clientes; un cubano y un brasileño le gustaban mucho, pero le parecían caros y no estaba convencido de que sus servicios fueran a resultarle satisfactorios. Coqueteaba con ellos como si cupiera la más lejana posibilidad de seducirles sin dinero por medio, y a mí me divertía de forma moderada, a falta de un mejor entretenimiento, observar aquel jugueteo absurdo aunque nada infrecuente: son muchos los que por tacañería, severas limitaciones presupuestarias —«mira que me gusta, pero como me vaya con él me cortan la luz el mes que viene»— o por injustificable orgullo de ejemplar todavía deseable renuncian a llevarse a un muchacho y, para consolarse, intentan convencerse de que hacen bien porque seguro que el chico deja mucho que desear en sus prestaciones, por demasiado escrupuloso o por demasiado profesional. Es cierto que, en circunstancias normales, me habría cansado pronto de aquella exhibición de galanteo estreñido y tacaño, pero estaba deseando que Vicente me dijese algo sobre Nicolás, aunque sólo fuera que no había sabido nada de él. Era ridículo, porque yo no había querido llamarle de nuevo —ni siquiera había llegado a sentir alguna vez verdaderos deseos de hacerlo—, y tampoco quería que Vicente sacase ahora la conclusión de que era Nicolás el que me esquivaba, pero por alguna razón necesitaba que Vicente supiera lo importante que había sido Nicolás para mí y, desde luego, lo importante que había sido yo para Nicolás. Creo que lo adivinó —el mero hecho de que aguantara a su lado, aparentando incluso cierta complicidad en aquel tira y afloja que se traía con los chicos, debió de hacerle comprender lo que yo estaba esperando—, porque de repente, sin venir a cuento, me dijo:

—Hace poco vi a Nico en el pueblo. Pero no le conté que te había conocido.

Por la manera de decirlo, deduje que trataba de explicarme que había callado por discreción, y me soliviantó intuir que intentaba que se lo agradeciera porque aquella discreción me favorecía a mí sobre todo.

—Por mí no tienes que ser discreto —le dije—. Ya me he encargado yo de que lo mío lo sepa todo el mundo.

Vi que el reproche no iba descaminado.

—No —se excusó—, en realidad no le dije nada porque había más gente. Estaban su hermana y su cuñado y algunos amigos, y no era el momento. Además, no sabía si tú ya habías hablado con él y qué le habías contado de mí y de cómo nos conocimos.

Sonreí, y siempre he sabido cómo ser dañino con una sonrisa.

—Bueno —le dije—, si tienes que ser discreto por ti, lo comprendo. He hablado con Nicolás por teléfono cuatro o cinco veces y le conté que me había hablado de él un paisano suyo al que había conocido en una cafetería normal y corriente, por casualidad, y que eso me pasa con frecuencia porque la gente me reconoce de verme en televisión. No te preocupes, no le dije nada que pueda ponerte en un aprieto.

—No, no es eso —estaba claro que le alarmaba que yo pudiera acusarle de falta de coraje—, a mí no me importa lo que la gente piense. Yo lo mío no se lo he contado a nadie, aunque supongo que se dirán cosas y me da igual. Pero tampoco estaba seguro de que él fuera a acordarse de ti.

—Se acuerda de mí, Vicente. Te aseguro que se acuerda de mí.

Esperaba que lo entendiera. Porque yo le había entendido a él muy bien. Para él, yo me había enamorado como un pobre infeliz y Nicolás Camacho había tenido que soportar con deportivo disgusto las consecuencias de su físico irresistible y su apabullante personalidad.

—Te aseguro, Vicente, que él tiene tanto que recordar como yo.

Parecía desconcertado.

—Hombre —dijo—, yo ya me imaginaba que algo de eso había. Pero pensaba que eras tú el que te habías enamorado de él, es tu tipo.

Traté de imaginarme de nuevo cómo sería ahora Nicolás Camacho, cincuentón y bohemio, y sentí un arañazo en las tripas.

—Era mi tipo, Vicente, era mi tipo —con dieciséis años, un poco más alto que yo, un poco tosco, arrogante, con el pelo muy negro y los ojos muy verdes, con los labios gruesos y aquella enormidad que se le encabritaba cuando hacía la digestión–. Y te aseguro que yo también era su tipo.

—Pero no creo que él sea homosexual... —protestó.

—Y qué más da. —La verdad es que me importaba muy poco lo que fuera Nicolás Camacho–. Él me dijo que nunca iba a querer a nadie como me quería a mí.

Cualquiera que le viese en aquel momento diría que Vicente acababa de descubrir que todo el Yemen, por el que había viajado convencido de estar en uno de los pocos lugares auténticos que quedan en el mundo, no era más que un decorado de cartón piedra.

—Y para que siempre pudiéramos estar juntos —añadí—, me propuso que yo me casara con su hermana, y que él se casaría con una de las mías.

—Consuelo es majísima —acertó a decir Vicente, y desde luego resultaba obvio que no podía imaginarse a la pobre muchacha casada conmigo.

Pero lo que el hermano Nicolás me dijo, treinta y cinco años antes, a principios de aquel verano de 1965, fue que su hermana Consuelo no era nada guapa, que seguro que a mí no me gustaba, y que se apostaba cualquier cosa a que tampoco a mi hermana, que sería tan fina y tan pimpollo como yo, le gustaría él.

Estábamos en los lavaderos, durante la hora de expansión, porque me había dicho al salir de la sala de estudios que teníamos que hablar. Cada vez que él me decía eso yo me ponía muy nervioso, temía que le hubieran entrado escrúpulos de conciencia o le hubiesen vuelto las ganas de llegar a Papa y quisiera terminar conmigo. El verano ya había entrado de lleno y en los lavaderos olía a ropa mal enjuagada.

—Hace unos días me llamó a diálogo el maestro de novicios. —Era la primera vez que el hermano Nicolás me hablaba sin atreverse a mirarme a los ojos—. Me pidió que no te dijese nada.

Nos habíamos quedado junto a la puerta, de pie, así podíamos ver si se acercaba alguien.

—Hace mucho calor —dije, y me desabroché el alzacuello, muy nervioso, como si me hubiera atragantado con algo—. ¿Qué quería?

—Lo siento. —Él estaba tan nervioso como yo, y no hacía nada por disimularlo—. Me llamó durante la hora de trabajo manual, creo que para que tú no te dieses cuenta. Ese día estabas ensayando en el piano.

—¿Y qué quería? —insistí, con mucho coraje, convencido ya de que el hermano Estanislao había logrado meter cizaña entre él y yo.

El hermano Nicolás me cogió las manos y me las apretó con mucho sentimiento, y yo pensé que se estaba despidiendo de mí. Seguía sin mirarme a los ojos.

—Lo primero que me preguntó fue que por qué me peino con este flequillo. Dijo que no me pegaba nada y que parecía mentira que me dejase llevar por las tonterías que a ti se te antojan.

Estaba claro que el hermano Estanislao le había dado al hermano Nicolás en la línea de flotación. Le había echado en cara que se peinase como los Beatles, pero, sobre todo, le estaba diciendo que daba mucha pena ver cómo se dejaba influir por un compañero, cómo iba perdiendo personalidad.

—Yo le dije que me peino así porque me gusta, que no tengo que dejarme influir ni por ti ni por ningún otro hermano. Y entonces él me dijo que a nadie en todo el noviciado mayor le pasaba ya inadvertida nuestra amistad particular, y que eso me iba a perjudicar sobre todo a mí, que yo había tenido hasta ahora un comportamiento ejemplar y había demostrado una personalidad con la que podía llegar hasta lo más alto en la Congregación, pero que si seguíamos así a lo mejor tampoco yo podría salvarme de la criba. Me pidió que no te contase nada de esa conversación, que meditase durante unos días sobre lo que acababa de decirme y que el jueves o el viernes volveríamos a hablar. Esto fue el lunes, hoy es jueves y todavía no me ha llamado, pero seguro que me llama más tarde, o mañana.

El lunes, en efecto, yo me había pasado la hora de trabajo manual frente al piano abierto, pero sin tocar una sola tecla. Lo único que hice fue escribir en el diario del noviciado: *Lunes, 5 de julio de 1965. El calor del verano nos embarga no sólo por fuera, sino también por dentro. A veces es mayor la temperatura del alma que la del cuerpo, y entonces no importan los grados que marque el termómetro, porque el espíritu noblemente inflamado es capaz de superar todos los inconvenientes externos y llegar hasta donde la voluntad se proponga, aunque haya que luchar contra las dudas y la incomprensión. Así lo hizo Guillermo Tell, y seguro que por eso el hermano Lázaro nos ha anunciado hoy que* Guillermo Tell *será la obra que representaremos para celebrar el final del curso*. El resto del tiempo lo empleé en imaginarme cómo sería el resto de mi vida con el hermano Nicolás, mientras pasaba una y otra vez las hojas de aquella partitura que, de ser una novia —como decía el hermano Cirilo cuando zanganeábamos y tardábamos demasiado en ponernos a fregar las perolas o a limpiar el suelo de la cocina—, ya se habría muerto de pena.

Y ahora venía el hermano Nicolás a decirme que llevaba tres días meditando si le convenía o no le convenía olvidarse de mí para siempre.

—Yo te lo habría dicho enseguida —me quejé—, incluso si el maestro de novicios me hubiese ordenado no contarte nada en nombre del voto de obediencia. Y te habría dicho que no me hace falta pensarlo durante tres días para saber que quiero estar siempre contigo.

Entonces el hermano Nicolás levantó la vista y sólo me miró un momento a los ojos, a lo mejor porque ahora le daba vergüenza que yo viera cómo los suyos le brillaban.

—Yo también quiero estar siempre contigo —dijo—. Pero la criba será a finales de mes.

La criba era la reunión que tenían los directores y los profesores de las casas de formación para decidir a quiénes empaquetaban. En los noviciados sólo había una, a finales de julio, y en la del primer año del noviciado mayor elegían con bolas negras a los que no eran dignos de renovar los votos.

—¿Y qué? —Ahora resultaba que el que tenía un montón de personalidad y muy poca mansedumbre era yo—. Si a ti te empaquetan, yo me voy. Y si me empaquetan a mí...

En ese momento la personalidad me falló, me quedé atrancado, como aquellos bolígrafos a los que les entraba aire en el tubo de la tinta y dejaban de pronto de escribir.

—Por lo que me dijo el hermano Estanislao, lo más seguro es que a ti te empaqueten —susurró el hermano Nicolás, y comprendí que si la voz le había salido tan baja no era por mansedumbre, sino por miedo.

—No me importa —dije, y era mentira que no me importase, y también yo estaba asustado—. Pero ¿qué harás tú si a mí me empaquetan?

El hermano Nicolás me soltó las manos, y después me cogió por los codos, y me atrajo hacia él y me abrazó. Yo pensé que los dos teníamos mucho miedo. De pronto, todo podía saltar hecho pedazos, como si estuviéramos en los terraplenes y estallara una bomba debajo de nosotros.

—¿Y si nos empaquetan a los dos? —Yo pensé que el hermano Nicolás se estaba aguantando para no ponerse a temblar.

—Entonces no pasa nada —dije, muy decidido, y fue como si saliera de golpe el sol en medio de unas nubes negrísimas que anunciaban tormenta—. Si nos empaquetan a los dos, no nos separaremos. Viviremos juntos. Viajaremos. Yo me haré actor y podremos irnos a Nueva York para que tú te hagas un gran empresario y ganes mucho dinero. O a lo mejor nos hacemos los dos artistas de cine y triunfamos en Hollywood.

Me salió de un tirón. Lo dije de carrerilla porque lo había pensado muchas veces. Había pensado en cómo sería la vida fuera de la Congregación de los Hermanos de la Verdad de Cristo, y es verdad que siempre se me encogía un poco el corazón al imaginarme de regreso al mundo, aunque fuese en compañía del hermano Nicolás, los dos con la conciencia intranquila por no haber sabido defender nuestra vocación, por habernos olvidado con una facilidad pasmosa y por puro egoísmo de los pobres niños de las misiones, por haberle fallado a Cristo Nuestro Señor, que nos había elegido para ser sus nuevos apóstoles y difundir sus enseñanzas entre los más pobres, como decía el *Libro del novicio*. Pero si nos empaquetaban la culpa ya no sería nuestra. Si nos empaquetaban, podríamos tranquilamente hacernos artistas de cine, viajar por los cinco continentes, salir en los periódicos y en las revistas elegantes como los Beatles o Rainiero de Mónaco, y dar cada año grandes limosnas para ayudar a que desapareciera el hambre en el mundo. A mí ya no me importaba nada que nos empaquetasen a los dos.

—Para ser un gran empresario no basta con irse a Nueva York —dijo el hermano Nicolás, que evidentemente se moría de ganas de mudarse a la Gran Manzana, bien para salvar almas entregadas al hedonismo y a todos los vicios capitales, bien para hacerse rico—. Hace falta estudiar, y estudiar cuesta dinero y mis padres no son millonarios como los tuyos.

Yo le había dado a entender alguna vez que mis padres eran poco menos que multimillonarios y que seguro que nos ayudaban a construir escuelas, iglesias y hospitales cuando los dos estuviéramos juntos en las misiones. Mis padres no eran multimillonarios ni muchísimo menos –de hecho, mi madre muchas veces se quejaba de que el sueldo de mi padre no le llegaba hasta fin de mes–, pero a lo mejor mi madre le pedía a mi abuelo por adelantado su parte de la ganadería y la vendía y con eso podíamos pagarnos los estudios y la buena vida el hermano Nicolás y yo. Al cabo de algún tiempo se lo devolveríamos todo y, además, le regalaríamos una casa de veraneo donde ella quisiera, en señal de agradecimiento. Eso fue lo que se me ocurrió a bote pronto cuando el hermano Nicolás me dijo que íbamos a necesitar dinero para que, mientras yo estudiaba teatro, él pudiese estudiar ciencias económicas, que era lo que estudiaban los que querían ser grandes empresarios.

–Con el dinero de mis padres podrás estudiar todo lo que haga falta –le dije–. Además, un primo de mi abuela es el banquero más importante de España y siempre ha ayudado mucho a toda la familia.

Que mi abuela tenía un primo hermano banquero en Madrid era verdad, y que dos o tres tíos míos habían ido a verle para que les echase una mano, y se la había echado y les había conseguido una buena colocación, también.

El hermano Nicolás se separó un poco de mí, sin mirarme todavía a los ojos, y sonrió sin ninguna alegría, para que yo viera lo preocupado que estaba.

–Pero yo no soy de tu familia –dijo–. A mí no tienen por qué pagarme una carrera o buscarme una buena colocación. –Dudó un poco si seguir diciéndome lo que estaba pensando, y por fin añadió–: A menos que me case con alguna de tus hermanas.

Me pareció una idea estupenda. Pensé en mis tres

hermanas, dos mayores que yo y otra más pequeña, y en que alguna de ellas estaría dispuesta a casarse con el hermano Nicolás. Le había dicho que mis tres hermanas eran guapísimas, así que él no tendría que hacer ningún sacrificio. Claro que a lo mejor había que echar a suertes a cuál de las tres le tocaba casarse con aquel amigo mío de un pueblo de Palencia, porque las dos mayores seguro que ya tenían novio, y la pequeña a lo mejor también, y seguro que los novios eran finos y de buena cuna, y a lo mejor encontraban al hermano Nicolás un poco cateto. Pero, al fin y al cabo, lo único que una de mis hermanas tenía que hacer era casarse con él, para que fuera de la familia, y después el hermano Nicolás y yo nos iríamos a vivir juntos y le regalaríamos a mi hermana otra casa de veraneo donde ella quisiera, también en señal de agradecimiento.

—Me apuesto lo que sea a que a ninguna de tus hermanas le gusto yo. —La verdad es que aquel día el hermano Nicolás tenía la personalidad por los suelos.

—Te casarás con la que tú escojas —le dije, e hice un gesto que quería decir que de eso a nadie podía caberle la menor duda, aunque a mí me había entrado el gusanillo de que a lo mejor no resultaba tan fácil—. Tú puedes conseguir lo que quieras.

Eso le gustó. Levantó la vista y ya no tenía los ojos brillantes.

—Tú también te podrías casar con mi hermana —dijo, más animado—, así también tú serías de mi familia. Pero te advierto —la personalidad volvió a fallarle un poco— que mi hermana no es nada guapa. No creo que te guste.

—No importa. —Y era verdad que no me importaba, yo estaba dispuesto a sacrificarme, y a regalarle a Consuelo, la hermana del hermano Nicolás, en señal de agradecimiento, otra casa de veraneo donde ella quisiera—. Nos podríamos casar el mismo día, a la misma hora, en la misma iglesia, y celebrar juntos el convite, y después, de viaje de novios, nos iríamos solos tú y yo.

Nos echamos a reír. Nos abrazamos, y nos apretamos el uno contra el otro, y empezamos a besarnos como si ya estuviéramos de viaje de novios. Ya no nos importaba que volviese a estallar una bomba en los terraplenes. Estaríamos lejos, juntos, haciendo cine en Hollywood o ganando dinero a espuertas en Nueva York y regalando casas de veraneo a troche y moche, y de vez en cuando les mandaríamos postales a nuestras mujeres para decirles que no se preocupasen, que nos encontrábamos bien. Por navidades, o por Semana Santa, ellas podrían ir a visitarnos y saldríamos los cuatro de compras y al teatro y a cenar en restaurantes lujosos, y a lo mejor aprovechábamos para tener un niño cada uno, y yo sería el padrino del hijo del hermano Nicolás y él sería el padrino del mío y todo seguiría quedando en familia.

Nos abrazamos todavía con más fuerza, y ya no nos importaba que se acercase alguien.

—Nunca voy a querer a nadie como te quiero a ti —me susurró él entonces al oído—. No me importa lo que pase en la criba.

Eso mismo fue lo que le dijo al hermano Estanislao —el hermano Nicolás me lo juró— el viernes por la tarde, durante la lectura espiritual, cuando por fin lo llamó a su despacho. Y eso era lo que yo quería que Vicente supiera.

Quería que Vicente supiera que, treinta y cinco años atrás, Nicolás Camacho había renunciado a todo por mí. Había renunciado a ir a las misiones, a llegar a lo más alto de la Congregación de los Hermanos de la Verdad de Cristo, a pasar a la Historia como el primer Papa que, después de la revolución del Concilio Vaticano II, no sólo no era obispo, sino ni siquiera cura. Había renunciado a todo para seguirme hasta donde yo quisiera llevarle, a pesar de su impresionante carisma y de su despampanante personalidad, y a pesar de toda la cizaña que el hermano Estanislao se empeñó en meter entre nosotros, porque yo de pronto era —y así me juró él que se lo dijo al maestro de novicios— su única vocación.

Cierto que, pensándolo bien, su vocación no era sólo yo, también había que incluir el hipotético dineral de mis padres que nos permitiría a los dos estudiar y viajar al mismo tiempo por todo el mundo, y aquella fabulosa colocación que el primo hermano de mi abuela nos pondría en bandeja en cuanto fuéramos a verle. Pero yo entonces no pensé en eso, o al menos no pensé que el interés desordenado del hermano Nicolás por los dudosos bienes terrenales de mi familia ensuciara aquel amor que era más fuerte que cualquier cosa que yo hubiera sentido hasta aquel momento, y no lo pensé porque el verano lo había llenado todo de aquella luz que entraba como una marea cálida y brillante hasta las naves laterales de la capilla y hasta el fondo del coro y de los dormitorios y de la sala de estudios y de las duchas, y que duraba hasta casi la hora de acostarnos, y que todo lo volvía nuevo y resplandeciente. No lo pensé porque, como escribí en el diario del noviciado, el mes de julio era como un centurión con una armadura de oro, un centurión que nos abría todas las puertas de par en par. No lo pensé porque todo lo mío sería ya para siempre del hermano Nicolás, y todo lo suyo sería ya mío por los siglos de los siglos, y cada vez que le miraba era como si no hubiera en el mundo ninguna otra cosa que mereciera la pena que se mirase, y cada vez que él me miraba a mí yo estaba seguro de que no había ninguna otra cosa sobre la Tierra que él quisiera mirar, y cuando le oía hablar tenía la certeza de que él sólo quería oírme hablar a mí como yo sólo quería oírle hablar a él, y, cuando le veía moverse, lo único que quería era estar a su lado, muy cerca, lo más cerca posible, y moverme siempre con él, al aire libre, entre las sombras de las acacias. Había días en que la temperatura subía hasta los cuarenta grados y algunos novicios, contraviniendo todas las reglas, sólo llevaban la ropa interior debajo de la sotana.

A mediados de mes vino un médico de Madrid para examinarnos a todos. Era un hombre bajito y rechoncho, con las manos regordetas, poco pelo rubiasco pegado al cráneo con fijador, cara redonda y gafas de montura fina y dorada. Llevaba puesta una guayabera de color crudo, como las que mi padre usaba también en verano. Le acompañaba un muchacho poco mayor que nosotros, larguirucho y pelado al cero y con la cara llena de granos, al que presentó como su enfermero, pero el hermano Regino se puso en jarras y dijo que allí no había más enfermero que él, y el muchacho tuvo que quedarse fuera de la enfermería, en el descansillo de la escalera, con cara de estar desperdiciando su vida. Los novicios le mirábamos como si fuera el espíritu de la tuberculosis, como dijo el hermano Ángel Valentín, pero él no miraba a nadie y se pasó todo el tiempo arrancándose los pellejos que salen junto a las uñas, que parecía que se iba quitando las penas con mucha desesperación. El hermano Regino nos llamaba de uno en uno, por nuestro nombre y por orden alfabético, y algunos tardaban muy poco en salir y otros tardaban bastante, y todos pensábamos que si un novicio no salía enseguida de la consulta era porque le habían descubierto alguna enfermedad vergonzosa, porque para las enfermedades corrientes no hacía falta que viniera ningún médico de Madrid. El primero en entrar fue el hermano Ángel Valentín, y salió en un santiamén, pero muerto de risa y tan colorado que parecía que, en lugar de haber pasado un examen médico, había estado durmiendo a pleno sol, hasta achicharrarse como una turista sueca.

—Hay que quedarse completamente en cueros —dijo, y se atragantó, por el sofocón o por las carcajadas.

La noticia corrió enseguida por todo el noviciado. Como formábamos cola de diez en diez —de modo que el que hacía el número cinco de cada grupo avisaba al salir a los cinco siguientes— yo no pude oír al hermano Ángel Valentín cuando salió de la enfermería, pero me lo contó el hermano Manuel de Jesús, que era canario y en invierno nunca se enteraba de nada, pero en verano siempre se enteraba de todo. También me contó que el hermano José Benigno había dicho que al hermano Ángel Valentín no le habría costado ningún trabajo quedarse en cueros vivos, y es que, en la última advertencia de defectos, ya se había él levantado para decirle que le parecía que debajo de la sotana sólo llevaba la ropa interior. Según el hermano Manuel de Jesús, nada más contar el hermano Ángel Valentín que había que desnudarse del todo apareció el médico en la puerta de la enfermería y dio dos palmadas y, la mar de enérgico —que eso a uno le costaba figurárselo, con lo pequeñajo que aquel hombre era—, dijo que a ver si los novicios hacían el favor de dejarse de pamplinas, que él estaba harto de ver hombres desnudos y eran todos iguales, y que delante de un médico no valía ni tener vergüenza ni hacerse la santa Bernadette. Entonces caí en la cuenta de que, desde que entré en el aspirantado, no veía a nadie desnudo por completo, y ni siquiera me había visto desnudo a mí mismo.

El hermano Nicolás acababa de entrar en la enfermería cuando yo llegué para hacer cola en la escalera. Entre el hermano Nicolás y yo, teniendo en cuenta el orden alfabético, sólo había siete novicios, y el que iba delante de él fue el que avisó a mi grupo de que ya nos tocaba. El espíritu de la tuberculosis se estaba chupando un dedo, seguramente porque se había hecho sangre de tanto querer arrancarse los pellejos que salen junto a las uñas. Se abrió la puerta de la enfermería y apareció el hermano Nicolás, tan seguro de sí mismo y con tanta personalidad como siempre, y se oyó la risa del hermano Regino y la voz del médico, que parecía la mar de contento, diciendo:

—El siguiente, por favor, el siguiente, qué barbaridad...

Entró el hermano Norberto, pero, antes de que cerrara la puerta, todos pudimos oír otra vez al médico, que estaba como si acabase de descubrir la penicilina:

—Pasa, hijo, pasa, qué barbaridad...

El hermano Nicolás me miró al pasar por mi lado y me guiñó un ojo, aunque a lo mejor lo hizo porque el flequillo lo llevaba ya demasiado largo y estaba a punto de dejarle ciego. Yo le seguí con la vista mientras bajaba la escalera, pero él sólo volvió la cabeza y me miró cuando llegó a la puerta, y me hizo un gesto para que yo comprendiese que me estaría esperando. Entonces salió el hermano Norberto del examen médico y bajó la escalera a toda prisa, como si tuviera algo muy importante que contar.

—El siguiente —dijo, desde dentro, el médico, y parecía que se le había pasado el ataque de euforia.

Yo estaba impaciente y nervioso. Me tocó entrar después del hermano Pedro Benedicto, que salió a los dos minutos, y me pareció que conmigo el médico se entretenía una eternidad. Lo primero que me dijo fue que me desnudase, pero que no hacía falta que me quitase los calzoncillos. Estuvo un rato manoseándome en el cuello, debajo de las orejas, y en los sobacos, y luego también en las ingles, que entonces fue cuando yo me di cuenta de lo fríos que tenía los dedos. Después me puso en la espalda ese aparatito metálico y redondo y me pidió que tosiera un poco y que dijese treinta y tres, y le hizo al hermano Regino, que no se perdía detalle, un gesto que quería decir que todo estaba en orden, y apuntó algo en mi ficha. Sin levantar los ojos de lo que estaba escribiendo dijo:

—Ahora quítate los calzoncillos.

Miré al hermano Regino y noté que me ponía rojo como la sangre que brotaba del pecho del hermano Manuel Ireneo, mi mártir favorito, y la verdad es que por un momento me acordé también del miliciano musculoso que me habría hecho mártir con mi pleno consentimiento en menos que canta un gallo, pero me puse a pensar con todas mis fuerzas en el hermano Nicolás para alejar de mí aquella tentación.

—Venga, hermano Rafael —dijo el hermano Regino, imitando la manera de hablar del médico—, quítese los calzoncillos que no tenemos el día entero para verle la pilila.

No sabía para dónde mirar, así que fijé la vista en los rollos de gasas y esparadrapos que el hermano enfermero tenía encima de una mesa metálica, debajo de la ventana, igual que me fijaba en las manchas de moho que había en las duchas y que decían que era la sangre de nuestros mártires, para evitar los malos pensamientos. Y los calzoncillos me los quité tan mal que el médico tuvo que tirar un poco de ellos hacia abajo. Después, empezó a hacerme manipulaciones, y me di cuenta de que se había puesto un guante de goma que estaba tibio y demasiado suave, y me acordé de las manos del hermano José Benigno y me dio tanta fatiga que la pilila, como había dicho con tanta soltura el hermano Regino —que seguro que pensaba que el Vaticano II permitía ya decir pilila en vez de partes pudendas—, empezó a arrugarse.

—No te pongas nervioso, hombre —dijo el médico—. Todo está muy bien. Pero no te olvides de lavarte con agua abundante y con un jabón suave todos los días.

—Puedo lavarme con detergente —dije.

El médico puso cara de susto.

—No seas bruto, criatura. Te la vas a despellejar. Si no tenéis un jabón suave, basta con agua. Mucha agua.

Luego me indicó que podía irme y yo procuré salir con tanta seguridad en mí mismo y con tanta personalidad como el hermano Nicolás, pero bajé la escalera casi con las mismas prisas que el hermano Norberto, y ya en el patio me crucé con el hermano Ángel Valentín, que se me quedó mirando y se puso a decir, con mucha cara de chufleo:

—Qué barbaridad, qué barbaridad, qué barbaridad...

—¿Qué pasa?

Creí que se chufleaba de mí, que a lo mejor yo había estado demasiado tiempo en la enfermería y todo el mundo pensaba que me habían descubierto alguna enfermedad vergonzosa. Por eso no le pregunté ¿qué pasa? con malos modos, sino con mansedumbre.

—Que le diga el hermano Norberto —dijo el hermano Ángel Valentín.

El hermano Norberto nos estaba mirando en aquel momento y el hermano Ángel Valentín le hizo señas para que se acercase.

—Dígale al hermano Rafael lo del hermano Nicolás. Dígaselo.

Y entonces el hermano Norberto me contó lo que ya le había contado a todo el mundo, lo que había pasado en la enfermería, que se había encontrado al hermano Regino con una sonrisa de oreja a oreja y haciéndose cruces por lo que había visto cuando el hermano Nicolás se bajó los calzoncillos, mientras el médico no paraba de repetir qué barbaridad, qué barbaridad, qué barbaridad.

—¡Qué suerte tiene el hermano Rafael! —dijo el hermano Ángel Valentín, y el hermano Norberto y él, muertos de risa, se fueron corriendo a contarle la gracia a los otros novicios.

Yo me fui detrás de ellos y no sabía si estaba rabioso o si estaba contento, y quería reunirme con el hermano Nicolás y me puse a buscarlo entre los novicios que charlaban en grupos y se reían y repetían mucho la palabra fimosis. Oí al hermano Manuel de Jesús decir que lo de la fimosis era también cosa del Vaticano II. Al hermano Nicolás no lo vi por ninguna parte.

Sonó la campana del patio y salió el hermano Estanislao dando palmadas para que todos nos reuniésemos en la sala de estudios. Caí entonces en la cuenta de que tenía muchas ganas de orinar, seguramente por los nervios que había pasado, y corrí a las letrinas que había junto a los talleres y que, aunque estaban reservadas para los hermanos de la Sagrada Familia, podíamos utilizar los novicios en caso de extrema necesidad. Cuando entré, un novicio que estaba subido en una banqueta, mirándose en los cristales de la ventana, que tenía entornados los contraluces, casi se cae del sobresalto. Era el hermano Teodoro José, el novicio más bueno de toda la tanda, y yo al principio no comprendí lo que estaba haciendo, aunque sí adiviné que tenía que ser algo raro, por lo colorado que se puso el pobre.

—No se lo diga a nadie, por favor...

Me había quedado mirándole sin saber muy bien lo que no tenía que contar. Sólo cuando el hermano Teodoro José empezó a abrocharse la sotana con mucho apuro me fijé en que la tenía abierta hasta casi el ombligo, y que el cuello de la camiseta lo tenía cambembo, señal de que se lo había estado estirando hacia abajo. El hermano Teodoro José no acertaba con los corchetes de la sotana y me miraba como si yo fuera a darle un latigazo cada vez que se equivocaba.

—Tranquilo, hermano —le dije—. No voy a decir nada.

En realidad, seguía sin comprender lo que no tenía que decir.

—Sólo me estaba mirando los pelos del pecho —dijo él, y sonrió como si así pudiera aliviarse un poco la vergüenza.

Se fue con la cabeza baja y mirándome de reojo y con la sotana abrochada de mala manera. Yo entré en una de las letrinas y oriné tan deprisa que, cuando me subí la cremallera de la bragueta, me di cuenta de que no había terminado, pero tenía que aguantarme porque iba a llegar tarde a la sala de estudios. Llegué el último, cuando ya todos los novicios estaban sentados en sus pupitres, y el hermano Estanislao dijo:

—No es necesario llamar siempre la atención, hermano Rafael. Siéntese de una vez y cene esta noche de rodillas el primer plato.

El hermano Estanislao y el médico estaban de pie, delante de la tarima de la mesa de los profesores, y el maestro de novicios esperó, con cara de santa paciencia, a que yo me sentase y luego le hizo al médico una señal para que hablase.

—Bien —dijo el médico—, lo primero que tengo que decir es que sois todos unos chicos muy sanos. Y muy vergonzosos. —Casi todos los novicios se echaron a reír—. Un poco de vergüenza supongo que no es mala, siempre que no os lleve a callaros si notáis que algo no marcha bien. Quiero decir que si sentís alguna vez dolores, o pinchazos, o simples molestias en cualquier parte del cuerpo, en cualquiera, tenéis que ir enseguida a la enfermería y contárselo con toda franqueza y sin ningún complejo al hermano Regino, él sabrá lo que hay que hacer. De todas formas, repito, todos estáis perfectamente, gracias a Dios. A algunos habrá que operarlos de fimosis —en ese momento, a mí me pareció que todos aguantábamos la respiración, como si el médico acabara de referirse a una operación a vida o muerte—, pero eso no tiene la menor importancia. Y algunos deberían lavarse un poquito más

—todos los novicios nos echamos a reír, como si la operación a vida o muerte hubiera sido un éxito—, para eso sí que no hay que tener ninguna vergüenza. Pero, por favor, que a nadie se le ocurra lavarse con detergente. —Los novicios volvieron a reírse, y muchos se dieron cuenta de que en aquel momento el médico estaba mirándome a mí y volvieron la cabeza—. Tenéis que pensar que también esa parte del cuerpo es un don de Dios. Y hay que reconocer —clavó la mirada en el hermano Nicolás— que Dios con algunos ha sido enormemente generoso. Enhorabuena, hijo, qué barbaridad.

Por el ataque de risa de los novicios cualquiera habría dicho que, en lugar de estar hablándonos un médico, nos estaba hablando Cantinflas. El hermano Estanislao no sabía si reírse también o ponerse a tocar la campanilla para obligarnos a recuperar la compostura. El hermano Nicolás era el único que se había quedado muy serio, como si no le interesara en absoluto lo que el médico acababa de decir y como si no viera que todos los novicios estaban descompuestos de risa y que muchos le miraban. Yo también me reía, pero con más nervios que ganas, y muchos novicios también me miraban a mí, como si yo fuera la madre de Joselito o de cualquier otro niño prodigio.

El hermano Estanislao se puso por fin a dar campanillazos y consiguió que poco a poco dejáramos de reírnos. Le dio las gracias al médico y le prometió que rezaríamos por él para compensarle por no haber cobrado ni una peseta, y luego consultó su reloj y dijo que se adelantaba media hora la oración de la noche, y eso que el sol aún no se había puesto y hacía un calor africano, como repetía cada diez minutos el hermano Lázaro desde que el termómetro estaba, según él, al rojo vivo.

Fuimos saliendo de la sala de estudios siguiendo el orden de las filas de pupitres, que era lo preceptivo, pero yo me agaché para atarme los cordones de los zapatos, como hacíamos todos cada vez que queríamos salirnos de la fila. Me levanté cuando vi que él se acercaba, y el hermano Teodoro José, que iba a su lado, se adelantó un poco y me dejó que me pusiera junto al hermano Nicolás antes de entrar en la capilla. El hermano Nicolás sonrió porque sabía que yo era capaz de cualquier cosa.

—El hermano Ángel Valentín —le dije, en voz muy baja— va por ahí diciendo que tengo mucha suerte.

Sin saber por qué, quería que supiera que, aunque no tuviese motivos para que me molestara, me había sentado mal lo que el médico había dicho de él.

—Ya lo sé. —Íbamos con los brazos cruzados a la altura del pecho y nos rozábamos—. A mí también me lo ha dicho. Tendrá envidia.

Yo no dije nada. Quería que supiera que lo que más me molestaba era que él también creyese que yo tenía mucha suerte, como si me hubiera tocado en una tómbola.

Apretó su brazo contra el mío y rozó su mano con la mía y dijo, mientras me acariciaba con las yemas de los dedos:

—Le he dicho que el que tiene suerte soy yo.

No me acordé del dineral que iban a darnos mis padres ni del primo banquero de mi abuela. La mano del hermano Nicolás era fuerte y cálida y me estaba acariciando por dentro, me estaba acariciando el corazón. Yo tenía más suerte que nadie. El hermano Teodoro José, que iba delante de nosotros, se paró de golpe cuando llegó a la puerta de la capilla y se hizo a un lado y nos dejó pasar, como si fuéramos los dueños del mundo. El hermano Teodoro José llevaba todavía la sotana abrochada de cualquier forma.

Treinta y cinco años después, Nicolás Camacho seguía teniendo todo su pelo, oscuro y fuerte y con ese brillo raro, como de cuero húmedo, según me dijo Vicente cuando volvimos a encontrarnos en el Tarifa, a principios de mayo. Esa vez no se anduvo con entretenimientos inútiles.

—Hace dos semanas estuve con Nico en el pueblo y le hablé de ti.

Me recordó al hermano Estanislao cuando le decía a algún novicio una frase que parecía no tener la menor importancia, pero que daba a entender que a él no había nada que se le escapase y que, si sospechaba algo, al final resultaba que todo lo que se había imaginado era cierto.

—Supongo que al principio pondría cara de no saber muy bien de qué le sonaba mi nombre.

—Qué va, Nico tiene un aplomo y una seguridad en sí mismo impresionantes. Me dijo que sí, que habíais hablado por teléfono, pero que tú le debías una llamada para quedar a comer.

—De eso no estoy seguro. —Y era verdad, ya no recordaba quién era el último que le había prometido al otro llamarle de nuevo—. De lo que sí estoy seguro es de que no tiene ningunas ganas de verme, y yo tampoco tengo unas ganas locas de verle a él, las cosas como son.

—Él me dijo que no le importaría nada verse contigo. También me dijo: «Tú sabes que es maricón». —Nada más pronunciar la palabra maricón, Vicente comprendió que acababa de dejar en mal lugar a su carismático paisano—. Bueno, no sé si dijo que eres maricón, o que eres gay, o que eres homosexual...

—Maricón, Vicente, seguro que dijo maricón. Pero da igual. Te juro que no hay nada en el mundo que pueda importarme menos.

No era verdad, pero debería serlo. ¿Qué podría importarme lo que pensara de mí aquel imbécil?

—Según él, lo que hubo entre vosotros fue por culpa de las circunstancias, cosas que pasan también en las cárceles, que una vez te lo dijo en una carta, y que tenías que olvidarlo. Me dio a entender que eras tú el que te pusiste pesado y que, a él, olvidarlo no le había costado ningún esfuerzo.

No pierdas los nervios, me dije. Que Vicente vea que tienes tanto aplomo y tanta seguridad en ti mismo como el que más.

—Caramba. —Sonreí, y siempre he sabido ser venenoso con una sonrisa—. ¿No te parece raro que, para haberlo olvidado con tanta facilidad, se pusiera a hablarte, en cuanto le dijiste que me habías conocido, de una cosa que para él no tuvo ninguna importancia?

Vicente no supo qué decir.

—Bueno —le dije—, a menos que tú le dieses a entender que sabías lo que hubo entre él y yo...

—Te juro que no —protestó—. No me dio tiempo. Le dije que te había conocido y enseguida empezó a contarlo todo, con ese aplomo que él tiene, como si de verdad no le importase lo más mínimo y como si fuera una cosa de dominio público. Claro que a lo mejor sí que es algo que en su día supo todo el pueblo, porque me dijo que la primera carta que le escribiste desde tu casa la abrió su madre y la leyó y se escandalizó una barbaridad y la pobre mujer fue a hablar con el cura, y el cura después le llamó para hablar con él, y al final se enteró un montón de gente. Él, claro, le dijo a su madre que eras tú el que se había enamorado, pero que se te pasaría en cuanto empezaras a conocer chicas y a hacer una vida normal. También le aseguró que eras una buena persona. Y a mí me dijo lo mismo el otro día, que conste. Me dijo: «Es un buen chico».

Yo soy un buen chico y tú eres un cretino de mierda, Nicolás Camacho, pensé. Pero enseguida me dije contrólate, guapo, que puedes terminar como Paquita la del Barrio, soltando pestes a grito pelado, con acompañamiento de mariachis, del inútil y el cobarde que te abandonó.

—Ésa fue la excusa que encontró, que no quería que se disgustara su madre, para pedirme que no le escribiera más, que ya lo haría él cuando pudiese. —Nadie habría adivinado, por el tono desapasionado de mi voz y por mi actitud elegante y relajada, que estaba luchando a brazo partido con la cantante de rancheras que se estaba soliviantando en mi interior—. Pero supongo que se asustó si prácticamente todo el pueblo, como tú dices, supo lo que había pasado entre nosotros. No pudo soportar la idea de que le señalaran con el dedo por maricón, eso fue todo. Me dijo que se iba a Valladolid, a vivir con unos tíos suyos. A pesar de todo, le mandé dos o tres cartas más y me llegaron devueltas. Por supuesto, no me escribió nunca. Y no volví a saber nada de él. Hasta el otro día, cuando te dije que conocía a alguien de tu pueblo.

Vicente debió de pensar que me había hecho una faena, que por su culpa yo había rememorado un antiguo dolor, porque dijo, con verdadera pesadumbre:

—Lo siento.

—¿Por qué, hombre? Te aseguro que me ha gustado mucho saber algo de Nico. —Y eso era cierto: me estaba sirviendo para recordar, como si nunca se hubiera acabado, mi primer amor—. Sólo dime una cosa: ¿sigue teniendo el mismo pelo, fuerte y espeso, y tan negro que yo a veces pensaba que se daba betún?

—El mismo. —Vicente volvió a animarse ante la posibilidad de decir maravillas de nuevo de su admirado paisano—. Ya te dije que no ha cambiado nada. Yo creo que no le ha salido ni una sola cana y no se le ha caído ni un pelo.

—Lo sabía —dije—. El flequillo le seguía quedando fatal. Nunca tuvo cojones para lavarse el pelo con detergente.

Nunca. Aunque me dijera que sí, yo sabía que no se había atrevido. La última vez que me lo dijo, porque yo se lo preguntaba siempre que le rozaba el pelo, fue mientras ensayábamos *Guillermo Tell*, la obra que el hermano Lázaro había elegido para la fiesta de fin de curso y en la que el hermano Nicolás hacía de protagonista y yo, de su padre.

Parece que me estoy viendo, al cabo de tantos años, con la cabeza pegada a la suya, flequillo contra flequillo, abrazándome a él con muchísima desesperación para que no fuese tan terco, para que no se tomara tan a pecho el papel de salvador de su pueblo, para que pensase de qué le iba a servir librar de la tiranía a un puñado de campesinos que ni siquiera se lo iban a agradecer si, a cambio, él mismo mataba a su hijo de un flechazo en toda la frente, y le suplicaba de todas las maneras posibles —con gemidos, con ira, con zalamerías— que, si era verdad que todavía me amaba, no le hiciera caso al malvado gobernador —el papel de gobernador se lo dio el hermano Lázaro al hermano José Benigno, y a mí me daba rabia que le saliera tan bien— y se olvidase de presumir de puntería y de aquel contradiós de dispararle a una manzana puesta sobre la cabeza de su hijo. El hijo, como todos los hijos de todas las obras de teatro que montábamos, lo hacía el hermano Ángel Valentín, y todavía puedo verle, abrazado al hermano Nicolás y a mí y dudando entre estar orgulloso de su padre o darle la razón, al verlo tan desesperado, a su abuelo.

En uno de los ensayos, el hermano Ángel Valentín dijo:

—Qué abuelo tan raro. Sólo le falta restregarle a Guillermo Tell el escote por la nariz.

El hermano Lázaro lo castigó a cenar aquella noche el primer y el segundo plato de rodillas, y a todos los demás, por reírnos, a cenar de rodillas el primer plato. Pero el hermano Ángel Valentín tenía razón. El padre de Guillermo Tell era rarísimo, pero es que no podía ser de otra manera, porque en la obra original no salía el padre, sino la mujer, y el hermano Lázaro se había limitado a cambiarle al personaje el nombre y a cambiar al masculino todo lo que decía en femenino, y el resto lo dejó tal cual, de forma que el pobre padre tenía que decir y hacer cosas que a quien le pegaban era a Aurora Bautista. Según el hermano Lázaro —que tenía permiso para estar al tanto de la vida artística de España e incluso del extranjero— Aurora Bautista era nuestra Greta Garbo, aunque me apuesto cualquier cosa a que, si un buen crítico hubiese asistido a aquellos ensayos de *Guillermo Tell*, habría llegado a la conclusión de que nuestra Greta Garbo era yo.

El hermano Estanislao había puesto mala cara al enterarse de que el hermano Nicolás y yo íbamos a trabajar juntos en aquella obra y le dijo al hermano Lázaro que él no quería meterse en sus decisiones, pero que no le parecía conveniente que yo, precisamente yo, me pasara un buen rato en el escenario manoseando al hermano Nicolás —precisamente al hermano Nicolás—, como la Magdalena antes de arrepentirse, con el cuento de torcer su voluntad y convencerle de que quien ponía por encima de todo a su familia nunca era un cobarde. El hermano Lázaro —según nos dijo después al hermano Nicolás y a mí de forma estrictamente confidencial— le había explicado al maestro de novicios que había elegido al hermano Nicolás para el papel de Guillermo Tell por su físico viril y por su carácter serio a la vez que apasionado, y que a mí me había elegido por mi sensibilidad, y que en el escenario la combinación iba a funcionar de maravilla. Nos pidió que no le falláramos, y yo desde luego puse todo mi empeño en llenar de sensibilidad al hermano Nicolás en cuanto teníamos que ensayar una escena juntos.

En una de aquellas escenas yo ponía la frente del hermano Nicolás en mi mejilla, y noté de nuevo lo áspero que él tenía el flequillo. Cuando terminamos, le pregunté que si de verdad se lavaba el pelo con detergente y me dijo que sí, que si no se notaba, y yo le dije que no se notaba nada, y a él le molestó y me dijo que su pelo era muy fuerte, no como el mío, que no podía ser bueno lavárselo con detergente todos los días, que le hiciera caso o me iba a quedar calvo antes de lo que me pensaba, que lo mismo me levantaba al día siguiente sin un pelo en la cabeza. No le hice ningún caso, no me importaba quedarme calvo: con dieciséis años yo tenía un flequillo tan sedoso que parecía el de un turista sueco, y Nicolás Camacho no lo tuvo jamás.

Entonces tampoco eso me importaba. Y ahora es divertido y emocionante recordarlo, a pesar de que el imbécil de Nicolás Camacho siga pensando que lo que nos pasó a nosotros es algo que pasa todos los días en las cárceles, donde los presos, por lo visto, no paran de enamorarse los unos de los otros. Tampoco debería importarme ahora lo que piense Nicolás Camacho, si recuerdo que, cuando teníamos dieciséis años, él fue capaz de jugárselo todo por mí.

Nunca olvidaré el coraje que tuvo cuando se puso de mi parte el día del examen de conocimientos artísticos. Aunque también es verdad que el pato lo pagué sólo yo —aunque al final al hermano Nicolás no le sirviera de nada—, porque el hermano Estanislao ya lo único que quería era salvarle de mí.

El examen de conocimientos artísticos era público y se hacía siempre a final del curso, en el refectorio, durante la comida y la cena. La lectura del Antiguo o del Nuevo Testamento sólo duraba entonces cinco minutos, y luego todos los novicios teníamos que ir subiendo uno tras otro, por orden alfabético, a la tarima desde la que se leían las

Escrituras para recitar un poema o cantar una canción, según lo que cada uno eligiese. Los únicos que no podíamos elegir ni poema ni canción éramos los que durante todo el año, en la hora de trabajo manual, habíamos estado aprendiendo a tocar la guitarra, el laúd, la bandurria o el piano; nosotros teníamos por fuerza que demostrar el dominio de nuestros instrumentos, interpretando una pieza que, eso sí, también podíamos elegir libremente. Yo lo sabía; lo sabía desde que el hermano Wenceslao me eligió para aprender a tocar el piano, sabía que ese momento de hacer gala de mis habilidades pianísticas acabaría por llegar, pero decidí, desde la primera vez que me senté frente al teclado y le di a una blanca al tuntún, que no me iba a amargar la vida pensando en lo que no tendría más remedio que ser una catástrofe. Ahora, simplemente, allí estaba yo, a la hora de la verdad, y el piano —colocado en la tarima, en diagonal para que todos, empezando por el jurado, pudiesen apreciar no sólo la melodía y el sonido y el ritmo, sino la postura de las manos y la agilidad de los dedos— era como la horca, como la cámara de gas, como la silla eléctrica, como el garrote vil. Sólo faltaba que me vendasen los ojos. Claro que, para lo que yo tenía que ver, lo mismo daba.

Recuerdo que el hermano Ángel Valentín cantó *La Ruiseñora*, y lo hizo tan bien como siempre, exactamente igual que Joselito, porque aún no le había cambiado del todo la voz. El hermano José Benigno se empeñó en lucirse con *Granada*, y casi le da una apoplejía, y luego se enfadó como un filisteo cuando el hermano Sebastián dijo que todos deberían cantar como el hermano Teodoro José, que había escogido una jota navarra y la cantó con un hilito de voz y como si fuera gregoriano, pero con mucho sentimiento. El jurado, por lo general, puntuaba mejor a los que cantaban que a los que recitaban, pero al hermano José Benigno le salió un cinco raspado de media —y es que el hermano Nicolás le dio sólo un dos– y cuando se bajó de la tarima me miró a mí con mucho coraje, como si yo tuviera la culpa de algo.

El jurado, formado por cinco novicios que se libraban así de examinarse, lo elegía el hermano Estanislao, y él aseguraba que lo hacía por suerte, sacando los nombres apuntados en un papelito de una cacerola que hacía las veces de urna, pero aquella vez seguro que hizo trampas, porque salieron el hermano Nicolás, el hermano Santos Tadeo, el hermano Patricio, el hermano Martín Antonio –que ése sí que era un novicio del montón y el hermano Estanislao a lo mejor lo había metido para disimular– y el hermano Sebastián. Cada uno de ellos tenía unos carteles con números que iban del cero al diez y, después de la actuación de cada novicio, enseñaban el cartel con la nota que cada cual quería darle y se sacaba la media. Cuando yo me levanté para ir a tocar, miré al hermano Nicolás y su cara era la misma que la que debía de tener san Juan Evangelista en el Gólgota, cuando a Jesucristo estaban a punto de clavarlo en la cruz.

De todos modos, yo no me acobardé. Hice el paseíllo, de mi sitio al piano, con una seguridad en mí mismo y una personalidad impresionantes. Y sonreía. Sonreía con beatitud, como si ya estuviera disfrutando en mi interior del concierto en no sé qué mayor y en no sé qué bemol que iba a interpretar.

Me senté en la banqueta, frente al teclado, con la entereza y la dignidad que demostró san Leoncio, confesor y mártir, frente a los leones. Carraspeé. El carraspeo sonó en el refectorio como una matraca en un cementerio, que era una cosa que decía siempre el hermano Cirilo cuando alguien armaba un ruido desagradable con los cacharros de cocina, y entonces me di cuenta de que, efectivamente, en el refectorio se había hecho un silencio sepulcral. No me atreví a moverme para ponerme cómodo por si la banqueta crujía como la osamenta de Barrabás, que era algo que el hermano Cirilo también decía bastante. Cerré los ojos y me concentré. Al cabo de un segundo, abrí casi al mismo tiempo los ojos y la carpeta de partituras por cualquier sitio. Aspiré hondo, y luego fui soltando el aire muy lentamente. Y, cuando ya me estaba quedando sin aire en los pulmones, aspiré otra vez con fuerza y ataqué, me puse a aporrear el teclado a la buena de Dios, golpeaba como un poseso las blancas y las negras de dos en dos, de cuatro en cuatro, de ocho en ocho, de diez en diez, y recorría con un dedo el teclado de un extremo a otro una y otra vez, y hacía filigranas la mar de vigorosas que quedaban siempre modernísimas, y empecé a mover con muchos bríos todo el cuerpo como si la música —o lo que fuera— me produjese temblores, y daba latigazos con la cabeza como si no pudiese soportar tantísima inspiración, y el flequillo iba de izquierda a derecha y de arriba abajo con muchos ímpetus y sin orden ni concierto, y me fui entusiasmando, y cada vez golpeaba más las teclas de ocho en ocho y de diez en diez, y de pronto me dio por ponerme a darle sin parar con un dedo a una tecla negra mientras con la otra mano le arrancaba literalmente al piano notas brutales de cinco en cinco, y la verdad es que a mí me sonaba bien, raro, diferente, enérgico, original, y aquello era un vendaval que ponía los pelos de punta... No sé ni cómo pude oír los timbrazos que daba, histérico perdido, el hermano Estanislao para que parase, y las carcajadas desaforadas de los novicios, que de seguir así acabarían todos poniéndose malos.

A fuerza de timbrazos, el hermano Estanislao consiguió por fin que los novicios se aguantaran de mala manera la risa.

—Hermano Rafael —dijo, y me dio la impresión de que masticaba con rabia las palabras—, vuelva a su sitio y durante la lectura espiritual vaya a mi despacho.

Volví a mi mesa con tanta seguridad en mí mismo y tan impresionante personalidad como al ir a tocar el piano. Todos los novicios mantenían la vista baja para que la risa no se les escapara de nuevo, y cuando yo por fin me senté, el hermano Estanislao ordenó:

—El siguiente.

Yo me levanté como si me hubiera picado un alacrán.

—Con su permiso, hermano maestro de novicios —dije—, quiero que el jurado me diga mi nota.

Los novicios no podían aguantarse más y empezaron a reírse a manojos y a trompicones, todo el refectorio parecía de pronto una gran cañería a la que volvía el agua después de un corte del suministro. El hermano Estanislao tocó dos o tres veces el timbre, con la paciencia completamente perdida, y me ordenó que me sentara y que no dijera estupideces.

—Siéntese de una vez, he dicho —repitió, porque yo me mantenía bien tieso y con la cabeza bien alta.

Y entonces el hermano Nicolás se la jugó por mí.

—El hermano Rafael —dijo— tiene derecho a saber su nota.

Volvió a hacerse en el refectorio un silencio sepulcral. Algunos novicios parecían a punto de reventar congestionados, porque la risa mal aguantada podía provocar que se rompieran las venas, como decía el hermano Lázaro cuando era incapaz de imponer la seriedad en una clase. Ni el hermano Lázaro ni el resto de los profesores se atrevían a mirar al maestro de novicios, y el maestro de novicios no fue capaz de mirar al hermano Nicolás. Sólo dijo:

—De acuerdo. Voten.

El hermano Santos Tadeo me dio un cero. Y el hermano Patricio, y el hermano Martín Antonio y el hermano Sebastián. El último en enseñar su cartel fue el hermano Nicolás. Me dio un diez.

Al hermano Estanislao ya pareció no importarle que los novicios volvieran a desternillarse de risa. Miró al hermano Nicolás como si acabara de venderle por treinta monedas, pero no lo castigó. Sólo me castigó a mí. Cuando, a la hora de la lectura espiritual, fui a su despacho, el maestro de novicios me esperaba de pie en compañía del hermano Lázaro, y lo único que me dijo fue:

—Ya le queda poco para seguir ofendiendo a la Congregación.

Luego, como sabía lo que más daño podía hacerme, le ordenó al hermano Lázaro, en virtud del voto de obediencia, que me expulsara de los ensayos de *Guillermo Tell* y que mi papel se lo diese al hermano Santos Tadeo.

El hermano Nicolás nunca hizo de Guillermo Tell. Y eso que, en virtud del voto de obediencia, no pudo dejar también él los ensayos.

Cuando le dije que me habían quitado el papel y se lo habían dado al hermano Santos Tadeo, a él se le puso cara de capitán de un barco que ha chocado contra un iceberg y reúne en cubierta a sus marineros para ordenarles que abandonen la nave, que él se quedará hasta el final en el puente de mando. Estábamos solos en una de las aulas. Me miró a los ojos, me retiró de la frente con mucho cariño el flequillo, que ya me llegaba hasta casi la mitad de la nariz y me lo echaba siempre un poco hacia un lado, y me dijo, con esa serenidad de la que hacía gala en los momentos en los que cualquier otro habría perdido los nervios:

—Si tú no haces la obra, tampoco la haré yo. Ahora mismo voy a presentarle al hermano Lázaro mi renuncia irrevocable.

Yo le abracé muy fuerte, como si todavía fuese su padre en la obra de teatro y la estuviésemos ensayando por nuestra cuenta, y me puse a soltar sensibilidad como un loco, y le supliqué que no lo hiciera, que no lo dejara, que más de uno se iba a alegrar y que no tenía que darles ese gusto, que aguantara si de verdad me quería, que interpretase ese papel mejor aún de lo que había interpretado ningún otro para que yo me sintiese orgulloso de él, que yo sabía que, a su lado, el hermano Santos Tadeo iba a quedar en ridículo porque no le llegaba a la altura del tobillo a Greta Garbo. En aquel momento entró en el aula el hermano Lázaro y perdió por completo la serenidad.

—¿Qué está pasando aquí? ¡Vayan a ver al maestro de novicios! —En realidad, cualquiera diría que el hermano Estanislao estaba en alguna parte apuntándole con una pistola—. ¡Sepárense inmediatamente!

Nos separamos un poco y nos volvimos a mirar al hermano Lázaro, pero yo seguía con mi brazo por encima de los hombros del hermano Nicolás y él me pasó el suyo por la cintura.

—No vamos a separarnos nunca —dijo el hermano Nicolás, y yo me sentí orgulloso de él, de la lección de serenidad y seguridad en sí mismo que estaba dándole al hermano Lázaro—. Y otra cosa: no voy a hacer de Guillermo Tell. Tendrá que sustituirme.

Por un momento, el hermano Lázaro se quedó sin saber qué decir. Luego puso una cara que a mí me recordó a la que ponía el hermano Ángel Valentín cuando sabía que iban a castigarle.

—Eso vaya a decírselo al maestro de novicios —dijo por fin, y yo pensé que en efecto, aunque no lo viéramos, aunque fuese mentira, el hermano Estanislao estaba apuntándole con una pistola—. ¡Y hagan el favor de dejar de tocarse!

El hermano Nicolás se separó entonces de mí y me dijo espérame, y pasó junto al hermano Lázaro sin mirarle y se fue derecho al despacho del maestro de novicios. Después me contó que el hermano Estanislao le había dicho, con mucha pena, que era la primera vez, en los seis años que llevaba en el cargo, que utilizaba las facultades que le daba la Congregación para imponer el voto de obediencia, y que, en virtud de ese voto, le ordenaba que siguiera siendo Guillermo Tell. Aquel día, yo escribí en el diario del noviciado: *Martes, 27 de julio de 1965. Nadie puede parar el verano. Este verano, todas las puertas y ventanas del mundo están abiertas de par en par, para que corra el aire, para que entre la luz, para que huela a limpio. Durante los exámenes de conocimientos artísticos, el noviciado se ha llenado de versos y de canciones, pero este verano la verdadera música, la verdadera poesía está donde menos se espera y salta cuando nadie se lo imagina. Por otra parte, seguirán los ensayos de* Guillermo Tell *para la función de fin de curso. Será un éxito. El destino de Guillermo Tell es como el voto de obediencia.*

Pero el destino no le tenía reservado al hermano Nicolás aquel último triunfo sobre las tablas. Ni siquiera tuvo que practicar demasiado el voto de obediencia ni aguantar mucho la actuación del hermano Santos Tadeo, que era penosa, sin una sola pizca de sensibilidad, según decían todos los que formaban parte del elenco; al hermano Lázaro le gustaba decir mucho la palabra elenco desde que había obtenido permiso para informarse de la vida artística en España y en el mundo. A mí no me gustaba nada la idea de que el hermano Santos Tadeo se animara más de la cuenta y acabase con la sensibilidad desbocada, manoseando por todas partes y con mucho ardor supuestamente artístico al hermano Nicolás mientras le suplicaba —con gemidos, con rabia, con zalamerías— que diese su brazo a torcer y se olvidase de disparar contra la manzana, pero el hermano Nicolás y el hermano Ángel

Valentín, sobre todo, me tranquilizaron porque el hermano Santos Tadeo, aunque había hecho la proeza de aprenderse el texto en veinticuatro horas, lo recitaba como un loro y estaba todo el tiempo como un pasmarote. El que sí daba mucha lástima era el hermano Lázaro, que veía cómo la obra se hundía sin remedio porque la combinación entre el hermano Nicolás y el hermano Santos Tadeo era desastrosa, pero se lo tenía merecido por su falta de personalidad y de carácter.

Al final, seguro que *Guillermo Tell* ni siquiera llegó a representarse aquel verano en el noviciado mayor. El hermano Estanislao acabó perdiendo del todo la paciencia y pidió con carácter urgente a Roma exención de votos durante mes y medio para nosotros dos —el hermano Rafael Gregorio y el hermano Nicolás Francisco— por motivos excepcionales. Roma, por lo visto, comprendió los motivos como si le hubieran pagado por ello una millonada, y en menos de una semana le llegó al hermano Estanislao la autorización para eximirnos del cumplimiento de nuestras promesas solemnes de pobreza, obediencia y castidad, hasta que hiciera el año justo desde que habíamos profesado. Claro que, antes de darse por vencido y escribir a Roma, el hermano Estanislao hizo un último intento por conseguir que el hermano Nicolás se alejase de mí y que la Congregación de los Hermanos de la Verdad de Cristo se quedase con él.

No sé si Nicolás Camacho se lo contará alguna vez a Vicente, ese paisano suyo que se pasa media vida viajando por territorios extravagantes. Después de todo, también ese día hizo un alarde de aplomo y de seguridad en sí mismo, y siempre podrá decir que, a fin de cuentas, en las cárceles los más fuertes son capaces de partirse el pecho por los más débiles, y hasta buscarse la ruina, si tienen un pacto entre ellos para ayudarse y seguir juntos, ocurra lo que ocurra.

El hermano Estanislao, pocos días después del examen de conocimientos artísticos, interrumpió durante la comida la lectura del Antiguo Testamento antes de que sirvieran el postre y anunció que, de parte del prepósito provincial de la Congregación, tenía una noticia importante que darnos y un encargo que cumplir.

—El prepósito provincial de la Congregación —dijo— me ha hecho llegar los nombres de los tres novicios de la tanda elegidos para ir a misiones.

Se levantó un murmullo de expectación en el refectorio. Un par de semanas atrás se había corrido la voz de que el hermano Estanislao había ido a Madrid para tener la reunión anual en la que él informaba sobre qué novicios, de entre todos los que se habían ofrecido en su día para ser misioneros con el preceptivo consentimiento de sus padres, tenían, en su opinión, las mayores condiciones, aunque luego una comisión formada por el prepósito provincial, el procurador general para las misiones y tres hermanos venidos expresamente de lejanas tierras, como decía siempre el hermano Lázaro cuando se refería a los países por evangelizar, tomara la decisión definitiva. Ahora ya todo estaba decidido, y el hermano Estanislao nos mostró un sobre cerrado y lacrado en cuyo interior figuraban los nombres de los destinados a llevar la Buena Nueva a los infieles.

—Es un gran privilegio para los elegidos —dijo el maestro de novicios—. Cuando pronuncie sus nombres, que piensen que en lugares remotos del mundo hay niños esperando con ansiedad la doctrina de Cristo, que ellos van a transmitirles, y que eso supone una gran responsabilidad y no pueden defraudarlos. Estos tres nuevos misioneros tienen ya a su cargo, por designio divino, unas almas que gracias a ellos tendrán instrucción, oportunidades en la vida y, lo más importante, la posibilidad de alcanzar la salvación eterna el día de mañana. Dios y la Congregación les encomiendan una tarea importantísima. Como sabemos todos, los tres pasarán un año en Salamanca, estudiando las culturas de los países a los que vayan destinados, y su idioma, si es el caso. Para mí, éste es siempre, cada año, uno de los momentos más emocionantes de mi labor como maestro de novicios, y sé que los tres misioneros de esta tanda, como los de las tandas anteriores, sabrán demostrar que la comisión de misiones ha acertado plenamente al elegirlos.

Hizo una pausa, le dio la vuelta al sobre para tener el lacre a la vista, cogió su cuchillo para utilizarlo como abrecartas, y añadió:

—Vamos allá.

Leyó los tres nombres con mucha solemnidad.

El primero de los elegidos era el hermano Manuel de Jesús, y yo pensé: como es canario, se imaginarán que está hecho al calor y que se acostumbrará enseguida al clima y la vida de una misión en África, que es adonde seguro que lo mandan.

El segundo, el hermano José Anastasio, un novicio sanote y muy poco espabilado para los estudios, pero la mar de apañado para el trabajo manual, y del que todos suponíamos que terminaría en la comunidad de la Sagrada Familia, dedicado a la albañilería o la electricidad, pero pensé que, en los países salvajes, un misionero manitas siempre vendría estupendamente.

El tercer elegido era el hermano Nicolás Francisco, y yo creí que se hundía el mundo y no tuve valor para mirarle a la cara cuando oí su nombre.

Aquello sí que era un golpe bajo. Los novicios aplaudían, y los que estaban cerca de los elegidos los felicitaban, y vi que muchos me miraban a mí. Yo estaba seguro de que el hermano Estanislao había hecho todo lo posible para que eligieran al hermano Nicolás, y ahora él tenía las misiones al alcance de la mano y no podría defraudar a Cristo misionero y a la Congregación y a las almas de los niños que esperaban de él instrucción, una oportunidad en la vida y la salvación eterna. A lo mejor ya no quería que viviéramos juntos, ni viajar conmigo a Nueva York y a Hollywood, ni estudiar con el dinero de mis padres, ni la colocación buenísima que le buscaría, en cuanto se lo pidiese, el primo hermano de mi abuela que era banquero en Madrid. Por eso no quería mirarle. No quería que me dijese con la mirada que tenía que renunciar a mí, que teníamos que renunciar el uno al otro.

El hermano Estanislao tocó el timbre para que volviéramos a prestarle atención. Tampoco a él quise mirarle, ni quería ver cómo me miraba.

—Enhorabuena a los tres nuevos misioneros —dijo el maestro de novicios—. La oración de esta noche y la misa de mañana las ofreceremos por ellos, para que Dios les dé fuerzas y éxito en la importantísima labor que tienen por delante. Y ahora —se le notaba que estaba contento—, tengo que cumplir el encargo que también me ha hecho el prepósito general.

El hermano Estanislao sabía cómo ganarse la atención de todos si nadie le hacía perder la paciencia.

—Todos ustedes saben —continuó— que, de acuerdo con el espíritu del Vaticano II, se está planteando en el seno de nuestra Congregación la posibilidad de mantener el nombre de pila y el apellido, en lugar de cambiarlo, como se está haciendo hasta ahora, en la toma de hábitos. Es probable que los novicios de la tanda que tomen los hábitos en septiembre se sigan llamando como en la vida seglar, pero a los demás quizás nos dejen elegir. Se está haciendo una encuesta para conocer la opinión de los hermanos en las comunidades, y el prepósito provincial quiere saber ahora qué se opina en las casas de formación. Tienen quince minutos para pensarlo. Luego preguntaré quiénes prefieren conservar su nombre de religión, y quiénes prefieren volver a llamarse como se llamaban en la vida civil.

A mí me sobraban los quince minutos. A mí me daba igual. Yo, en todo caso, tendría que llamarme Leafar, como el ángel descuidado. Seguramente, el hermano Nicolás Francisco decidiría llamarse a partir de entonces hermano Nicolás Camacho, porque él era de los modernos, y además a lo mejor le venía bien en las misiones, en caso de peligro, si tenía que pasarse en las fronteras por una persona corriente y escapar de algunos cafres infieles que no estuvieran dispuestos a convertirse ni a que convirtiesen a sus hijos, y con ganas de martirizarlo. Miré al hermano Nicolás, porque ya no podía aguantarme las ganas de saber cómo estaba, cómo se sentía, y vi que tenía la cabeza inclinada hacia delante y los ojos bajos y que estrujaba con la mano una miga de pan, como si eso pudiese ayudarle en algo. Los novicios se pasaron los quince minutos discutiendo entre ellos qué era mejor, si volver a llamarse como en la vida civil o mantener el nombre que a cada uno se le había impuesto al tomar los hábitos, pero a mí los de mi mesa ni me preguntaron. Yo pasé los quince minutos con un ataque nervioso en las piernas y mirando de vez en cuando al hermano Nicolás, sólo durante unos segundos, porque era como si verle me quemase los ojos.

El hermano Estanislao volvió a tocar el timbre y dijo que había llegado la hora de votar.

—Los que prefieran conservar el nombre de religión —pidió— que levanten la mano.

A pesar de que a mí no me importaba nada, no pude resistir la curiosidad y traté de contar, como todos, las manos que se habían levantado. Calculé que no eran más de una docena.

—Once —dijo el hermano Estanislao—. Ahora, que levanten la mano los que prefieren recuperar el nombre de la vida civil.

Eran tantas las manos levantadas que el hermano Estanislao tardó en contarlas. Yo sólo me fijé en que una de aquellas manos era del hermano Nicolás, y creí que no sería capaz de controlarme y que iba a echarme a llorar como un idiota.

Por fin, el maestro de novicios dijo:

—Treinta y seis. Parece que está claro.

Luego, se puso a hacer cuentas en su libreta de apuntes y comprobó que los números no le cuadraban. En el noviciado mayor éramos cuarenta y ocho novicios. Uno de nosotros no había dicho si prefería una cosa u otra.

—Bueno —dijo—. La verdad es que no he preguntado si hay algún novicio al que le dé igual. Si lo hay, y si quiere, que levante la mano.

Yo me puse de pie antes de levantar la mano, para que se me viera bien. Me daba rabia tener los ojos llenos de lágrimas, pero quería que lo supieran, quería demostrarles que no me avergonzaba de lo que me iba a pasar, de lo que iba a hacer, de irme, de que me echaran. Era tan grande el silencio en el refectorio que podía escuchar cómo me latía el corazón. Todos ellos estaban de una parte, yo estaba de la otra. Ahora, al recordar aquel momento, sé que pocas veces en mi vida me he sentido tan solo.

Pero entonces ocurrió. Entonces el hermano Nicolás se puso de pie de golpe, que hasta tiró la silla, y levantó la mano, y me miró con los ojos brillantes, y yo supe —y todo el noviciado supo— que renunciaba a las misiones por mí.

Ya no me importaba llorar como un idiota. Pero no lloré. Tenía ganas de reír. Ahora le tocaba llorar al hermano Estanislao.

Lo último que escribí en el diario del noviciado fue: *Lunes, 9 de agosto de 1965. Mi nombre es Leafar.* Sólo eso. Dos días después, el hermano Nicolás dejaba el noviciado mayor por la mañana, y a mí me llamó a su despacho el maestro de novicios a media tarde, mientras estábamos en la lectura espiritual.

La noche del 11 al 12 de agosto la pasé en Madrid, en una celda del Colegio San Esteban, un centro de enseñanza para niños pobres que los Hermanos de la Verdad de Cristo tenían por Argüelles. No hace mucho pasé, por azar, frente a ese colegio y me sorprendió que estuviese en aquella zona de la ciudad, por alguna razón me lo imaginaba en un barrio mucho más lúgubre y de la periferia. Sin embargo, hacía mucho calor y el sol aún estaba alto cuando llegué a Madrid con el hermano Claudio, el nuevo monitor de gimnasia y deportes, a quien el maestro de novicios había designado para que me acompañara y que no me habló durante todo el tiempo que duró el viaje en el coche que se alquilaba en casos especiales; el coche era del alcalde del pueblo, y su hijo, un muchacho huraño y con aspecto de lavarse de higos a brevas, lo conducía como si en cualquier momento pudiese atacarnos una partida de bandoleros: se agarraba al volante con desesperación, iba todo el tiempo mirando de reojo el espejo retrovisor, y resoplaba cada vez que por la carretera algún coche se cruzaba con nosotros o nos adelantaba. Nos dejó en algún lugar de las afueras, porque no se atrevía con el tráfico desaforado de la capital, y allí el hermano Claudio y yo cogimos un taxi. El hermano Claudio le dio al taxista la dirección del colegio y, durante el trayecto, mientras él se esmeraba en parecer ofendido por tener que cumplir aquel encargo tan desagradable, pude contemplar una ciudad bulliciosa y algo destartalada en la que el hermano Nicolás y yo sin duda nos encontraríamos muy pronto.

Yo no hacía más que pensar en él, y por eso no estaba asustado. Estaba nervioso, y odiaba al hermano Estanislao porque no había permitido que el hermano Nicolás y yo nos despidiésemos. En el noviciado todos nos dimos cuenta a la hora del desayuno de que el hermano Nicolás faltaba, su sitio en el refectorio estaba vacío, y a mí me dio un vuelco el corazón cuando lo vi, y comprendí que el hermano Estanislao me llamaría también a mí a su despacho en cualquier momento, y no sabía si ponerme o no a rezar para que lo hiciera lo antes posible. Pasé todo el día inquieto, impaciente, incapaz de concentrarme en nada, y de buenas a primeras, sin saber muy bien por qué, como si me hubiera dado un rapto, como si alguien me empujara a hacerlo, como si me llevasen cogido de la mano, me dio por escribir aquello en medias cuartillas y meterlas en los pupitres de los novicios —no en todos, porque no tenía suficientes— a la buena de Dios, durante los veinte minutos de expansión que teníamos después de la clase de geografía e historia. En las medias cuartillas, con rotulador, yo había escrito: *Mi nombre es Leafar. Sígueme.*

—¿Me puede decir qué significa esto?

El maestro de novicios me enseñó una de las medias cuartillas, y la mano le temblaba como si su ángel de la guarda se la estuviera aguantando para que no cometiese un disparate.

Los novicios estaban en la lectura espiritual, pero seguramente ya todos sabían que por fin el hermano Estanislao me había llamado a su despacho. En la galería me había encontrado al hermano Ángel Valentín, que me miró como si acabaran de decir mi nombre en un campo de concentración nazi y estuviese a punto de subir a un camión, enviado a la cámara de gas.

Como yo no decía nada, el hermano Estanislao me repitió la pregunta, y ahora era como si su ángel de la guarda le estuviera apretando la garganta con las dos manos para que no gritase:

—¿Me puede decir qué significa esto?

—No lo sé —dije, y era verdad que no lo sabía, o que no lo sabía del todo, no sabía por qué lo había hecho.

—No mienta. —Su ángel de la guarda debía de haberle inyectado un narcótico y empezaba a hacerle efecto—. Sé perfectamente que esto lo ha escrito usted y que se lo ha dejado en los pupitres a algunos novicios. ¿Me puede decir qué significa?

Por muy serio que se pusiera, no iba a conseguir que yo dejase de mirarle a los ojos.

—No lo sé. Pregúntele a quien le haya dicho que eso lo he escrito yo.

A lo mejor algún novicio me había visto poniendo los papeles en los pupitres y yo no me había dado cuenta.

—No debería decírselo, pero ya da igual. —Comprendí que iba a decirme quién había sido el chivato, para que no me quedasen dudas de que sí tenía pruebas para acusarme—. El hermano José Benigno encontró uno de estos papeles en su pupitre y asegura que usted ha escrito en el diario del noviciado algo muy parecido.

Sabía que me quedaba muy poco tiempo en el noviciado mayor, pero, antes de salir, esperaba encontrarme al hermano José Benigno para escupirle en la cara. Pero de pronto me acordé de que yo también había leído a escondidas el diario del hermano Nicolás, y me dio rabia pensar que Dios al final me había castigado por eso.

—Leafar es mi nombre al revés —dije.

El hermano Estanislao leyó lo que estaba escrito en el papel, comprobó sin duda que lo que yo le había dicho era cierto, y pareció que se le quitaba un peso de encima.

—Otra de sus tonterías, ¿verdad? —El narcótico que acababa de inyectarle su ángel de la guarda debía de ser buenísimo, porque de repente parecía muy cansado—. No hace falta que le diga por qué le he llamado, supongo. Dentro de media hora el hermano Claudio le recogerá en el dormitorio, él le acompañará. Llévese su ropa interior y su Biblia, si quiere, a lo mejor le gusta conservarla como recuerdo. Utilice la bolsa de las excursiones para meterlo todo. Esta noche dormirá en Madrid, allí se pondrá ropa de paisano y mañana por la mañana el hermano Claudio le dejará en el tren. Ya hemos avisado a sus padres, estarán esperándole. No sé si tiene algo que decir.

Dije que no con la cabeza.

—Pues yo sí tengo. —Pareció que se espabilaba de pronto, como cuando uno se quedaba traspuesto en las oraciones de la mañana y el hermano que tenía al lado le daba un codazo—. Nunca me imaginé que algún día tuviéramos que expulsarle —yo intenté protestar y él me ordenó callarme con un gesto—; ya sé, ya sé que va a decirme que usted se habría marchado de todas maneras. Pero no se equivoque: de ustedes dos, el único que se ha marchado voluntariamente ha sido el hermano Nicolás. Usted le ha hecho a él mucho daño. Más del que se ha hecho a sí mismo, que no ha sido poco, desde luego. No sabe cuánto confiábamos todos en usted. Aunque no se lo crea, en algunas cosas confiábamos en usted incluso más que en el hermano Nicolás. Le diré algo que seguro que ni se imagina: cuando el procurador de misiones visitó el noviciado y habló por primera vez con los novicios de su tanda, y dijo que había uno, sobre todo uno, en el que había podido detectar sin ninguna duda la vocación misionera y unas cualidades fuera de lo común para hacer frente a esa vida de sacrificios y generosidad, no se refería al hermano Nicolás, como pensó todo el mundo, se refería a usted. A usted. No sé si es capaz de comprender ahora hasta qué punto le ha fallado a Cristo, a la Congregación y a los pobres niños infieles.

Odiaba al hermano Estanislao. Él sabía todo eso y, sin

embargo, no había querido convencerme a mí de que me quedase, no había intentado en el último momento que yo fuese a las misiones, había preferido al hermano Nicolás.

—Claro que —continuó, y otra vez parecía que iba quedándose adormilado—, más que lo que me ha decepcionado usted, me ha decepcionado él. Nunca pensé que pudiera dejarse engatusar por la cara bonita de un compañero.

Odiaba al hermano Estanislao. Ahora no iba a decirme que Dios también creó a los chicos guapos, ni iba a ponerse detrás de mí para consolarme, como hizo cuando me llamó porque el hermano José Benigno le había confesado que me hacía manipulaciones en cuanto podía.

—Se lo he dicho al hermano Nicolás esta mañana, ya sabe que no me ando con chiquitas. —Yo seguía mirándole a los ojos, y me preparé porque sabía que iba a decirme algo que me iba a doler—. Le dije que parece mentira, pero que usted ha conseguido manejarle a su antojo, que a los ojos de Dios usted le ha convertido en una piltrafa, pero que aún le quedaba una oportunidad. Que si reaccionaba, aún estaba a tiempo de quedarse. Creo que nunca me he sentido tan mal, en todos los años que llevo de maestro de novicios, como cuando me dijo que no, que quería irse, que quería marcharse con usted.

Odiaba al hermano Estanislao. Sólo le había faltado amarrar a la mesa de su despacho al hermano Nicolás para que se quedase. Pero yo también sabía aparentar que estaba anestesiado, y sabía decir cosas que escocían.

—Hermano maestro de novicios —le dije, sin dejar de mirarle a los ojos, pero con mucha tranquilidad—, cualquiera diría que es usted el que está enamorado del hermano Nicolás.

Aquella noche, en la celda del Colegio San Esteban,

después de meterme en la cama sólo con la ropa interior, y tapado con la sábana a pesar del calor que hacía, me acordé del hermano Estanislao y de cómo le había dado en toda la línea de flotación. Se descompuso y se puso de pie como si su ángel de la guarda lo hubiera soltado de golpe y me dijo que me fuera inmediatamente y que tenía diez minutos para presentarme en el dormitorio, que él avisaría al hermano Claudio. El hermano Claudio también durmió aquella noche en el Colegio San Esteban, en otra celda, y tampoco me había hablado durante la cena, los dos solos en una especie de comedor de servicio que había junto a la cocina, mientras los profesores del colegio cenaban en el refectorio; cuando terminamos de cenar el hermano Claudio sólo me dijo venga conmigo, y me acompañó a la celda austerísima en la que yo tendría que pasar la noche, una celda en la que no había más que una cama tan estrecha como las del noviciado, pero con el cabecero de hierro, una mesilla de noche con un crucifijo, y una silla para dejar la ropa. En la bolsa que en el noviciado mayor llevábamos a las excursiones, cuando eran de día completo, sólo había metido dos calzoncillos, dos camisetas, dos pares de calcetines –todo muy usado–, mi Biblia, como recuerdo, y el diario del noviciado; cuando fui a la sala de estudios a coger la Biblia lo vi, entre mis libros y mis cuadernos, y me dio rabia que lo hubiese estado leyendo a escondidas el hermano José Benigno, y no quería que lo leyese nadie más, y sentí que aquel diario me pertenecía, y me lo llevé sin ningún cargo de conciencia, aunque al hermano Lázaro le diese un sofocón porque a lo mejor pensaba que el diario también era suyo por haberlo supervisado de vez en cuando, y aún lo conservo –como conservo aquella página que arranqué del diario del hermano Nicolás para poder releerla muchas veces, porque no terminaba de creerme que él quisiera decirme muchas cosas que a lo mejor ni me imaginaba– y ahora, treinta y cinco años después, compruebo que en aquel diario del noviciado escribí siempre sobre las cosas que me pasaban a mí.

La celda del Colegio San Esteban, que seguro que era para un hermano de la Sagrada Familia, por lo sencilla y por lo pobre, sólo tenía una ventana alta y estrecha que estaba entreabierta y que daba a un patinillo que olía a sumidero. Sobre la silla había una chaqueta de mezclilla marrón, unos pantalones también marrones, pero un poco más claros, una camisa blanca y una corbata beige con rombos marrones. La taquilla del dormitorio del noviciado mayor la había dejado llena de ropa sucia, porque el hermano Claudio no me dio permiso para tirarla, y seguro que entre los novicios se sabría enseguida que en mi taquilla habían encontrado algunos calzoncillos y calcetines que estaban como acartonados, y el hermano Ángel Valentín se echaría a reír cada vez que tratase de explicar qué era aquello, lo que yo había dejado más seco que el corazón de Pilatos, como decía el hermano Cirilo, después de hacerme a mí mismo por la noche manipulaciones. Al hermano Ángel Valentín me lo encontré cuando iba camino de la capilla, que quería arrodillarme unos segundos delante del cuadro del hermano Manuel Ireneo, mi mártir favorito, y ver por última vez al miliciano, y me dijo que no tenía que estar triste, que me iba porque quería, y que él estaba pensando en irse también, y se sacó del bolsillo de la sotana, y me la enseñó, sonriendo, una de aquellas medias cuartillas en las que yo había escrito el mensaje del ángel Leafar. En la celda del Colegio San Esteban sólo había, colgada del techo, una bombilla medio tuberculosa, como decía el hermano Ángel Valentín de las bombillas del noviciado mayor que no iluminaban nada, y el hermano Claudio me dijo que esperaba que la ropa de paisano me estuviese bien y que, por la mañana, dejase la sotana y el alzacuello sobre la silla.

No conseguí dormir aquella noche. El tren salía muy temprano, pero no sabía cuántas horas de viaje me esperaban ni se lo quise preguntar al hermano Claudio. Con los ojos abiertos, intentaba inventarme algo para verlo en medio de tanta oscuridad: el pueblo del hermano Nicolás, al que yo estaba dispuesto a ir al cabo de unos días para reunirme con él; la cara y el tipo de su hermana Consuelo, a la que a lo mejor no tenía más remedio que pedirle que fuéramos novios; la casa que alquilaríamos con el dinero que nos diesen mis padres, después de que mi madre le pidiese a mi abuelo su parte de la ganadería para venderla, que eso era una cosa que seguro que se podía hacer en menos de una semana, y mientras tanto yo podría pasar por Madrid y pedirle un préstamo al primo de mi abuela, que, como era banquero, seguro que me iba a prestar todo lo que necesitara; el barco en el que viajaríamos juntos hasta Nueva York, y los rascacielos, las calles, los coches kilométricos, los restaurantes lujosos, los hoteles con empleados jóvenes y uniformados, la academia de arte dramático en la que habían estudiado Marlon Brando y Marilyn Monroe —el hermano Lázaro, que enseguida se había enterado de muchísimas cosas de la vida artística nacional e internacional, nos explicó un día, durante los ensayos de *Guillermo Tell*, cómo hacían los grandes actores para sacar todo lo que tenían en su interior y poder interpretar a sus personajes—, los teatros y los cines de la Gran Manzana en los que Nicolás Camacho y Rafael Lacave —con sus nombres artísticos, eso sí— iban a triunfar... A lo mejor lo primero que estrenábamos en Broadway era *Guillermo Tell* —el hermano Lázaro nos había dicho lo maravilloso que era Broadway—, porque ya lo teníamos perfectamente ensayado, sólo tendríamos que cambiar algunas cosas para que nadie dijera que le habíamos copiado la dirección al hermano Lázaro, eso contando con que al final en el noviciado mayor se representara la obra, con el hermano Patricio seguramente de protagonista. Traté de escuchar los aplausos de todos los críticos de Nueva York, en medio de la oscuridad. Cerré los ojos para imaginarme mi nombre artístico en grandes letras doradas: Ralf Lacave, pronunciado *Lacav*. Y de pronto me puse muy nervioso, como si me ahogara, porque la oscuridad era la misma que había mientras yo estaba con los ojos abiertos, y me sentí como si estuviera metido en una oscuridad que estaba a su vez dentro de otra oscuridad, y traté de imaginarme de nuevo mi nombre artístico y el de Nicolás juntos y en letras doradas en un cartel que no se sostenía en ninguna parte, pero el nombre artístico de Nicolás no conseguía verlo, no existía, él no se había decidido, no sabía si llamarse Nick Ocham —que era parte de su apellido al revés—, o Nick Brando o Nick Cooper o a lo mejor otro completamente inventado, un nombre que no podía estar junto al mío por más que yo lo intentase, un nombre borroso, deformado, ilegible, que siempre resbalaba hacia la oscuridad y dejaba solo, temblando, mi nombre verdadero.

¿Qué importa lo que piense ahora Nicolás Camacho? Supongo que nunca volveré a verle y, en todo caso, nunca le permitiré que me hable de aquel verano de 1965. Ni siquiera creo que lea esto alguna vez. Si lo hace, quizás le diga algún día a Vicente, su paisano locuaz y aventurero, que me lo he inventado casi todo. Qué más da. Al fin y al cabo, aquella noche de agosto yo me empeñaba en estar seguro de que le vería muy pronto, y sé que treinta y cinco años sigue siendo pronto. Ahora le veo como fue, como le amé; no quiero ver al empresario próspero y bohemio, incluso anarquista —a ese hombre no le falta de nada—, en el que se ha convertido. No quiero ver cómo deslumbra a los de su pueblo con su carisma. Es cierto: la oscuridad se lo tragó, y aquella carta que yo le envié y que leyó la cotilla de su madre hizo el resto. Menos mal. Ha sido hermoso recordar, inventar, padecer, disfrutar otra vez aquel amor. Es verdad que aquella noche la oscuridad me aplastaba, me asfixiaba, y tuve que levantarme y encender aquella luz tuberculosa, y luego me senté en la cama en paños chiquitos —como llamaba siempre el hermano Manuel de Jesús a los paños menores–, encogido, asustado, temeroso de que aquella oscuridad no terminase nunca.

La estación de Atocha, a las siete y media de la mañana, parecía a medio hacer. El vapor de las máquinas de los trenes iba borrándolo todo como si le arrancase las ruedas a los vagones, como si cortase por la mitad a los viajeros apresurados y cargados de bultos, como si se tragara pedazos de todo lo que encontraba en su camino. Habíamos ido en taxi desde el colegio y todavía faltaba media hora para que saliera el expreso Sevilla-Cádiz. Yo estaba empapado en sudor, porque la chaqueta y los pantalones eran de lana muy gruesa y el cuello de la camisa me quedaba pequeño. Me había lavado sólo la cara en uno de los lavabos de los alumnos, después de ponerme los pantalones, la camisa, los calcetines y los zapatos. En aquellos lavabos tampoco había espejos, y no pude saber si tenía mala cara ni si se notaba mucho que me hacía falta afeitarme. Había doblado la sotana con mucho esmero y la había dejado en el asiento de la silla, y encima había puesto el alzacuello, que parecía la boca de una madriguera. Sólo cuando volví de lavarme me di cuenta de que aquella sotana ya no sería mi sudario, como nos había dicho el capellán del noviciado el día de la toma de hábitos, y no sé por qué me dio más pena por ella que por mí, era como si yo la estuviese abandonando en un hospicio. La ropa de paisano me sentaba fatal —la chaqueta me estaba bien de hombros, aunque me quedaba larga y muy ancha; los pantalones me quedaban bien de cintura, pero tan largos que tuve que doblarlos hacia dentro y andar todo el tiempo pendiente de que no se desdoblasen; la camisa estaba a punto de estrangularme y me apretaba por el pecho, y además no sabía hacerme el nudo de la corbata y el hermano Claudio, de mala gana, me había hecho uno que parecía una berenjena—, pero con aquella ropa yo empezaba una nueva vida, y nadie se la había puesto antes que yo, y seguro que no me iba a servir de sudario. El hermano Claudio compró en la taquilla un billete de segunda clase y después me hizo una seña con la cabeza, muy serio, sin decirme nada, para que le siguiese, y fuimos por el andén en silencio, junto al expreso Sevilla-Cádiz, él unos pasos por delante de mí, como si le diese vergüenza que la gente supiera que iba conmigo, y cuando llegamos a la segunda clase él dejó pasar uno, dos, tres vagones sin ni siquiera mirarlos, como si no hubiera hecho otra cosa en su vida que viajar en tren y se los conociera de memoria, y de pronto se paró junto a la escalerilla de uno de los vagones y me hizo un gesto para que subiese.

Cuando yo ya subía, sin hablarle ni mirarle, pero sin bajar la vista para que no creyese que estaba arrepentido, él dijo:

—Dios algún día le pedirá cuentas, hermano Rafael. —Inmediatamente comprendió que acababa de cometer una equivocación, y se corrigió enseguida—. Bueno, usted ya es Rafael a secas. Dios le pedirá cuentas, no lo dude. —Se veía que le costaba trabajo mantener la mansedumbre; sobre todo, cuando añadió—: Y espero que su padre le corte hoy mismo ese flequillo ridículo que se ha dejado.

Se dio media vuelta sin desearme buen viaje, y a mí no me dio ninguna pena perderle de vista.

Entré en el compartimento que me tocaba. Estaba vacío y mi asiento era uno de los que estaban junto a la ventanilla. Puse la bolsa de las excursiones en la rejilla de las maletas y entonces me acordé de que, antes de salir del colegio, el hermano Claudio me había dado una bolsa de papel con dos bocadillos, uno de caballa y otro de mortadela, y dos naranjas. Tenía hambre, pero me quedaban un montón de horas de viaje y todavía la podía soportar. Entraron una señora mayor y un niño de diez o doce años y la señora me dio los buenos días con mucha amabilidad, aunque luego me miró como si yo fuera un bicho raro. La señora y el niño se sentaron junto al pasillo y ella enseguida sacó un termo y quiso darle al niño un vaso de leche caliente. El niño le dijo que no lo quería y entonces la señora me lo ofreció a mí.

—No, gracias, señora, de verdad —dije.

La señora se me quedó otra vez mirando como si yo no fuera una persona normal.

—¿Cómo te llamas, hijo?

—Rafael —dije, y me sonó rarísimo.

Yo ahora me llamaba Rafael a secas, y el hermano Nicolás también se llamaba ya Nicolás a secas. Pero pronto yo me llamaría Ralf Lacave —pronunciado *Lacav*—, y él, a lo mejor, Nick Ocham, que era el nombre artístico que a mí más me gustaba para Nicolás Camacho. Con el tiempo, sólo vería mi verdadero nombre, en letras discretas, en los carteles de algún teatro de Madrid y de muchos teatros de provincias, y en la cabecera de los créditos de un sesudo programa de televisión.

—Yo me llamo Aurelia —dijo la señora—, y éste es mi nieto y se llama Francisco. —Volvió a mirarme con mucha curiosidad y por fin se decidió a decirme lo que estaba pensando desde que me vio—. ¿Por qué no te quitas esa chaqueta y esa corbata, criatura? Estás chorreando, con el calor que hace te va a dar la escarlatina. Y ese flequillo, por Dios... Si no te miro mucho no te molestes, es que me entra el agobio verte tan abrigado y yo sufro de sofocos.

Le dije que no se preocupase por mí, que yo estaba bien, que no tenía calor, y me puse un poco de lado, mirando hacia fuera, para que a la pobre señora no le diera la sofoquina por mi culpa.

Así me pasé todo el viaje, aunque a veces no tenía más remedio que cambiar de postura porque me dolían la espalda y el costado. En el cristal de la ventanilla me veía el flequillo y estuve pensando en mi padre, que a lo mejor también odiaba el peinado de los Beatles, pero que seguro que se emocionaba mucho cuando me viese. Mi madre, no, mi madre estaría más entera, aunque la procesión fuese por dentro. A lo mejor también estaba esperándome en la estación alguna de mis hermanas. A mis hermanas no las veía desde hacía más de dos años, desde las navidades del último año del aspirantado, pero mis padres estuvieron en la toma de hábitos y en la profesión de votos, y en una de sus cartas me decían que pensaban ir a verme al noviciado mayor en octubre, seguramente el día de mi santo. Ahora yo iba a verles a ellos cuando no lo esperaban, después de tanto tiempo, y lo primero que pensaba preguntarle a mi madre, en cuanto llegásemos a casa, era que si podía pedirle al abuelo su parte de la ganadería.

En el compartimento también entró una pareja joven, que lo mismo podían ser hermanos que novios que recién casados, y después, cuando ya llevábamos dos horas de viaje, un soldado con cara de pena. El tren paraba en todas las estaciones, y a veces también paraba aunque no hubiese estación, en medio del campo. A la hora de comer, la señora del termo sacó de un capacho una tartera con tortilla de patatas y otra con filetes empanados y nos ofreció a los demás, pero todos le dijimos que no, que muchas gracias, y también todos le dijimos:

—Que aproveche.

Yo esperé a que ella y su nieto terminasen, y a que guardara las tarteras en el capacho, y saqué el bocadillo de caballa, que era el que me gustaba menos. No me atreví a ofrecer a los demás, porque me dio vergüenza. Me lo comí sentado de medio lado, mirando por la ventanilla, viendo pasar aquel paisaje que parecía embadurnado por el sol. La señora me llamó por mi nombre y me invitó a gaseosa, para que no me engoñipase. La gaseosa estaba caliente, y la naranja que me tomé de postre también, y pensé que se me iba a revolver el estómago. Me levanté, pedí permiso para salir al pasillo y busqué el servicio, y la señora, desde dentro del compartimento, me dijo que estaba a la izquierda.

El servicio estaba en la plataforma que había entre nuestro vagón y el siguiente, y cuando fui a abrir la puerta vi que ponía: «Ocupado». Tuve que esperar más de veinte minutos, y por fin salió un hombre de por lo menos cincuenta años, gordo y sudoroso y con aspecto de haber echado allí una peonada. Dentro olía muy mal y el suelo estaba encharcado, y en la taza del retrete había mierda de todos los colores porque la cisterna no funcionaba, sólo caía un chorrito de agua sin ninguna fuerza. Se me quitaron las ganas de hacer nada, pero quería lavarme las manos, quería mojarme un poco la frente y las muñecas, que era un truco que nos había enseñado el hermano Regino, el enfermero, para aliviarnos del calor. Me volví hacia el lavabo, y allí estaba. El espejo. No sé por qué no me había fijado en él al entrar. Hacía mucho tiempo que no había visto un espejo así, tan grande. No era como los espejos del noviciado mayor, en los que sólo podíamos vernos la frente para peinarnos, o la mitad de la cara para afeitarnos, o la barbilla para quitarnos las espinillas cuando no nos veía nadie. En aquel espejo podía verme hasta la cintura.

Me quité la chaqueta, y la corbata, y me desabroché la camisa, y me la quité. Me quedé desnudo de cintura para arriba. Nunca me había visto así, pero quería verme entero. Bajé la tapa del retrete y me subí y me quité los zapatos con mucho cuidado, para no pegarme un costalazo, y los calcetines, y metí los calcetines en los zapatos y busqué un sitio en el suelo que no estuviera muy encharcado para dejarlos, y estaba descalzo y me dio un poco de repelús poner los pies en aquella tapa de retrete descascarillada, pero yo quería verme. Me desabroché los pantalones y me los quité. Nunca me había visto así, en calzoncillos. Los calzoncillos eran blancos, pero ya estaban muy gastados y tenían flojos los elásticos de los perniles, y cerré los ojos un momento y respiré hondo y también me los quité. Estaba completamente desnudo. Yo quería saber cómo era. El tren se había parado otra vez en alguna parte y allí estaba yo, viéndome como no me había visto nunca, desnudo, limpio, viéndome de verdad, como ya quería verme siempre.